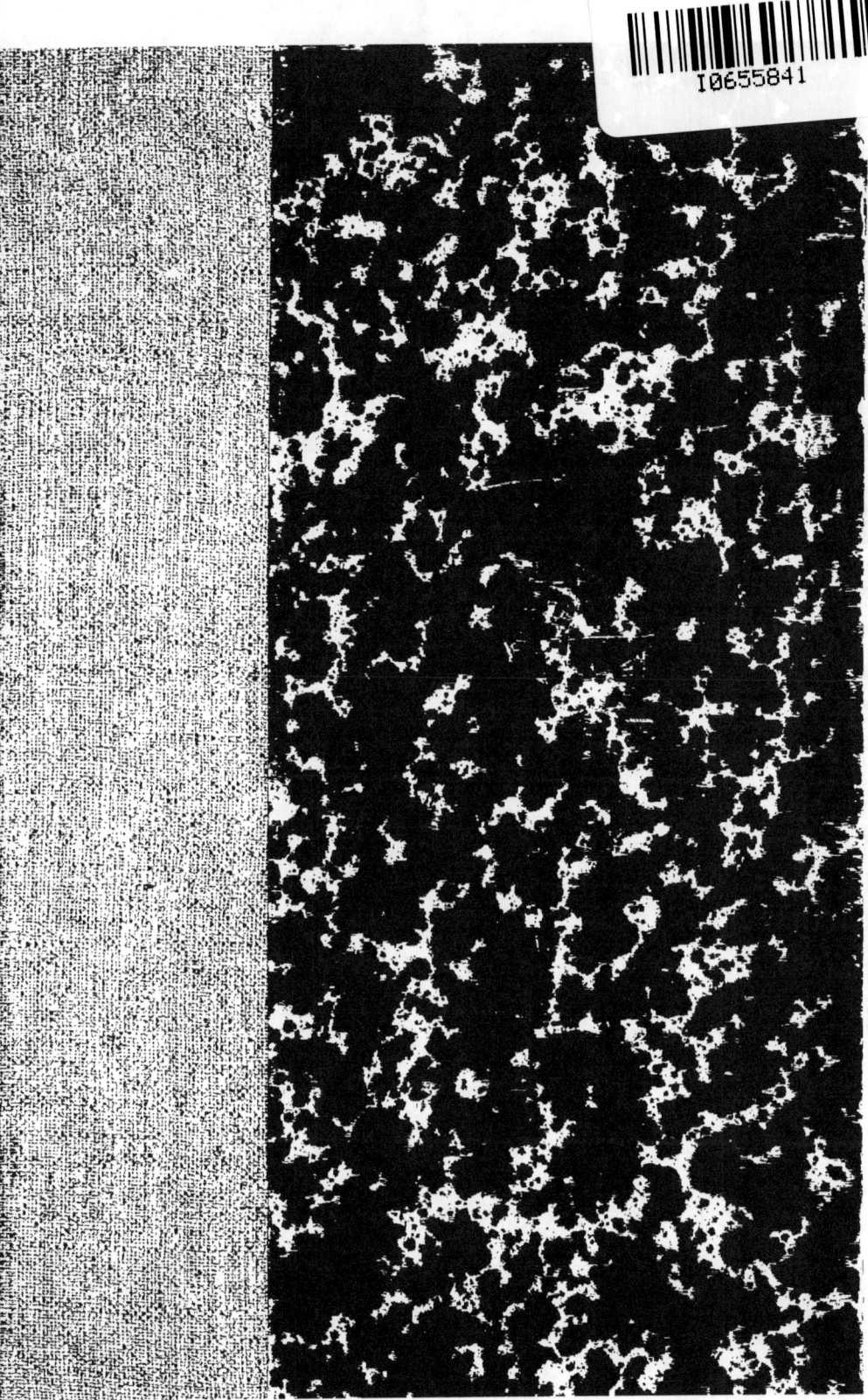

BIBLIOTHÈQUE CONTEMPORAINE

LOUIS ULBACH

L'HOMME

AU GARDÉNIA

II

PARIS

CALMANN LÉVY, ÉDITEUR

RUE AUBER, 3, ET BOULEVARD DES ITALIENS, 15

A LA LIBRAIRIE NOUVELLE

1883

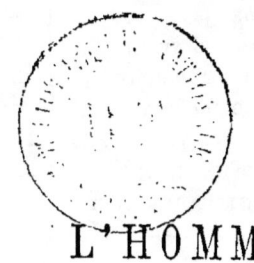

L'HOMME AU GARDÉNIA

II

CALMANN LÉVY, ÉDITEUR

ŒUVRES COMPLÈTES DE LOUIS ULBACH

Format grand in - 18.

LE BARON AMÉRICAIN	1 vol.
LES BUVEURS DE POISON :	
— LA FÉE VERTE........	1 —
— NOELE	1 —
CAUSERIES DU DIMANCHE...	1 —
LE CHATEAU DES ÉPINES ...	1 —
LA CHAUVE-SOURIS........	1 —
LES CINQ DOIGTS DE BIROUK	1 —
LA COCARDE BLANCHE......	1 —
LE COMTE ORPHÉE........	1 —
LA COMTESSE DE THYRNAU.	1 —
LA CONFESSION D'UN ABBÉ.	1 —
LE CRIME DE MARTIAL.....	1 —
CYRILLE	1 —
ÉCRIVAINS ET HOMMES DE	
LETTRES	1 —
L'ENFANT DE LA MORTE....	1 —
LA FLEURIOTTE...........	2 —
FRANÇOISE	1 —
GUIDE SENTIMENTAL DE L'É-	
TRANGER DANS PARIS	1 —
HISTOIRE D'UNE MÈRE ET	
DE SES ENFANTS	1 —
L'HOMME AUX CINQ LOUIS	
D'OR	1 —
LE JARDIN DU CHANOINE ...	1 —
LETTRES DE FERRAGUS.....	1 —
LETTRE D'UNE HONNÊTE	
FEMME................	1 —
LE LIVRE D'UNE MÈRE	1 —
LOUISE TARDY	1 —
MAGDA	1 —
MADAME GOSSELIN	1 vol.
LA MAISON DE LA RUE DE	
L'ÉCHAUDÉ	1 —
LE MARI D'ANTOINETTE....	1 —
LE MARIAGE DE POUCHKINE	1 —
LE MARTEAU D'ACIER......	1 —
MAXIME	1 —
MÉMOIRES D'UN INCONNU..	1 —
MONSIEUR ET MADAME FER-	
NEL...................	1 —
MONSIEUR PAUPE	1 —
NOS CONTEMPORAINS......	1 —
LES PARENTS COUPABLES,	
Mémoires d'un lycéen .	1 —
LE PARRAIN DE CENDRILLON	1 —
PAULINE FOUCAULT	1 —
LE PRINCE BONIFACIO.....	1 —
LA PRINCESSE MORANI	1 —
QUINZE ANS DE BAGNE	1 —
RÉPARATION.............	1 —
LA RONDE DE NUIT	1 —
LES ROUÉS SANS LE SAVOIR	1 —
LE SACRIFICE D'AURÉLIE...	1 —
LE SECRET DE MADEMOI-	
SELLE CHAGNIER........	1 —
LES SECRETS DU DIABLE ..	1 —
SIMPLE AMOUR	1 —
SUZANNE DUCHEMIN.......	1 —
LE TAPIS VERT..........	1 —
LA VOIX DU SANG	1 —
VOYAGE AUTOUR DE MON	
CLOCHER	1 —

Paris. — Imp. de la Soc. anon. de Publ. périod. — P. Mouillot. — 41686

L'HOMME
AU GARDÉNIA

PAR

LOUIS ULBACH

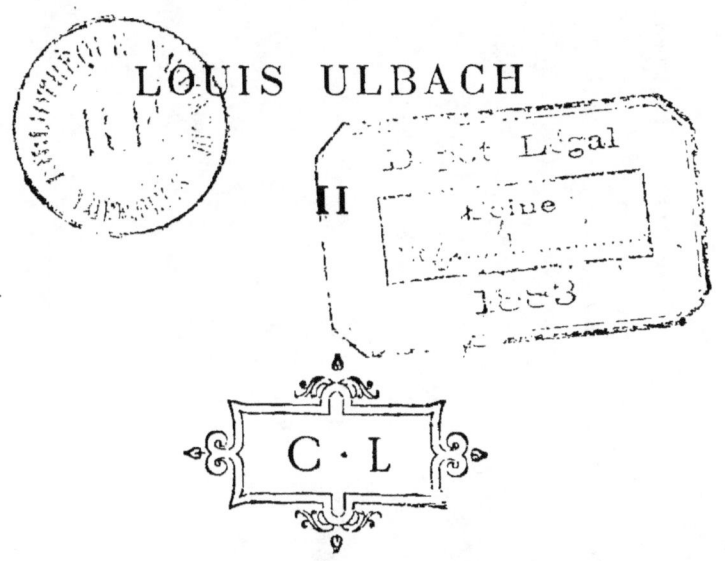

II

C · L

PARIS

CALMANN LÉVY, ÉDITEUR

ANCIENNE MAISON MICHEL LÉVY FRÈRES

3, RUE AUBER, 3

—

1884
Droits de reproduction et de traduction réservés

L'HOMME AU GARDÉNIA

DEUXIÈME PARTIE

I

Léon, en descendant la rue du Rocher, se demandait si la destinée se moquait de lui, ou lui faisait ses soumissions.

Avoir pour objectif, pour proie, M. Gambey-Monnerot, était-ce un avantage ou un danger?

Il refoulait, bien entendu, comme des 'sollicitations sottes, comme des témoins qui veulent arranger une affaire, sur le terrain, au moment où les épées sont engagées, ces scrupules de sentiment qui grattaient son cœur, en essayant d'y pénétrer.

Il fallait envisager de sang-froid le duel dont il était chargé, sauf à devenir le champion de son adversaire, s'il trouvait plus de profit à le défendre qu'à le tuer.

La conscience d'une mauvaise action, quand elle ne désarme pas celui qui va la commettre, l'anime en l'indignant contre ceux qui la lui ont proposée et fait accepter.

— Ce n'est pas moi qui l'ai voulu ! se disait Léon. On me contraint à me mesurer avec cet homme que je hais d'instinct, de naissance. Pourquoi hésiterais-je ?

Lovelace, en parlant des fripons, aurait pu ajouter ce détail spécial aux hypocrites : c'est que les plus habiles, pour rester habiles, sont leurs premières dupes, et n'interrompent pas leur rôle dans la solitude.

Quand un acteur, qui voulait trop raffiner Molière, s'avisa de montrer Tartufe déposant son masque en aparté et se mirant dans sa laideur, il commettait une faute contre l'art et la nature. Fechter s'était trompé. Tartufe, pour être complet, devait être devenu sincère. Il exécutait pour lui seul les momeries qu'il donnait en spectacle. Les grands imposteurs le sont pour leur bonnet de nuit, et veulent duper jusqu'au silence, dans lequel ils méditent.

Léon n'était pas un fourbe absolu ; mais il avait la vocation des grands fourbes, et il se perfectionnait chaque jour. Il était presque de bonne foi, en ressentant plus de colère que de terreur à l'idée de cette singulière évocation d'un homme auquel il avait porté malheur.

Il se croyait dans le cas de légitime défense en ne lui permettant pas de se venger.

Quant à l'idée que son père, mort à la peine, pouvait lui apparaître en songe, ou vivant, pouvait intervenir en réalité, il ne l'avait pas et, si elle lui était venue, avec un peu de persistance, il eût, comme Hamlet, frappé du pied sur la trappe soulevée par le fantôme paternel, pour ordonner à cette *taupe* de le laisser agir.

Il calculait uniquement les chances de bénéfices. C'était un grand point de connaître M. Gambey, sans en être connu. Avant le combat sérieux, on pouvait essayer quelques petits coups préliminaires. Quel risque courait-il ? M. Gambey pouvait-il le connaître? Ce nom de Soudin, qu'il avait adopté depuis son départ pour le Portugal, et qui n'était, jusque-là, que son pseudonyme littéraire, était le nom de Marion ou plutôt celui d'un frère de Marion, parti, disparu, mort.

D'ailleurs, si, dans le cas d'une association possible devant le même jeu, il fallait qu'un jour il se confessât à M. Monnerot comme le fils du caissier Chamoiseau, il saurait bien faire vibrer dans le cœur de l'ancien escompteur de Nogent un souvenir attendri, et le forcer à l'amnistier.

L'essentiel, c'était d'agir vite et de pouvoir, dès le lendemain ou le surlendemain, porter à la princesse Daria une première carte à payer ; elle n'aurait plus peur de donner des arrhes.

Jusqu'à la rue Saint-Lazare, Léon délibéra. Au milieu de la rue, il s'arrêta, se demandant s'il allait rentrer chez lui, ou si, dans la soirée même, il engagerait l'action comme il venait de la concevoir.

— Pourquoi pas? se dit-il en arrêtant une voiture.

Il chercha dans son portefeuille la carte que lui avait donnée Darvincourt et se fit conduire au domicile de son futur lieutenant.

Le décavé de la diplomatie était descendu dans un hôtel de la rue des Vieux-Augustins.

Je ne veux pas médire des maisons, plus ou moins meublées, de cette rue estimable qui vivait autrefois de la clientèle des diligences ; mais je puis bien dire que les voyageurs du petit commerce choisissaient leur logement dans ce quartier, pour la modestie de ses prix, de ses ameublements, de ses tables d'hôte.

Aujourd'hui on n'est plus modeste, même dans le commerce, et la rue des Vieux-Augustins, devenue la rue d'Argout, perd, un à un, ses vieux petits hôtels.

Je ne suis pas bien sûr qu'on loge encore, au numéro 17, à cet hôtel de *la Providence*, où Charlotte Corday descendit, avant d'aller acheter le couteau qu'elle devait planter dans la poitrine de Marat.

Darvincourt n'avait pas choisi son hôtellerie.

Il s'était souvenu d'une table d'hôte, à deux francs, qu'il fréquentait, seize ans auparavant, quand il était secrétaire de la rédaction dans un journal qui s'imprimait rue Coq-Héron. Il avait fait là son dernier repas, avant de partir pour le Portugal.

Le journal avait été acheté par le gouvernement et les rédacteurs étaient éparpillés dans toutes sortes d'emplois.

Darvincourt avait sollicité et obtenu une place d'attaché en Portugal. Il s'était détaché, par la maladresse de ses spéculations, et, revenu à son point de départ, il s'imaginait, avec la superstition d'un joueur, qu'en mangeant à la même table, où il avait connu la faim, il réveillerait la chance et recommencerait sa fortune.

Léon le trouva dans une petite chambre, au troisième, sur la cour.

L'ameublement de ce taudis donnait le frisson,

et la température n'était pas échauffée par le petit feu de charbon de terre dont on sentait l'odeur, beaucoup plus que la chaleur.

Pour ne rien perdre des promesses de ce feu qui était un extra, Darvincourt s'était installé tout contre la cheminée qu'il masquait, sans lui fournir l'auxiliaire d'une ventilation factice. Il lui tournait le dos et était assis devant une petite table, couverte d'une loque de tapis imprimé, posée de travers. Un flambeau de plomb, transmué en bronze, éclairait le travail auquel se livrait cet ancien joueur.

Avec un vieux jeu de cartes graisseux, écorné à tous les angles, Darvincourt faisait des réussites et cherchait des augures. Une fiole d'eau-de-vie, qui n'était pas, hélas! par cette soirée de décembre, suffisamment de l'eau de feu, faisait pendant à la bougie, et une pipe, plus richement culottée que son possesseur, complétait l'ensemble de ce tableau philosophique.

En entendant frapper à sa porte, Darvincourt tressaillit de stupeur.

Précisément, il venait de réussir une patience difficile, à laquelle il avait attaché une idée de fortune. Il n'avait pas eu le temps de s'assurer, par une nouvelle expérience, de l'aspect sous lequel la bonne déesse devait lui apparaître.

Était-ce une femme qui ferait *pan-pan* à sa porte, avec ou sans le refrain de Béranger?

Il fut fixé sur ce détail, dès l'apparition de Léon.

Il comprit tout de suite que cette visite, vers onze heures de la nuit, était l'annonce d'une besogne et d'un profit.

— Ah! par exemple, ce n'est pas toi que j'attendais, dit-il gaiement.

Il se leva de son tabouret, en rabattant les manches retroussées de son paletot, non pour être plus correct dans sa mise, mais pour cacher la couleur de ses manchettes.

Léon n'avait pas besoin de remarquer ce mouvement, ni de tourner les yeux autour de lui, pour comprendre à quelle heure de misère absolue il intervenait dans la vie de Darvincourt. La misère puait au nez, autant que le tabac.

— J'avais peur que tu ne fusses couché, dit doucement Soudin.

— J'attendais Rosa.

— Je croyais que vous logiez ensemble!

Involontairement, ou plutôt malicieusement, Léon, en disant cela, jeta un regard vers la petite couchette qui servait de portemanteau, en utilisant les nippes du locataire comme édredon.

Darvincourt sentit la cruauté de ce regard.

— Rosa a sa chambre à côté, reprit-il ; je lui ai laissé la plus belle.

Cette attestation de beauté, donnée à la chambre voisine, n'était pas faite pour leurrer l'imagination.

— Alors, nous pouvons causer sans être dérangés, repartit Léon en prenant une chaise qu'il remua sur ses pieds, à plat, avant de s'y asseoir, pour se bien assurer qu'elle était relativement solide.

— Oh ! tout à fait à l'aise ! dit Darvincourt d'un ton nerveusement jovial.

Il écarta la table, mit le flambeau et le carafon d'eau-de-vie sur la cheminée ; puis, montrant sa pipe, d'un air de condescendance sournoise et ironique :

— Ça ne te gêne pas ?

— Ça me donne envie !

Enchanté, Darvincourt décrocha de la glace une petite pipe d'écume, moins noire que celle qu'il tenait entre les dents, mais d'une couleur qui promettait, et l'offrit à son visiteur, en même temps qu'un paquet de tabac.

Léon bourra tranquillement et silencieusement sa pipe, faisant attendre, avec intention, la bonne nouvelle qu'il apportait, afin d'avoir son interlocuteur plus las, plus rompu, plus impatient de consentir à tout.

La pipe allumée, après deux ou trois bouffées, il entra en matière.

Il joua d'abord avec Darvincourt la petite scène que la princesse Daria avait jouée avec lui.

Il prit plaisir à lui faire raconter ses déceptions, sa misère crue, et, quand il eut l'assurance superflue que Darvincourt était à la discrétion de la première pièce de cent sous qui luirait dans les ténèbres, il tira solennellement, mais fraternellement deux louis de son gousset, et, les posant sur le bord de la cheminée :

— Que tu veuilles ou que tu ne veuilles pas, dit-il, j'ai interrompu les bénéfices que tu faisais en jouant avec toi-même; il est juste que je te dédommage.

— Ce n'est pas de refus, s'empressa de répondre Darvincourt, devenant lâche et plat devant ces deux pièces d'or inespérées.

— Je t'en donnerai d'autres demain.

— Dépêche-toi de me poser les conditions, car je m'exalte. Refroidis-moi.

— Les conditions sont simples. Il me faut une plume dévouée, solide.

— Je n'écris qu'avec des plumes de fer! s'écria follement et triomphalement Darvincourt, jaloux de se mettre en verve.

— Garde le fer pour ton épée!

1.

— Ah! il faudra mettre des fleurets croisés au-dessus de mon bureau? Cela me va! Tu sais que je suis de force!

— Oui. Es-tu resté aussi vaillant avec la plume?

— Je ne vaux peut-être pas le prix que je valais il y a dix ans.

— Bah! tu te dérouilleras.

— A ton école!...

Léon, sans nommer la princesse Daria ni M. Saint-Jean, en laissant croire que la mission dont il était chargé venait directement de plus haut, entama l'affaire des bons Jecker, et exposa l'intérêt capital de quelques spéculateurs qui favorisaient l'expédition du Mexique, pour toucher les dividendes promis. Il dénonça l'importun, le trouble-fête, « M. Gambey », il fallait l'empêcher de nuire.

Darvincourt écrirait, le lendemain, un article dont la forme était abandonnée à sa verve diplomatique, dont le fond lui serait indiqué par Soudin. Un journal était tout prêt à le publier.

— Quel journal? demanda le décavé.

— Est-ce que tu as des scrupules?

— Non; mais je voudrais savoir si le journal a une caisse.

— Parbleu! une caisse, une grosse caisse et des cymbales!

— Pourquoi ne fais-tu pas toi-même l'article ?

— Parce que je n'ai pas le loisir de le faire ; parce que j'ai besoin de me réserver pour le commandement. L'affaire est fort belle, mais exige beaucoup de précautions, et c'en est une qui m'est ordonnée que de ne pas paraître...

Léon ajouta, après une légère hésitation :

— Il est même fâcheux que tu sois revenu avec ton nom véritable...

Darvincourt releva la tête.

— Pourquoi ? Je n'ai encore rien fait pour le déshonorer.

— Sans doute ; mais nous allons avoir beaucoup d'adversaires, des journaux de l'opposition. On peut te soupçonner ; on saura que tu as appartenu à l'administration...

— Qui a été injuste à mon égard ?

— Soit, mais qui peut vouloir t'employer et réparer ses torts. A ta place, j'aurais pris un pseudonyme, pour dépister les curieux.

— Mon nom n'est guère connu. J'avoue que j'ai la faiblesse d'y tenir.

— Tu as tort !

— Quelle importance mon nom peut-il avoir ? Je ne signe pas l'article, n'est-ce pas ?

— Non.

— Eh bien, si c'est pour signer la feuille d'émargement d'un journal!

— Ce n'est pas le journal qui te payera.

— Sera-ce M. Jecker?

Léon devenait sérieux, homme grave :

— Ne plaisantons pas ; tu n'auras affaire qu'à moi. Sois tranquille, tu seras bien payé, mais il me faut une sécurité parfaite pour que je la garantisse aux autres.

— Je te donne plus que mon nom, qui n'a pas de valeur et qui diminue celle du papier timbré sur lequel on le met. Je te donne ma vie, s'écria Darvincourt avec un attendrissement moqueur qui n'était pas tout à fait une moquerie ; car il s'animait à cette espérance de fortune.

A l'allusion au papier timbré, Léon avait eu un sourire pâle ; il fronça les sourcils.

— Je n'ai. que faire de ta vie, reprit-il sèchement ; je ne te demande même pas ta reconnaissance, je ne veux que ton obéissance. Si j'ai besoin de ne pas te connaître, si je passe près de toi sans te saluer, ne t'alarme de rien et ne m'arrête pas. Je viendrai le soir, ici.

— Ici? Je songeais à déménager.

— Oui, pour te loger mieux? pour donner des soupçons? Maladroit! laisse-moi donc faire! Quand M. Gambey aura repris le chemin du

Mexique, déçu et chassé, tu pourras boire ou manger ton gain et te meubler à ta guise. Jusque-là, reste ici. Prends garde! Je t'offre une affaire inespérée; ne va pas compromettre les chances que je t'apporte! Tu sens bien qu'il me serait facile de te trouver vingt remplaçants. Je me suis souvenu des choses que nous avions tentées au Portugal; j'ai été frappé de notre rencontre; mon amitié m'a inspiré. Laisse-moi l'illusion de croire que je ne me suis pas trompé en comptant sur toi. Avant trois mois, si tu veux rentrer dans une légation, je te ferai nommer!

— Tu m'emmèneras peut-être avec toi, monsieur le ministre plénipotentiaire?

— Peut-être, dit Léon en souriant.

Il n'y a pas de flatterie qui ne flatte.

Léon se dirigeait vers la porte; elle s'ouvrit, madame Rosa rentrait.

C'était la maîtresse banale, frelatée, maquillée, costumée à la mode des revendeuses, usée, mais non hors d'usage, commune avec correction, bête avec cet argot qui donne la puanteur d'un peu d'esprit, et qui est l'eau de Cologne dont ces dames se parfument. Elle avait été quasiment jolie; il lui restait des joues pleines, une poitrine grasse, ce relan de la galanterie qui s'attache aux vraies courtisanes, comme l'odeur de la cuisine à certaines cuisinières, et qui donne de l'appétit aux habitués de gargote.

Elle ne fut pas surprise de voir Léon, qui eut un mouvement des narines, comme pour se boucher le nez.

— C'est gentil à vous d'être venu, lui dit-elle d'une voix fêlée. Nous ne sommes pas très bien logés, n'est-ce pas? C'est en attendant. Est-ce que vous êtes toujours avec Marion? Elle va bien?

— Très bien, merci!

— Quand la trouve-t-on? J'irai la voir.]

— Attendez que je vous le dise!

Madame Rosa prit un air pincé.

— J'attendrai!

Léon s'en alla, reconduit jusqu'au bout du corridor, éteint maintenant, par Darvincourt, qui l'éclairait.

Les deux associés n'avaient plus rien d'essentiel à se dire; ils échangèrent un salut sans se serrer la main. Léon se trouvait encanaillé dans ce taudis; Darvincourt se trouvait humilié.

En rentrant dans sa chambre, celui-ci alla tout rêveur ramasser les cartes et les remettre dans le papier qui les enveloppait d'habitude. Il se disait :

— Pourquoi veut-il que je change de nom?

Madame Rosa, de son côté, avait mis à profit

les quelques secondes de solitude et d'obscurité,
pour dégrafer sa robe par devant, et mettre sa
poitrine à l'aise. L'opération s'était faite très
vite, par suite d'une prodigieuse habitude.

Quand Darvincourt fut là, sa maîtresse dit :

— Pourquoi ne veut-il pas que je voie Marion ?

— Je ne sais pas. Vous ne vous aimiez guère,
Marion et toi !

— Je ne me rappelle plus... Peut-être qu'il va
l'épouser.

— Je ne crois pas.

— Madame Rosa recouvrit de son manteau la
brèche qu'elle avait faite dans sa toilette, et, tandis qu'elle le retenait d'une main, elle fouilla de
l'autre dans une poche de sa robe, en retira
quelque chose qu'elle allait déposer sur la cheminée de bois, peinte en marbre, quand elle
heurta des doigts les deux louis laissés par
Léon.

— Qu'est-ce que c'est que cela ? demanda-
t-elle ; où l'as-tu volé ?

Darvincourt ne fut pas choqué de ce qu'il y
avait d'injurieux dans cet étonnement ; il dit doucement :

— C'est lui qui me les a donnés... à compte !

— Quelle affaire faites-vous donc ?

— Je ne sais pas trop.

Il ajouta avec une candeur effroyable, qui
n'était peut-être que le dernier mot du désespoir.

— Une affaire de *chantage* en grand!

Madame Rosa trouva la réplique toute simple :

— Alors, ce soir, tu n'as besoin de rien?

Elle laissa retomber dans sa poche ce qu'elle
en avait tiré.

Darvincourt eut une dilatation subite de fierté.

— Oh! ma chère, c'est peut-être lui surtout
que je ferai *chanter*, ce beau ténor, ce maître
chanteur; il me prend pour un imbécile!

— Il a bien tort, dit doucement Rosa.

— Je saurai pourquoi il a tant peur de me
montrer! Si je tenais enfin la fortune! Je te rem-
bourserais en une fois tout ce que tu m'as...
avancé.

— Tu ferais bien! répliqua Rosa qui bâillait.

— Ah!

— Oui, car je commence à me fatiguer *crâne-
ment*... Bonsoir!

— Tu me quittes?

— Il est près de minuit.

Elle s'empara de l'unique flambeau allumé, se
dirigea vers la porte, pour aller dans sa chambre.
Darvincourt la suivait, elle se retourna.

— Qu'est-ce que tu veux?

— Tu emportes la lumière : je la suis.

— Tu n'as pas besoin de bougie pour te coucher. Tu ne peux pas te tromper de lit. Bonsoir. Je te dis que je suis éreintée.

Elle sortit, repoussa la porte, laissa son amant dans une obscurité qui eût été complète si le charbon de terre se consumant dans l'âtre n'eût étalé un peu de clarté rouge sur les carreaux dérougis de la chambre, et si la lune n'eût fait passer un rayon pâle à travers les carreaux sans rideaux de la fenêtre, donnant sur la cour.

Darvincourt resta songeur pendant quelques secondes; puis, souriant aux lueurs qui l'éclairaient :

— Voilà l'or et l'argent attendus. Il en tombe par la fenêtre; il en vient par la cheminée, les cartes ne m'ont pas menti; je bois à la Fortune!

Il prit à tâtons son carafon d'eau-de-vie et en but une longue gorgée.

Dans la matinée du lendemain, Léon prévint la *Chronique continentale* de son apparente éclipse dans la rédaction, et de l'intérim qu'il confiait à Darvincourt.

Il avertit également les feuilles du matin qui pouvaient être les premières à recueillir l'article de la *Chronique*.

Il y avait un intérêt politique suffisant pour que les journaux empressés à plaire au pouvoir et ceux qui, sans consistance, à l'affût des moindres aubaines, pouvaient trouver dans ce service libéralement rendu un titre à s'en faire demander d'autres moins désintéressés, comprissent. Léon Soudin n'était pas un naïf; il était serviable, utile; on pouvait l'obliger.

La *Chronique continentale* était un brûlot qu'on lisait à la Bourse. Elle mettrait le feu ; les feuilles ministérielles en seraient atteintes et le propageraient. La rumeur publique une fois allumée, il suffirait d'entretenir discrètement l'incendie, pour forcer bientôt M. Gambey à déguerpir.

Les notes fournies à Darvincourt étaient excellentes. Dans sa prudence diplomatique, Léon n'avait voulu insinuer que ce qu'une police, un peu mieux servie que celle du gouvernement, aurait pu deviner.

On menaçait M. Gambey de dire son nom véritable, mais on ne le donnait pas. On parlait de ses antécédents de banquier ; mais on ne donnait pas le chiffre de sa faillite, et encore moins du remboursement qui avait suivi. On faisait entendre (ce qui était absolument vrai) que, si le Français, émigré au Mexique, n'avait pas repris son nom, à son retour, c'était pour donner plus de prestige, de relief, au négociateur du syndicat mexicain, et pour mener plus sûrement l'opération financière qu'il tentait.

La vérité, dite mal à propos, est le plus puissant moyen de calomnie.

Léon Soudin, qui exerçait depuis plusieurs années avec un art subtil, le savait bien, et, si son

industrie ne lui rapportait pas autant que son
génie le valait, c'était un peu la faute de l'époque.
On s'y blasait, et certaines gens, en tirant eux-
mêmes, et tous les premiers, tout le profit possible
de leur mauvaise renommée, avaient trouvé ainsi
le moyen de n'être pas exploités et de se garan-
tir du chantage.

M. Monnerot était un provincial et un timide.
L'idée seule d'empêcher l'expédition du Mexique
ou de l'entraver, en lui enlevant un prétexte,
était une idée d'ingénu. On ne pouvait pas
l'acheter : il avait trop de candeur; mais on pouvait l'intimider.

Léon, en le voyant, en apprenant son identité,
l'avait jugé. Ce brave homme parlait bien, sans
honte, dans l'intimité, de son désastre passager
et réparé ; mais il ne tenait pas à ce que ses antécédents, tout honorables qu'ils étaient, fussent
révélés avec cette pièce rapportée et rajustée à
son crédit commercial entamé.

La qualité de failli, même réhabilité, devait
nuire à sa qualité de négociateur.

Voilà pourquoi il agissait sous un nom nouveau
qui était un emprunt fait à sa femme.

Darvincourt s'était rouillé ; son article n'était
pas irréprochable de style ; il contenait aussi
quelques erreurs de détail. Léon voulait lui lais-

ser cette gaucherie qui éloignait pour lui-même le soupçon d'une collaboration directe. Il songea cependant à lui enlever les lourdeurs les plus réelles et les inexactitudes les plus choquantes.

Ce devait être un document irréfutable.

Darvincourt commença à se corriger, sous la dictée de son maître ; puis il se corrigea mal, et Léon, impatienté, finit par lui prendre la plume, une atroce plume d'auberge qui obligeait à écrire posément et à exécuter de nombreuses retouches dont Darvincourt était incapable.

Quand il eut fini, Léon parla de faire recopier entièrement l'article. Darvincourt parut très surpris de cette précaution.

— As-tu peur qu'on ne voie à l'imprimerie que tu m'as donné une leçon de style ? dit-il en riant. Moi, je n'y mets pas d'amour-propre.

Léon ne voulut pas avoir peur.

— Tu as raison, reprit-il d'un air dégagé, plus une copie est raturée et rendue difficile à lire, mieux elle est imprimée. Allons à l'imprimerie !

Il fallait présenter Darvincourt, qui aurait à revenir seul, à se corriger, et à fournir d'autres articles.

La présentation faite à la rédaction et à l'imprimerie, comme Darvincourt tirait l'article de sa poche pour le donner à composer, Léon parut repris du scrupule qu'il avait eu déjà, et plaignit les compositeurs. Pour plus de sûreté, il voulut parler au correcteur, une de ses créatures les plus dévouées, et, après des recommandations excessives, il dit en se retournant pour sortir :

— À propos! une fois les corrections faites, ayez soin de détruire la copie.

— Je vous le promets, monsieur.

— Vous la jetterez dans le poêle.

— Je vous en donne ma parole d'honneur.

Darvincourt avait tout entendu. Léon, en lui prenant le bras pour sortir, se crut obligé de lui dire, à demi-voix :

— Tu comprends bien que, si, par une raison quelconque, on venait faire une perquisition à l'imprimerie, il est inutile qu'on trouve ton écriture. Qui sait si cela ne t'empêcherait pas de rentrer dans l'administration!

— Je te remercie, murmura Darvincourt.

— Ces choses-là ne doivent pas laisser de traces, reprit Léon.

— Oui, oui, elles doivent se subtiliser, comme les poisons végétaux qui échappent à l'analyse.

— C'est cela!

Les deux complices se quittèrent ; mais Darvincourt ne fut pas longtemps à revenir à l'imprimerie.

— Toutes réflexions faites, dit-il au metteur en pages, qui n'avait pas encore fait commencer la composition de l'article, je suis honteux de mon griffonnage. J'aime mieux le recopier. J'ai, d'ailleurs, des petites additions à y faire.

— À votre aise, monsieur !

On lui rendit l'article, et, s'installant dans un coin de l'imprimerie. Darvincourt le recopia, sans en rien changer.

Il mit ensuite la première copie, soigneusement, dans sa poche, laissa la seconde et, en se retirant, alla renouveler les recommandations au correcteur, qui n'avait pas encore vu une ligne de l'article.

— Surtout, n'oubliez pas le poêle !

Ravi de sa manœuvre, Darvincourt se disait en sortant :

— Je saurai pourquoi il a si peur de laisser sa trace. J'ai plus de chance que lui, maintenant, pour ne pas laisser la mienne. Ah ! mon bon, tu me crois rouillé ; mais, en me frottant à toi, tu me dérouilles. Pourquoi prends-tu de si grandes précautions pour mon nom et pour ma copie, quand la tienne s'y mêle ?

On voit que, si Léon Soudin avait été imprudent dans le choix de son complice, il n'avait pas à se reprocher du moins d'avoir choisi un agent passif, incapable d'inspiration perfide pour son propre compte.

Léon eut un prétexte pour repasser à l'imprimerie au moment du tirage du journal, le correcteur lui dit :

— J'ai fait, Monsieur, ce que vous m'avez demandé. Tenez, voici ce qui reste de l'article.

Il montra sur le bord du poêle de fonte, en dehors, un peu de cendre blanche, dont une portion gardait encore la forme vague d'un fragment de papier.

— Eh bien, répondit Léon, vous en ferez autant pour tous les articles que vous apportera mon ami.

Le soir, la *Chronique continentale* porta l'histoire entr'ouverte de M. Gambey dans tous les bons endroits, et, le lendemain matin, les journaux, prévenus, la reproduisirent.

Ce matin-là, Léon, qui, d'ordinaire, se levait tard, mais qui avait ses heures d'énergie, était debout, avant l'heure vraisemblable du lever, pour un Parisien, même vertueux.

On était au 5 décembre, au jour d'échéance. Il était, lui, à la dernière limite ; il n'avait pas l'argent pour payer ; il voulait l'avoir ; il l'aurait. En s'acculant ainsi à toute extrémité, il lui semblait qu'il forçait sa volonté à faire preuve de génie.

Il s'habilla, avec une sorte de frisson qu'il essaya de dompter en sifflant. Sa gaieté était toujours un symptôme de colère ou de douleur, et, ce matin-là, il était formidablement gai.

Lorsqu'il eut fait sa tête, il se trouva si beau et si imposant, en se regardant dans la glace, qu'il se rassura.

— Bah ! j'ai jusqu'à quatre heures, et même jusqu'à demain !

Il mit dans sa toilette toute la correction dont il ne se départait jamais.

Il était de ceux qui, avant de monter à l'échafaud, souffriraient plus de la brutalité de la toilette, en elle-même, par le bourreau, que de ce qui doit la suivre et des préliminaires qu'elle annonce.

Marion assistait muette, concentrée, terrifiée, comme une condamnée qui voit frotter l'acier du couteau, à ces préparatifs dont elle pénétrait le calme tragique. Elle sentait que Léon s'engageait, particulièrement ce jour-là, dans une partie plus sérieuse dont il voulait sortir vainqueur, dût-il déchirer les cartes.

Combien de fois n'avait-elle pas observé des anxiétés pareilles, préludant à une mauvaise action ? Ce matin-là, le défi qui brûlait dans les yeux de Léon invitait le crime.

Elle voulait paraître dupe de ces airs d'opéra
qu'il sifflait dans ses dents serrées ; mais, à un
rire nerveux, à un certain froissement du front
sous la main, qui lui parurent des symptômes
plus menaçants, elle eut un élan irrésistible, et,
avec une tendresse jalouse :

— Je ne saurai donc jamais ce que tu as ? lui
demanda-t-elle.

Il haussa les épaules :

— Je te l'ai dit !

— Il y a autre chose !

— Je te l'ai dit encore : tu n'y peux rien.

— Soit ; mais je puis souffrir avec toi, comme
toi ! Ah ! pourquoi ne penses-tu pas tout haut ? Je
suis capable de tout entendre, tout !

Elle pointa si fort ses yeux, en disant cela, sur
les yeux de Léon, qu'il fut obligé de lui répondre plus explicitement, c'est-à-dire de mieux
mentir.

— Eh bien, s'écria-t-il d'un ton bourru dont
tout autre que Marion pouvait être dupe, ce qui
m'agace, surtout, c'est que je n'ai pas seulement
à payer pour moi, qu'il me faut encore payer pour
les autres. Tu sais que j'ai eu souvent besoin de la
signature d'un ami... Je prête la mienne, comme
j'emprunte celle des autres. J'ai endossé des billets qui ne seront probablement pas payés ; il va

me falloir courir après ces papiers... C'est assommant !

Marion voyait distinctement le mensonge s'étaler, se développer. Elle n'en était plus à s'indigner. Elle mesurait seulement, par la pensée, la profondeur du péril, l'âpreté de l'angoisse à l'audace de l'imposture.

Elle fut si épouvantée, que, pour se reconnaître et chercher la vérité, elle accepta provisoirement ce mensonge, comme une compresse artificielle placée sur une plaie.

— Ne sois pas si complaisant ! lui dit-elle.

Il fut satisfait de la trouver si docile à son excuse et continua :

— Que veux-tu ! des gens qui s'attachent à moi, qui savent que j'ai un peu de crédit, de pauvres diables qui débarquent à Paris, sans le sou !

— Est-ce que Darvincourt est de ceux-là ?

Léon eut un tressaillement visible. Cette Marion portait naïvement, parfois, des coups si inattendus et si précis qu'il n'était pas toujours à la parade. Quelle idée avait-elle de jeter le nom de Darvincourt dans ce colloque ?

Il ricana.

— Pourquoi me parles-tu de Darvincourt ?

— Parce que, depuis quatre jours, tu m'en as

parlé plusieurs fois, avec mauvaise humeur. Ne
m'as-tu pas défendu de le recevoir, de recevoir
Rosa?

— Eh bien, oui, Darvincourt est de un ceux-là.

— Tu correspondais avec lui?

— Probablement.

— Ah!

Marion avait la conviction d'une nouvelle
menterie; elle n'insista plus. Léon avait repris
un peu de sang-froid; il était sur la réserve.

— Reviendras-tu déjeuner? lui demanda-t-elle
tranquillement.

— Je n'en sais rien.

Elle le laissa partir, sans lui tendre le front ou
la main. Une marque banale d'amitié lui eût
semblé une prostitution, dans cette minute d'inquiétude ardente. Elle eût voulu l'étreindre, le
pétrir sur son cœur, briser cet émail d'un mensonge perpétuel qui les séparait. Elle n'avait pas
besoin d'une hypocrisie de plus.

Quand il fut parti, elle resta une heure assise,
immobile, cherchant, et, à travers ses recherches,
s'élançant dans des visions lointaines, en arrière.

— Ah! ma tante! murmurait-elle comme
dans une prière, ce n'est pas ma faute si je ne le
sauve pas!

Elle évoquait aussi le souvenir de Chamoiseau;

mais avec plus de timidité, osant à peine formuler les termes d'une évocation qu'elle souhaitait ardemment.

Léon acheta les journaux du matin qu'il ne
recevait pas; s'assura qu'ils reproduisaient l'article en question, et, les plaçant dans sa poitrine,
sur son portefeuille vide, comme il eût placé un
revolver, boutonné, serré, ainsi que dans une
armure, il alla faire un tour dans le parc Mon-
ceau, en attendant l'heure de se présenter chez
la princesse Daria, qui n'avait pas les habitudes
matinales de l'honnête madame de Chazeley.

Il se répéta tant de fois, et avec tant d'énergie,
en se promenant, qu'il lui fallait à tout prix trois
mille francs avant quatre heures; il était si résolu à les faire, à les prendre; il y avait tant de
menace dans le sourire même d'homme élégant
dont il accompagna son salut, en se présentant à
la princesse, que celle-ci, en devinant l'absolue
nécessité où il se trouvait, conçut immédiatement
l'idée complète de tout ce qu'il pouvait tenter.

Elle jeta involontairement les yeux du côté
d'un petit meuble qui renfermait ses écrins.
Elle était descendue, pour le recevoir, dans son
petit boudoir.

— Quoi de nouveau? lui demanda-t-elle en le
saluant de la tête, sans lui offrir la main.

2.

— C'est fait!

Il tira de sa poche les journaux, pliés à l'endroit de l'article, et les mit nerveusement sous la gorge de la princesse. Elle ne s'effaroucha pas de cette brutalité du geste; elle ne recula pas; elle renversa seulement un peu sa tête, prit les feuilles et parcourut l'article.

— Vous êtes un homme expéditif, dit-elle en affectant son accent étranger, qui lui haussait ses talons de princesse.

— Je tiens à être exact, répondit froidement Léon.

Elle comprit, sourit, plia les journaux, les mit sur son bureau, et, après une seconde de silence :

— Combien?

— Ce matin, c'est quatre mille francs.

— Et si l'on ne paye que tantôt... Est-ce que ce sera plus cher?

Il ne répondit pas à cette question impertinente; mais, poursuivant sa pensée :

— A quelle heure dois-je revenir?

— Vous êtes bien pressé!

— J'ai promis pour quatre heures.

— Alors venez vers trois heures! je serai rentrée.

Tout ce dialogue s'échangeait à voix brève, métallique.

Ces deux êtres étaient en affaires et dédaignaient tout protocole courtois.

Pourtant, rassuré par la promesse de la Daria, et voulant réparer la brutalité, désormais inutile, de son entrée, Léon dit avec un sourire :

— Excusez-moi, princesse.

— De quoi donc? D'avoir fait bien et vite ce qu'on vous demandait?

— Non, mais de faire si peu crédit à *vos amis*.

— Bah! *mes amis* y sont habitués; ils payent comptant et se remboursent de même. A qui fait-on crédit dans notre monde? C'est moi qui vous dois des excuses... Mais je ne puis pas faire autrement.

— Je voudrais bien, princesse, qu'il ne fût pas question d'argent entre nous.

— Entre nous? jamais! répliqua la princesse avec un rire étrange; aussi n'est-il pas question de notre argent. Celui-là vient des autres et va aux autres, n'est-ce pas?

— Hélas!

— Nous en ferons donner encore à votre police. Votre lot, à vous, viendra plus tard.

— Je l'ai reçu d'avance, princesse.

Il s'inclina et fit un mouvement pour quêter la main. Mais, par hasard, la main était occupée; elle avait repris les journaux.

Léon sortit, très content et très furieux.

Il avait son échéance ; mais il eût voulu la faire brillamment, et il devait revenir s'exposer encore à cette ironie hautaine de son associée. Il était aussi furieux qu'il était ravi d'avoir été si vite deviné.

Il avait lu distinctement dans les yeux de la princesse. Elle l'avait félicité et elle se croyait le droit de le traiter avec moins d'égards, depuis qu'elle l'employait à une œuvre payée.

— J'aurais dû lui demander cinq mille, se dit-il pour conclure.

Il ajouta :

— Quelle différence avec cette bonne madame de Chazeley ! Comme une affaire serait facile avec elle !

Il pensait tout de suite à son autre amie, quand il avait obtenu de celle-ci ce qu'il en attendait.

III

Dans une maison étroite de la rue Fontaine-Saint-Georges, dont les appartements étaient occupés par une clientèle d'artistes des deux sexes et de tous les genres, Léon avait un confident; autant qu'un homme comme lui, qui craignait toujours d'être trahi, pouvait se confier à quelqu'un.

C'était le concierge de l'immeuble.

On ne sait pas de quelle doublure sont garnis certains frocs élégants, et la coulisse des hommes à la mode est un peu comme la coulisse du théâtre : derrière le décor, il y a souvent une vieille affiche collée, un papier sale.

Oui, l'*Homme au gardénia*, l'homme modèle, cette mousse flottant sur l'écume du monde pari-

sien, à certains jours, à certaines heures, retirait
de sa boutonnière la fleur habituellement arborée,
relevait le collet de son paletot, se glissait le long
des maisons, entrait dans une allée obscure, et
familièrement venait s'installer dans la loge de
M. Benoît Souillard.

La loge était d'ailleurs fort convenable, mieux
meublée que la salle de la maison paternelle de
Nogent, avec des tableaux signés de noms de
rapins, en train de devenir des maîtres, et ornée
de photographies représentant des locataires
présentes ou passées, en train de devenir de
grandes maîtresses.

Comment un lien s'était-il établi entre Léon
Soudin et Benoît Souillard?

D'une façon si simple, si usuelle dans le monde
parisien, qu'il est presque superflu de la décrire.

Un soir, par hasard, Léon s'était attardé dans
un petit souper, chez une des locataires de la
maison. Il ne s'était pas trouvé en fonds, au
moment de la retraite, pour payer une voiture
gardée trop longtemps; le concierge lui avait fort
obligeamment avancé l'argent, et, quand, le lendemain, Léon avait payé sa dette, avec la ponc-
tualité qu'il eût mise à satisfaire un de ses créan-
ciers du *Club des Artistes*, M. Souillard avait
presque paru hésiter à recevoir ce qui lui était

du, déclarant que cela ne pressait pas ; que c'était
lui faire injure, et, à travers ses protestations,
avait insinué qu'il en prêtait bien d'autres à ses
locataires, aux amis de ses locataires.

Léon n'avait pas été tenté de déménager et de
s'installer rue Fontaine-Saint-Georges, pour
avoir un banquier dans l'homme obligeant qui lui
eût tiré les cordons de la caisse ou le cordon de
la porte ; mais il avait pris note de l'offre, avait
tâté la confiance de l'aimable Souillard par
quelques billets de cent francs, toujours ponc-
tuellement rendus, avec un intérêt incalculable,
qui paraissait surtout, de sa part, un acte de fas-
tueuse générosité.

Peu à peu les affaires s'étaient nouées et avaient
grossi. Souillard, que Léon n'appelait que Benoît,
avait négocié des billets faits directement à son
ordre, ou à l'ordre d'un marchand de vin de ses
amis, chez lequel les garçons de recette de la
Banque s'arrêtaient pour déjeuner, dans leur
tournée.

Une fois ou deux (dans ce temps-là, la chose
était possible), par les garçons de recette, on avait
eu des adresses d'escompteurs et des références
utiles.

L'art se mêlait à ces relations financières. Le
concierge était le père glorieux d'une petite fille

passionnée pour le théâtre. Léon donnait des
billets et promettait des leçons d'une artiste.
Benoît présentait aussi quelquefois à M. Léon
Soudin des jeunes filles, fort embarrassées sur le
choix d'une vocation et qui venaient se percher,
pendant un terme ou deux, dans les chambres
meublées de la maison.

Ces politesses réciproques augmentaient l'intimité et cimentaient la confiance.

Il vint un jour où Léon eut besoin, à l'impro-
viste, de sommes qui dépassaient l'argent courant de Benoît. Ce ne fut pas un cas de rupture;
au contraire. Le prêteur fut trouvé; il fallut seulement lui donner plusieurs signatures qu'il ne
contrôla pas et que Léon recueillit très vite. La
circulation devint promptement très active. Léon
fournissait des traites tirées sur un de ses amis
qui les avait acceptées, ou, plus souvent, des
billets de cet ami à son ordre.

Comme il fallait un domicile commode, car les
souscripteurs ou les endosseurs étaient toujours
en voyage, M. Souillard offrit le numéro de l'immeuble dont il était l'arbitre, et ce fut ainsi que,
les jours d'échéance, Léon était obligé à une visite
envers M. Souillard ou madame Souillard, si l'ami
de l'Homme au gardénia était précisement occupé,
à cette heure-là, au frottage de l'escalier ou à un

service quelconque dans les petits appartements qu'il meublait et qu'il peuplait.

Ces relations pesaient à la fierté de Léon; c'était la lèpre intime. Mais il n'en était humilié qu'envers lui-même. Qui se serait jamais douté, qu'en sortant de l'hôtel de la princesse Daria, où il était annoncé par un valet en culotte courte, il courait s'annoncer lui-même à son ami aux manches retroussées, et allait conférer avec lui des précautions à prendre, pour que rien n'entamât le crédit ou le discrédit élégant dont il vivait?

La Banque n'avait pas encore fait sa visite, quand Léon fit la sienne.

— Je suis bien fâché de vous faire revenir, dit très poliment le concierge, redevenant domestique, quand il y avait un pourboire à gagner. Si vous le voulez, j'irai prendre les fonds chez vous et retirer les effets.

— Non, non, merci.

— Si ce n'était pas une grosse échéance, reprit M. Souillard, je trouverais bien moyen de la faire, et vous me rendriez cela ces jours-ci; mais trois mille francs! ah! Monsieur, si j'avais trois mille francs à moi, bien à moi, je ne serais pas longtemps concierge.

Léon ne se crut pas obligé de protester, bien

qu'il sût que le concierge avait beaucoup plus
de trois mille francs d'économies, et bien qu'il
le soupçonnât de participer, comme associé de
l'escompteur, à l'escompte de ses valeurs.

— N'ayez aucun regret, lui dit-il avec bonne
grâce. Je reviendrai ; je ne puis toucher ma traite
d'Amérique que vers trois heures, après un visa
du consul.

M. Souillard eut un faible sourire. Il sembla
reprocher doucement à son client de se moquer
de lui.   .

Lui-même avait bien envie de se moquer tout
haut du débiteur d'Amérique imaginaire, n'ayant
aucune raison de supposer qu'il pût exister en
chair et en os, quand jamais on n'avait souhaité
sa réalité.

Pour prouver qu'il n'était pas dupe de cette
vaine excuse, il dit en épluchant le plumeau
dont il était armé :

— A propos, cher Monsieur, si plus tard vous
voulez recommencer une affaire...

— Vos banquiers ont fait banqueroute ?

— Oh ! non. Mais il faudrait demander à un
autre ami sa signature. Celle-là a beaucoup servi.
Ces gens qui ne reviennent jamais... jamais...

Léon eut le sourire contraint qu'il avait eu
déjà chez la princesse Daria. Son ami le con-

cierge l'humiliait à sa manière, autant que la grande dame.

— Je pense pouvoir me passer à l'avenir de négociations, dit-il.

— Ah! tant mieux, et ce monsieur qui vous donnait sa signature, est-ce qu'il n'aura pas besoin à son tour?...

— Il est bien malade, le pauvre garçon, peut-être est-il mort maintenant.

— Tant mieux! tant mieux! répéta le concierge.

M. Souillard avait une ironie profonde. Son *tant mieux* ne paraissait pas s'adresser seulement au bon état financier de son ami. Il y avait une intention de menace, une revanche usuraire des services rendus, un effleurement familier de mépris. Ce *tant mieux* voulait dire :

— Je vous conseille d'échapper à mes griffes. Il est temps de jouer un autre jeu. Je ne suis pas sans inquiétude. Tant pis pour vous si vous restez, je vous mangerai!

Benoît Souillard savait-il que le brillant Léon Soudin était fort décavé? Avait-il entendu circuler des bruits? N'était-ce que la satisfaction d'un mauvais instinct? Cette manière de railler était-elle particulière à l'homme ou à la profession? Dans ces loges qui sont les souricières de tant de secrets, les complaisants effroyables de la civilisation parisienne représentent-ils, comme Guanhumara, dans le burg joyeux, l'esclave, *la haine*, à l'affût?

Quoi qu'il en soit, Léon ne perdit pas une goutte de lie de cette rasade, et ce fut avec un écœurement insupportable qu'il alla dans Paris faire semblant de déjeuner, en mâchant tous les cure-dents qu'on lui servit, jusqu'à l'heure de toucher ses quatre mille francs.

A trois heures et demie (il avait voulu héroïquement donner la bonne mesure), il se présenta chez la princesse.

Le valet de pied qui le reçut lui annonça qu'elle était sortie.

— Pas rentrée! voulez-vous dire...

— Non, monsieur. Madame la princesse est rentrée et ressortie.

— Ah!

— Mais, ajouta le valet de chambre, habitué sans doute à décomposer l'exercice de sa fonction, comme on décompose l'exercice à feu, et qui prenait un temps, à chaque mouvement, madame la princesse a laissé ceci pour monsieur.

Avec un geste beaucoup plus noble que celui de Léon tirant le matin même les journaux de sa poche de portefeuille, pour les offrir à la prin-

cesse, le valet de la princesse tira une enveloppe
cachetée qu'il tendit à Léon.

Léon la prit, comme on détache une bague
dans un carrousel, la serra, n'osa pas la décache-
ter sous les regards qui l'observaient, la palpa
en la glissant dans sa poitrine et, couvrant sa
retraite d'un : « Ah! oui, je sais, c'est bien!... » il
sortit de l'hôtel, exaspéré et la bouche tordue
par toutes sortes de jurons silencieux.

Sur le trottoir, il déchira un peu de l'enveloppe,
aperçut des billets de banque et, rassuré, se satisfit de sa fureur concentrée en remontant en voiture.

Quelle impertinence de lui faire remettre cet
argent par le valet chargé sans doute ordinai-
rement de répondre aux quêteuses! On avait recommandé à cet agent cérémonieux de ne donner
la lettre qu'en mains propres. On l'avait averti
de la valeur contenue dans l'enveloppe. Il était
fort heureux qu'on ne lui eût pas dit d'exiger un
reçu. Pourquoi la princesse ne l'avait-elle pas
attendu? Elle n'avait donc pas peur de lui? Pourtant il avait pour plus de quatre mille francs de
lettres d'elle, s'il voulait les publier, les vendre
comme authographes! N'avait-elle pas des compliments à lui transmettre de la part de M. Saint-
Jean? On le payait comme un bravo. Il était

affranchi d'avance de toute gratitude (en admettant qu'il fût assez niais pour en avoir), de l'exécution stricte d'un contrat.

Pourtant, à mesure qu'il s'éloignait et que le voisinage des billets de banque lui chauffait la poitrine, Léon se sentait devenir plus indulgent dans son scepticisme. Après tout, cette princesse, une étrangère, était un peu folle. Elle n'avait pas le tact des dames françaises, de madame de Chazelcy. Mais, en admettant qu'elle fût obligée de sortir et d'avoir recours à son domestique, pourquoi n'avait-elle pas pris une enveloppe plus épaisse? Une de celles, par exemple, qui lui servaient pour des billets doux, des enveloppes de fort papier Bristol? L'étourdie! C'était au ministère qu'on lui avait remis ce paquet ainsi préparé. A peine si les bords gommés étaient adhérents; l'enveloppe avait peut-être été ouverte dans l'antichambre. On savait maintenant le chiffre de ses gages.

Bah! qu'importait en somme, puisque les quatre mille francs étaient décrochés! L'échéance serait payée. Il resterait de quoi combler ce Darvincourt famélique, de quoi donner des espérances à la caisse de la *Chronique continentale*, de quoi vivre pendant quelques jours, de quoi ponter sur une autre affaire!

Comme tout devait aller mal, même dans le
succès, ce jour-là, M. Souillard n'était pas dans
sa loge, quand Léon, très pressé, sauta de voiture pour aller réclamer le billet, jaune ou
blanc, laissé par la Banque.

Madame Souillard avait la clef de son boudoir
et se trouvait dans l'escalier, à la hauteur du troisième étage, quand elle entendit appeler.

Elle montait un bouquet déposé à l'adresse
d'une jeune locataire. Elle répondit, reconnaissant par le télescope de la rampe le beau
M. Soudin, qu'elle le priait d'attendre, qu'elle
redescendait bien vite, et elle mit, en effet, autant de hâte à descendre, qu'une grossesse près
de finir lui permettait d'en montrer.

Elle savait naturellement ce dont il s'agissait.
Mais elle ne trouva pas le petit billet en question
dans le tiroir où l'on déposait d'habitude ces pa-
piers-là. Elle le chercha dans toutes les tasses,
dans tous les coquillages, dans tout ce qui servait
à contenir quoi que ce fût, mais vainement.

Benoît l'avait-il emporté avec lui, par mégarde?
Car c'était lui qui l'avait reçu. Sa femme ne se
souvenait pas d'avoir vu le garçon de banque.

Peut-être n'était-il pas encore venu ; peut-être,
cette fois, la présentation ne serait-elle pas faite
par la Banque de France.

Léon étranglait sa rage dans un sourire bienveillant, s'excusant de faire agir la bonne madame Souillard, qui s'essoufflait et se reposait à chaque déconvenue.

Comment faire ? La banque, quelle qu'elle fût, n'attendait pas. Les aiguilles allaient plus vite que d'habitude sur l'affreuse pendule qui représentait un troubadour jouant de la guitare. Il était quatre heures moins un quart. Léon s'exagérait les consignes : il croyait savoir que les jours de recettes, les 5, les 10, les 20, les 25 du mois, on ne laissait plus entrer, au delà de quatre heures.

Il remonta en voiture, riant de fureur, se trouvant stupide d'être si agité pour des brimborions de papier qui portaient sa signature, mais se disant qu'il pouvait courir un atroce danger, si ces papiers s'égaraient, si des gens malintentionnés les attrapaient au vol !

A la Banque de France, où la grille était encore entr'ouverte, il eut de la peine à entrer, n'ayant pas de bulletin ; il lui fallut parlementer avec le gardien.

Mais sa belle mine, l'air fier qu'il savait prendre, ce petit bout de ruban rouge qu'il portait à la boutonnière, séduisirent le cerbère ; il put se précipiter dans la grande salle des garçons de recette.

Il savait à quel bureau il devait s'adresser.

L'alphabet des garçons de recette lui était connu. Quand il se présenta au guichet habituel, le garçon lui répondit qu'il n'avait rien à son nom. Il lui fallut expliquer plusieurs fois, à voix haute, la teneur des effets, et il lui semblait, à chaque fois, que tout le monde dans la salle faisait silence pour écouter. Il sentait dans les jambes un fourmillement chaud, horrible.

Il entrevoyait le protêt, comme s'il eût entendu le grincement d'un pistolet qu'on arme. Où irait-il maintenant chercher les banderolles dangereuses? Il allait se retirer, quand le garçon de recette le rappela.

— Adressez-vous au troisième bureau, à gauche. J'avais un aide aujourd'hui, qui a fait les recettes de la rue Fontaine-Saint-Georges.

Léon courut au troisième guichet. C'était bien le port de salut. Les billets étaient déjà épinglés pour aller chez l'huissier ; il donna les trois mille francs, reçut en échange les trois effets estampillés et salis qui lui tenaient tant au cœur.

Une coulée froide se fit dans sa poitrine, une lassitude extrême. Depuis plusieurs jours, ces billets l'agaçaient trop. Est-ce qu'il perdait de sa supériorité, quand il se sentait si ému d'un inci-

3.

dent vulgaire? Ce n'était pas le premier péril de
ce genre qu'il affrontait.

D'où lui venait cette pusillanimité subite? Ne
s'était-il pas trouvé gêné extraordinairement par
les questions et par le regard de Marion, le matin même? Comme il allait la rassurer, la dominer, se venger, par un mensonge plus hardi, du
mensonge piteux qu'il avait été obligé de commettre!

Tout irait bien. Encore trois échéances scabreuses, et il serait affranchi de cette boue, il
serait monté à un palier moins crotté! Cette princesse s'était exécutée, malgré tout, et M. Saint-
Jean avec la princesse. Madame de Chazeley,
le banquier Monnerot étaient des commandi-
taires en réserve.

Il voulut être bon. Il se rendit à l'hôtel de
Darvincourt. Celui-ci était sorti. Pourquoi Léon
n'aurait-il pas fait à l'égard de son collaborateur
ce que la princesse Daria avait fait envers lui?
Toutefois, il mettrait dans son règlement de
compte moins de mépris et plus de grâce.

Il plaça deux billets de cent francs sous une
enveloppe, remit l'enveloppe à la maîtresse du
garni, sans lui laisser ignorer qu'elle contenait
de l'argent.

Le sourire mielleux de l'hôtesse lui persuada

qu'il agissait fort bien dans l'intérêt de son ami.

— J'assure son crédit! se dit-il.

Il passa également par le bureau de la *Chronique continentale* et revint chez lui, tout à fait remis de la secousse du matin.

Marion comprit que le péril était conjuré, pour ce jour-là. Elle n'osa pas s'en réjouir. Chaque succès mystérieux de Léon augmentait la sécurité et, partant, l'imprudence de ce joueur incorrigible. Dans son dévouement profond, elle souhaitait presque de le voir vaincu, une fois pour toutes, pour mieux le sauver.

Elle avait tant d'ambition pour lui!

Elle n'avait pas peur de son désespoir. Il était trop entêté pour se tuer, trop vaniteux pour se priver, à l'heure de la crise, de la satisfaction de lui donner à elle le spectacle de sa défaite; mais elle le savait, au fond, trop amoureux de gâterie pour qu'il se refusât à la douceur d'être pansé, soigné, caressé et sauvé.

Elle ne gagnait qu'une chose à ce succès épisodique.

Tant que Léon en jouissait, il ne combinait rien de plus dangereux et de moins moral.

Marion ne l'interrogea pas; mais, comme il était gai, elle fut souriante. Il voulut l'emmener dîner au restaurant. Elle ne résista pas. Il s'était

souvenu d'une représentation intéressante à
l'Opéra, pour ce soir-là, et il s'assura que sa cra-
vate blanche serait prête à l'heure de sa toilette;
que la femme de chambre irait lui chercher le
gardénia toujours tenu en réserve par son four-
nisseur habituel et quasi breveté.

Léon n'avait pas déchiré les billets retirés de
la Banque. S'il les eût éparpillés dans le chemin,
une bise n'aurait-elle pas pu remuer les débris
et les emporter indiscrètement?

Ils étaient de la nature de l'article composé la
veille; il n'en fallait pas garder les traces, pas
plus que celle d'un poison.

Après avoir commandé le dîner, en l'attendant,
il se souvint de la précaution nécessaire, et,
tirant les billets de sa poche, il en fit des tortil-
lons, qu'il consuma au bec du gaz, s'en réservant
un, pour lui servir d'allumette à l'intention de
son cigare.

Marion se crut autorisée à lui procurer la van-
terie de son échéance :

— Est-ce que Darvincourt a payé? demanda-
t-elle doucement.

— Non, mais j'ai payé pour lui.

A l'appui de cette assertion, il déroula le fragment qui lui restait, et, le montrant à Marion :

— Tu vois sa signature ; je ne t'ai pas menti, ce matin.

La pauvre Marion, très pâle, baissa les yeux. Elle avait vu la signature ; elle la voyait trop. Ce griffonnage l'effrayait comme un mensonge plus important que tous les autres. Elle n'en parla plus.

Après dîner, Léon ramena sa maîtresse, en rentrant pour s'habiller. Le concierge lui remit un billet écrit sur place, et qu'il ouvrit dans la loge même.

Il eut un petit rire, et, passant à Marion le papier qu'il venait de lire :

— C'est Darvincourt qui est venu me remercier, dit-il d'un ton dégagé.

Marion put lire, en effet :

« Mon cher Léon, merci ! Tu sauves l'honneur de mon nom. Sans toi, j'étais perdu. Je n'ai pas fait vainement appel à ton crédit. Compte sur moi. A la vie à la mort.

» Ton

» Darvincourt. »

Marion n'eut pas le temps et n'eut pas la tentation de s'assurer si la signature de ce remerciement ressemblait à la signature du billet. Elle fut frappée et convaincue.

Mais cette conviction ne la rassurait pas.

Elle remonta chez elle, plus attristée de cette vérité qu'il pouvait avoir dite que du mensonge redouté.

Quand Léon, habillé, paré, fleuri, l'eut quittée pour aller à l'Opéra ; quand elle fut seule, elle se donna la volupté, rare pour elle, de pleurer. Elle était trop continuellement triste pour s'abandonner aux larmes. C'était le plaisir interdit par son courage.

Mais, ce soir-là, si, vraiment, elle pouvait concevoir une espérance et se départir de son attention aiguë, acide, elle avait bien le droit de se délasser et de se consoler par les pleurs.

Léon avait plusieurs raisons sérieuses d'aller à l'Opéra. D'abord, il voulait se prouver à lui-même qu'il était toujours l'homme à la mode, impeccable, et que les humiliations subies dans la journée n'avaient pas intimidé sa gloire.

Il voulait ensuite se décrasser, dans des visites rendues à des loges aristocratiques, de la double visite faite à la loge de son ami Benoît Souillard.

Il voulait flairer l'opinion et savoir si l'on parlerait de l'article.

Il espérait aussi voir la princesse Daria et reprendre avec elle tous ses avantages ; en admettant qu'elle eût eu, le matin, l'intention de l'humilier, supposition qu'il tolérait de moins en moins, à mesure qu'il revenait au sentiment de sa force et qu'il rentrait en lui.

Rien n'était changé dans la faveur universelle à son égard. Il recueillit les mêmes hommages, les mêmes poignées de main. La princesse Daria n'assistait pas à la représentation, ce fut son seul mécompte ; mais, dans les coulisses, il aperçut de loin M. Saint-Jean qui le salua d'un sourire de franc-maçonnerie diplomatique, et, dans le foyer de la danse, il se trouva nez à nez avec lui.

Le conseiller d'État fit les avances, l'attirant d'un regard dans un angle de la salle :

— Monsieur, lui dit-il, je vous fais mon compliment. Il est impossible de mettre plus de verve, plus d'esprit et plus de force au service de l'équité et de la saine politique. Vous avez le génie du pamphlet. Il est banal d'évoquer Paul-Louis Courier, quand on parle d'une plume incisive. Permettez-moi une comparaison plus neuve. Je suis familier avec la littérature anglaise qui nous a donné de grands modèles en ce genre. *Junius* a moins de finesse ; il faut remonter jusqu'aux *Lettres du Drapier*, jusqu'à Swift, pour trouver un terme de comparaison.

Le compliment était excessif et prétentieux ; il pouvait satisfaire à la fois la gratitude forcée et l'ironie.

Léon était de force à en extraire le suc, à en repousser la piqûre. Devenant supérieur à son fier obligé, il lui répondit prestement :

— Il y a une différence au moins entre Swift et moi. Il drapait la corruption gouvernementale, et, moi, je semble la servir.

La réponse, à tout risque, était plus impertinente que le compliment.

M. Saint-Jean sourit :

— Vous me donnez raison une fois de plus, Monsieur, quand je compare les talents. Nous vous remercions.

— C'est moi, Monsieur, qui ai à vous remercier.

— De quoi donc?

M. Saint-Jean éleva les sourcils pour feindre plus grossièrement la surprise.

— J'ai reçu tantôt de la princesse.... commença intrépidement Léon.

— Oh! Monsieur, interrompit galamment l'entremetteur du gouvernement, ne me remerciez pas pour les gens que vous employez; je veux mériter spécialement votre reconnaissance.

Léon s'inclina, charmé de ce qu'il avait dit, charmé de ce qu'il se faisait dire. Il ne devint pas modeste, en constatant qu'on l'appréciait.

— Je ne fais que commencer! dit-il. J'ai bien d'autres choses à révéler sur M. Gambey.

— Où donc avez-vous appris tout ce que vous révélez déjà?

— J'ai ma police, qui me sert bien.

— Je le vois, et je vous l'envie. Elle donne des leçons à la nôtre.

— Par malheur, la vôtre n'en profitera pas.

— Peut-être!

— Eh bien, pour commencer, demandez-lui le vrai nom de M. Gambey.

— Vous le savez?

— Oui, et je sais aussi où ce banquier a fait une première banqueroute.

— Une première! Est-ce qu'il y a eu récidive?

— La récidive, je m'en charge.

— Je suis impatient de savoir... ce que vous savez.

— C'est le secret du prochain numéro, dit Léon en saluant et en se reculant pour parler à une danseuse.

Les deux hommes se séparèrent, avec un geste double de la main, dans le vide, sans qu'ils se touchassent les doigts.

Léon, tout en égrenant des niaiseries, qu'il

n'écoutait pas, à une sylphide qui n'écoutait guère, pensait en lui-même :

— Ah! tu me compares à Swift! Eh bien, mon grand homme d'État de Lilliput, tu seras obligé de soutenir la comparaison jusqu'au bout et de me donner, comme on a fait à Swift, une bonne prébende!

De son côté, M. Saint-Jean, en rentrant dans la salle et en regagnant son fauteuil, se disait entre ses rudes moustaches :

— Coquin, je te prouverai que ma police est assez habile pour avoir raison d'un aventurier comme toi! Sers-nous bien, et sers-nous long-temps! Sinon!...

Ils se trouvaient sur la même ligne aux fauteuils d'orchestre. De loin, ils échangèrent encore un sourire, plus discret, plus effilé, et se renversèrent d'un mouvement égal en arrière, pour savourer l'harmonie qui commençait.

IV

L'article contre le syndicat mexicain fit du bruit à la Bourse.

Un certain chauvinisme, qui n'est jamais plus ardent à se manifester que quand il s'agit des intérêts des autres pays, prit texte de cette diffamation pour reprocher aux banquiers mexicains de n'avoir pas la fibre française, et de ne pas comprendre la grande œuvre de civilisation que nous allions entreprendre là-bas.

On sait par quelle monstrueuse ironie de la destinée et de cette loi des réversibilités qui frappa Louis XV dans madame Dubarry, le banquier suisse Jecker devint sous la Commune le bouc émissaire du second Empire.

En 1862, on eût exécuté, au moins à la Bourse,

comme un otage pris au Mexique, l'excellent Français M. Gambey.

Léon savoura en artiste le petit bruit qu'il avait fait faire et laissa Darvincourt, devenu subitement important depuis qu'il avait tenu deux cents francs gagnés par une vilenie absolument personnelle, s'attribuer, dans les endroits publics, le mérite de cette attaque agréable au pouvoir.

Deux jours après, un petit billet de madame de Chazeley appelait Léon à la rue du Rocher.

Ce billet était fort attendu. Un moment, l'homme habile avait craint de n'avoir pas fait assez peur, ou bien d'avoir tellement terrifié M. Gambey, que celui-ci eût déserté Paris.

Le billet était un symptôme rassurant. Madame de Chazeley, à la vérité, n'y parlait de rien. On pouvait croire qu'il s'agissait seulement de causer de *Salammbô*. Mais il était évident quelle n'appelait Léon que pour lui confier les terreurs de M. Gambey.

Soudin eût-il mieux fait de devancer cet appel?

Il paraîtrait bien étonnant qu'il n'eût pas connu un des premiers cet article insolent. N'aurait-il pas dû, après l'avoir lu, courir à la rue du Rocher, pour offrir ses services, sans attendre qu'on les lui demandât?

Mais il plaisait à Léon d'être sollicité. Il ne

s'effrayait pas même de la supposition qu'on pût le soupçonner, dans le premier moment, d'être, sinon l'auteur, au moins un collaborateur ou un témoin de l'article infâme.

Ce soupçon, s'il le repoussait, lui fournirait une occasion de verve et de colère, et un droit à des excuses ; s'il ne le repoussait pas, s'il le laissait flotter, il n'en deviendrait que plus essentiel à acquérir.

Au risque de perdre de sa bonne renommée dans la conscience de madame de Chazeley, il achalandait sa puissance. Le moment était peut-être venu d'exiler une bonne fois le jeune Aristide, trop longtemps réputé juste, qui s'humiliait en lui, et de se relever, pour finir, comme tant d'autres qu'on enviait, dans un mépris terrifiant et opulent !

Dans le petit salon de la rue du Rocher, il trouva M. Gambey. Le pauvre banquier ne l'attendait pas, et, prévenu sans doute de sa visite, se hâtait de se retirer, éprouvant quelque honte à rencontrer ce fier jeune homme, avant d'être certain qu'il n'avait pas été influencé par l'article diffamateur.

M. Gambey n'était pas seul ; sa fille l'accompagnait.

Du même regard tournant Léon perçut l'embar-

ras du banquier, l'espoir de madame de Chazeley, la beauté de la jeune fille.

Les yeux de l'Homme au gardénia, spontanément, avaient répandu dans leur évolution tout
leur philtre.

M. Gambey s'arrêta sur place, n'osant continuer
son mouvement de retraite, à moins d'y être
encouragé par l'accueil même de Léon ; la jeune
fille, qui avait entendu sans doute, quelques minutes auparavant, parler de ce M. Soudin si lancé,
si utile, le regarda avec une attention subite et
profonde. Était-ce le vengeur attendu, le sauveur
de son père ?

Quant à madame de Chazeley, elle sourit de
toute sa bonne âme, à cet ami si prompt à ac-
courir. Elle l'avait bien jugé ; elle n'avait pas eu
un instant de doute.

M. Gambey, décontenancé, murmura :

— Hélène, ma fille !

C'était un coup du sort, une carte inespérée
dans le jeu de Léon que cette arrivée subite de la
jeune fille, à l'heure d'une crise sérieuse dans la
vie et le crédit de son père.

Léon s'inclina, en soulevant les yeux. Mais il
fut surpris du calme rayon qui reçut l'éclair du
sien.

Hélène ne se troublait pas d'un hommage que

les plus rouées subissaient candidement, et dont
les plus candides étaient d'ordinaire troublées
jusqu'à l'épouvante ou la séduction.

Qu'était-elle donc pour l'affronter? Son inquiétude filiale lui mettait-elle une armure impénétrable à tout ce qui n'était pas d'abord le erment
de sauver son père?

Léon faillit perdre son sang-froid. Il admira
cette énergie paisible, comme un sommet à esca-
lader, et cette beauté parfaite, comme une gloire
à conquérir. Une vibration aiguë dont il se croyait
incapable lui secoua le cœur dans la poitrine.
Quelle jeune fille désirable, pour sa beauté, mé-
lange de charme créole, de dignité française, atti-
rante et mystérieuse, et quel beau parti!

A l'honneur de son âme immortelle, je dois
dire que l'idée d'argent ne jaillit dans le cerveau
de ce faiseur qu'après l'idée de possession et
même d'amour.

Ce blasé, ce raffiné fut séduit. Si l'on n'avait
pas abusé de la foudre, bien subalternisée depuis
les fils électriques du monde moral et depuis les
parodistes de Roméo, je dirais qu'il fut foudroyé.
Il voulut retenir cette vision et prit avec une force
cordiale la main de l'homme qu'il avait commencé à assassiner.

— M. Léon Soudin! murmura le banquier

que cette pression de main réconfortait, en s'adressant à sa fille.

Hélène, cette fois, eut comme l'aurore d'un sourire. Elle voulut bien remercier Léon, qui rendait un peu de courage à son père.

— Ah! Monsieur, reprit M. Gambey, comme vous connaissez Paris! comme vous aviez raison l'autre soir! comme j'avais tort! Giboyer est un type affaibli des flibustiers de la plume.

— Quoi donc? demanda Léon, qui se décida pour le jeu de la surprise, admirable, complet.

Madame de Chazeley était levée, près de la petite table à sa portée. Elle prit des journaux, et, les tendant à Léon :

— Comment! vous n'avez pas lu dans cette feuille que vous avez quittée trop tôt?

— Je ne la lis plus, depuis que je l'ai quittée, c'est-à-dire depuis que je la méprise.

— Soit; mais les autres journaux?

— Je n'en ai pas lu un depuis trois jours. Je suis très occupé d'un plan...

— Eh bien, vous allez lire l'infamie que vous nous aiderez à venger, à effacer.

— Volontiers!

Léon se tourna vers le banquier, en essayant de le retenir par le regard, par le geste.

— Non, non, dit madame de Chazeley en pous-

sant au contraire vers la porte, avec un bon sourire, le banquier et sa fille, c'est à nous deux
seuls, mon cher Soudin, que nous traiterons cette
affaire-là. Il faudrait dire trop de bien de M. Gambey, devant lui. Je veux lui épargner ce petit
supplice... N'est-ce pas que j'ai raison, Hélène?

La jeune fille se transfigura, pour remercier
madame de Chazeley; tout son beau visage
rayonna, et, baisant la main de son amie qu'elle
posa ensuite sur sa joue pour se faire caresser
maternellement :

— Merci, merci! lui dit-elle avec une passion
filiale.

Léon fut effroyablement jaloux de ce remerciement.

— Madame, dit-il de sa voix la plus harmonieuse, avec un trémolo qui la faisait pénétrer,
je veux épargner comme vous la modestie de
M. Gambey. Je n'ai qu'une chose à savoir :
qu'attendez-vous de moi? Je suis tout à lui,
comme je suis tout à vous!

Ce fut M. Gambey qui remercia. Il était
suffoqué d'attendrissement et entraînait sa fille,
ne voulant pas pleurer devant Léon.

Léon, avec un regard obstiné, barrait presque
le passage à Hélène. Elle se résigna à un battement de ses longs cils, en forme de remercie-

ment, mais ce fut tout. Ses yeux reprirent vite
leur limpidité profonde, assurée, presque mé-
fiante.

Était-ce un sentiment instinctif qui mettait en
garde cette âme véridique contre les subtilités du
mensonge invisible? Était-ce la crainte de ne pas
trouver assez de dévouement dans celui qui
défendrait son père? Était-ce la pudeur d'une
jeune fille très belle, hésitant à devoir quelque
chose à un jeune homme très beau?

Léon se posa dans une seconde toutes ces questions à la fois, ou plutôt il en fut assailli. Il eut
un afflux de pensées, une inondation de sentiments qui emplirent d'un bond toutes ses
crevasses, gonflèrent toutes ses sécheresses et lui
donnèrent un sursaut de jeunesse, d'enthousiasme. Enfin il trouvait un but sublime, digne
de lui !

Ce fut un mirage pourtant, la vision de l'oasis,
dans le pays de la soif.

Quand M. Gambey se fut retiré, emmenant sa
vision charmante, Léon redevint effroyablement
maître de lui, avec la jouissance d'avoir un
nouveau moyen d'ivresse à sa portée.

Madame de Chazeley, qui avait reconduit le
banquier jusqu'à la porte du salon, en se retournant, tendit les deux mains à Léon, par un geste

de mère, si large, qu'on eût dit qu'elle tendait les bras :

— A nous deux, maintenant! Ah! mon ami, comme vous avez bien fait de vous retirer de cette officine de chantage, vous qui êtes si digne de la grande presse!

— Je fais toujours bien de me rendre digne de votre amitié.

— Vous avez vu comme ce pauvre M. Gambey est bouleversé!

— Quelle étrange beauté a sa fille! répondit Léon.

Madame de Chazeley sourit à cette façon de lui répondre. C'était, pour elle, la distraction d'un cœur jeune, resté naïf, en dépit du monde parisien, et toujours facile à s'éprendre.

— Oui, dit-elle complaisamment, c'est une étrange beauté, mais une beauté qui ne tient pas seulement à l'harmonie des lignes, à la finesse régulière des traits; c'est toute une âme fleurie. Si vous l'aviez entendue, avant votre arrivée, quand elle donnait du courage à votre père! Le brave cœur! Cette femme-là fera de son mari un grand homme, s'il a du génie, et lui donnera du génie, s'il n'en a pas.

En parlant ainsi, tout en ramenant Léon à un fauteuil près d'elle, au coin du feu, madame de

Chazeley regardait Soudin d'une façon si mali-
cieuse dans sa bonté, que celui-ci ne pouvait s'y
méprendre.

— Ah! chère madame, dit-il avec une sensibilité facile à feindre, vous donneriez, vous, de
l'ambition au plus modeste.

— J'aime l'ambition de ceux que j'aime.
J'ébauchais un rêve; vous pouvez lui donner de
la réalité. M. Gambey a beau être riche et
banquier, c'est un homme de bon sens, et les
gens qui n'ont que de la raison, sans avoir de
préjugés, comprennent les choses, tout aussi
aisément que les poètes. Ce père excellent accor-
dera sa fille au jeune homme de talent et de
bonne famille qui s'en fera aimer.

— S'en faire aimer! soupira Léon en secouant
la tête, il faudra bien de la vertu pour cela!

— Eh bien, devenez vertueux, mauvais sujet!
Avant tout, servez l'honneur du père, comme si
vous deviez devenir son fils.

— Vous m'empêchez d'être désintéressé, en
me faisant entrevoir une si grande récompense.

— Libre à vous d'y renoncer! D'ailleurs, je ne
réponds que de mes bons offices, de la complaisance possible de M. Gambey. C'est à vous à
obtenir Hélène d'elle-même.

— Si vous m'exhortez, c'est que vous me croyez des chances.

— Oh! le fat!

Madame de Chazeley le contempla d'un regard très féminin et en même temps très maternel; elle semblait lui dire que ses premières chances étaient dans sa bonne mine, et elle ne supposait pas qu'il fût beau pour être méchant.

— Maintenant, reprit l'excellente femme, après un petit silence, occupons-nous de cette vilenie.

Elle reprit du bout des doigts un des journaux, et le remuant devant elle :

— Je ne sais à quelle plume vénale on a commandé cet article; je ne veux pas le savoir; mais je sais d'où le coup est parti.

— Vraiment?

— Il n'est pas bien difficile de deviner quels spéculateurs s'opposeront au rachat par la France de la créance Jecker. Je ne vous ai pas encore parlé de l'objet principal du retour de M. Gambey en France. Ce bon Français veut empêcher qu'on ne dépense des millions, qu'on ne tue des milliers d'hommes, pour augmenter la fortune de quelques Machiavels de la Bourse et des Chambres. Il a habité le Mexique assez longtemps pour prévoir l'horrible inutilité de notre intervention. Quelques victoires que nous remportions, et nos

victoires ne sont pas douteuses, elles aboutiront
à un mécompte final. M. Gambey a organisé un
syndicat qui propose de racheter les bons de la
banque Jecker, d'indemniser, dans une mesure
très convenable, nos nationaux qui ont souffert.
C'est une œuvre généreuse, grande, qui devra
coûter au syndicat; c'est une association en vue
d'un sacrifice patriotique. Ce projet dérange des
spéculations; on veut empêcher que M. Gambey
n'émeuve l'opinion publique, et, avant qu'il ait
parlé, on le bâillonne avec des calomnies...
C'est infâme! Vous savez aussi bien que moi
ce qu'on dit, ce qui est vrai, sur l'intérêt de
certains grands personnages à l'expédition du
Mexique. Ces agioteurs-là ont un factotum, dans
le grand factotum du pouvoir lui-même... Je ne
devrais pas vous exciter à la lutte, en invoquant
ainsi des sentiments mauvais, quand les bons seuls
devraient suffire... Vous m'avez souvent dit que
vous n'aimiez pas M. Saint-Jean...

— Dites que je le hais!

— Prenez garde! vous en dites trop; on vous
croirait jaloux.

— Jaloux de son pouvoir?

— Oh! je m'entends et vous m'entendez,
reprit madame de Chazeley avec un fin sourire.
Aussi, quand ce petit sentiment d'antipathie vous

aura bien inspiré, j'exigerai que vous y renon-
ciez. Pour prétendre à mademoiselle Gambey,
il ne faut pas affecter ailleurs des attitudes de
rival. Cela dit, je vous avouerai que le coup
vient directement de M. Saint-Jean.

— Je le crois.

— Mais, s'il emploie des hommes zélés,
M. Saint-Jean n'a pas, par bonheur, à sa disposition des plumes comme la vôtre. Tenez, mon
cher ami, lisez et donnez-moi votre avis.

Léon prit le journal et commença à parcourir
des yeux la prose qu'il connaissait si bien ; mais
madame de Chazeley voulut qu'il fît la lecture à
haute voix, pour l'arrêter aux passages particulièrement odieux et les souligner afin de mieux
les réfuter.

La prose de Darvincourt, même retouchée
par Soudin, était restée médiocre. Pour parler de
Swift, à propos de cette diatribe, il fallait l'ignorance littéraire d'un homme d'État, ou son
effronterie.

En lisant, avec une exagération d'accent qui
était une complaisance pour son auditrice, Léon
faisait saillir encore la médiocrité du factum.

Madame de Chazeley constatait, de temps en
temps, cette platitude de l'injure, et Léon, souriant, haussant les épaules, s'associait, avec un

dilettantisme infaillible, à ces critiques d'une femme délicate.

— Le goujat! dit-il en terminant et en laissant tomber le journal, comme s'il eût fatigué et sali ses mains.

— Répondez-lui, reprit madame de Chazeley.

— Volontiers.

— Tout de suite, ici; voulez-vous?

— Je suis prêt, dictez-moi.

— Je n'ai rien à vous dicter. Je veux seulement vous donner les détails qui vous manquent.

Tout aussitôt l'excellente amie, avec une chaleur de bonté qui la rendait éloquente, raconta à Léon tout ce que celui-ci n'avait pas besoin d'apprendre, sur la vie, sur le caractère de M. Gambey, et, quand elle eut fini, elle dit à Léon :

— Vous allez vous installer là, rester seul, et écrire, de votre plus belle encre, un article fin, railleur, discret, comme votre conversation. N'injuriez pas pour répondre à des injures; plaignez ceux qui n'ont que la force de l'invective. Je ne vous demande pas d'être spirituel; je vous recommande de dégainer tout votre esprit. Allons, Rodrigue, prouvez à M. Gambey et à sa fille que vous avez du cœur, et sortez vainqueur d'un combat dont Chimène est le prix!

Tout en parlant, madame de Chazeley avait disposé sur une table de son salon un buvard, des plumes, et débouché un élégant encrier.

Léon se dégantait avec une grâce nonchalante, ainsi qu'un pianiste à qui l'on a demandé d'exé- cuter un de ses plus beaux morceaux.

— D'abord, je veux que vous restiez là, dit-il en avançant une chaise devant la table ; vous me porterez bonheur.

— Cela ne vous troublera pas?

— Si; cela entretiendra l'émotion dont j'ai besoin. Mais que ferez-vous de cet article? Vous savez, chère Madame, que j'ai plutôt des rela- tions avec des journaux agréables au pouvoir que parmi les journaux désagréables.

— Je m'en charge. Sans faire d'opposition, j'ai, moi, plus d'amis parmi les journaux qui se réservent et qui desservent que parmi les jour- naux courtisans. Je ferai insérer votre belle prose en belle place.

— Avec mon écriture?

— Vous avez peur de vous compromettre auprès de la princesse Daria, n'est-ce pas?

Léon rit beaucoup de cette remarque, qui n'était de la part de l'excellente madame de Cha- zeley qu'une légère et inoffensive ironie, et qui, en réalité, le touchait directement.

— Si je disais oui ? répondit-il.

— Rassurez-vous ! je recopierai l'article tout
entier.

— Vous le corrigerez aussi ?

— Ne vous moquez donc pas ! Vite, à la
besogne !

Léon obéit. Il était en verve. Combien de gens
sont plus éloquents à se réfuter, qu'à affirmer
leur première opinion !

Léon s'amusait à glisser la pointe de son sarcasme dans les endroits du pamphlet qu'il savait
très faibles. Il se moquait agréablement du style
de Darvincourt et même de son propre style. Sans
contrevenir aux instructions de madame de Chazeley, il sut faire frissonner de délicates et me-
naçantes allusions, autour des instigateurs in-
connus de l'attaque dirigée contre M. Gambey.
La princesse pouvait se sentir piquée et M. Saint-
Jean devait avoir peur.

Entraîné par son désir de bien faire, pensant
surtout à mademoiselle Hélène Gambey, quand
il vengeait son père, il eut des phrases d'un attendrissement doux, subtil, sur les outrages déver-
sés contre cet honorable père de famille. Il en
dit plus sur la situation de l'ancien banquier,
dans le passé, que madame de Chazeley ne lui
en avait révélé ; si bien que, lorsqu'elle l'entendit

lui lire l'article, elle fut réellement stupéfaite et admira de bonne foi l'intuition, la pénétration de cet écrivain de race.

— Ah! mon ami, quel talent vous avez! lui dit-elle ingénument, et comme vous êtes fort, quand vous êtes simple et bon! Si vous n'étiez pas déjà résolu à utiliser dans le roman des dons excellents de votre nature d'observateur, je vous y contraindrais. Mon ami Gambey sera touché jusqu'aux larmes.

— Et sa fille?

— Gourmand! Ne voulez-vous pas la voir pleurer? Je vous avertis qu'elle ne pleure guère. Elle sourit, quand elle est très émue. Et elle vous sourira de tous ses beaux yeux: je vous l'affirme. Merci, mon ami. Vous vous lirez ce soir dans les journaux où je voudrais vous voir écrire. A mon tour, maintenant; cédez-moi la place.

Léon alla s'étendre familièrement dans le fauteuil que madame de Chazeley avait quitté, pendant que celle-ci lui prenait sa chaise et sa plume.

Elle l'avait regardé écrire, et elle s'était laissée aller à des évocations maternelles, mélancoliques, pendant qu'il écrivait. Elle le trouvait tout à fait digne d'Hélène Gambey.

Ce qu'il y avait au premier abord de romanesque et de chimérique dans ce projet de

mariage était justifié par le grand talent et aussi
par la belle tournure de son héros.

Elle ne doutait pas qu'il ne fût aimé, autant
qu'il était aimable, et, tout en faisant le poème
de ce mariage entre Hélène et Léon, elle soupi-
rait, en pensant qu'elle ne travaillerait pas peut-
être aussi facilement au bonheur, au poème du
mariage de son fils.

C'était dans toute la plénitude de son cœur
qu'elle travaillait pour Léon ; mais son cœur ne
s'était empli si vite que parce qu'il avait des
sources maternelles inutiles, inoccupées.

A son tour, en s'installant dans le fauteuil,
chaud encore de l'empreinte de cette mère excellente, Léon, la contemplant, se laissait aller à
une rêverie qui voulait être exclusivement douce
et béate, mais qui se heurtait, se hérissait, se
déchiquetait brusquement à des pointes acérées.

Oui, ce mariage était une affaire magnifique,
qui devait être en même temps la réconciliation,
la communion de sa conscience avec le bien.
Quand il serait le gendre d'un homme riche,
comme il serait aisément honnête, rangé, vertueux !

Ce qui lui avait manqué jusque-là, c'était la
possibilité de la vertu. Il avait subi la fatalité
d'une grande ambition, avec une situation ché-

tive, médiocre. Il avait dû lutter pour la vie. Il
s'était jeté avec opiniâtreté dans la mêlée, contraint à des ruses continuelles, à des cruautés de
combat. Mais, au fond, l'honneur, l'indulgence, la
bonté sont des sentiments confortables qui repo-
sent de la lutte et consacrent la victoire.

La virtuosité même de l'article qu'il venait
d'improviser et que madame de Chazeley était en
train de copier, en l'approuvant, en le ratifiant
de tout son cœur, cette facilité de si bien dire ce
qui était honorable prouvait encore qu'il avait la
vocation de la vertu, comme il avait l'autre.

Une seule pensée le taquinait, le pinçait jusqu'à
la torture. Il lui faudrait dire son nom, son vrai
nom, présenter le fils Chamoiseau à mademoiselle Hélène Monnerot; et puis son père, dont
le consentement était indispensable, qui pouvait revenir brusquement visiter son ancien patron, consentirait-il à ce mariage?

Tous ces obstacles sérieux attisaient sa frénésie nouvelle; mais les obstacles se dessinaient
magistralement.

La veille, il lui avait paru, sinon tout simple,
du moins possible et facile, d'adoucir les susceptibilités de l'ancien banquier de Nogent. Son
père, en désintéressant M. Monnerot, lui avait
préparé la voie. Mais, depuis qu'il avait vu

mademoiselle Hélène, depuis que ces grands yeux
d'une sérénité altière s'étaient fixés sur les siens
pour regarder dans sa conscience, il hésitait,
il doutait. Voudrait-elle s'appeler madame Chamoiseau? Ce nom ridicule dont il ne s'affublait
pas, faudrait-il l'apporter en cadeau de noces à
cette jeune fille, très fière sans doute, et qui ne
devait pas ignorer l'affaire Chamoiseau?

Pendant que madame de Chazeley écrivant,
sans avoir besoin de le consulter, tant son manuscrit était correct, se tournait par moments de
son côté, en lui envoyant un applaudissement
dans un sourire, à chaque mot ingénieux qu'elle
découvrait, il se disait anxieusement :

— Jamais elle ne voudra de Léon Chamoiseau.
Comment lui faire accepter Léon Soudin?

A force de tourner autour de la difficulté et de
supposer un moyen de drame, une substitution,
il finit par entrevoir un expédient hardi, mais très
praticable dans sa hardiesse :

— Parbleu! se dit-il, puisque je suis Léon
Soudin, un enfant sans famille, je resterai Léon
Soudin. Pourquoi pas? Le frère de Marion est
mort; il ne me manque que la constatation de son
décès; ou il est perdu si bien, qu'il ne reviendra
jamais. Je suis mon propre cousin; Marion a les
preuves dans ses paperasses.

Madame de Chazeley avait fini. Elle le remercia encore, lui rendit son manuscrit, et s'apprêta à sortir, pour aller porter l'article aux journalistes de grande influence qu'elle connaissait.

— Je m'étais pourtant bien promis de ne pas intervenir dans cette histoire du Mexique, dit-elle à Léon, en le congédiant. Mais, quand le bonheur et l'honneur de mes amis sont en jeu, est-ce que je puis hésiter?

Léon prit pour lui seul le mot bonheur. Il n'était pas besoin qu'on protégeât son honneur. Il suffisait à la tâche.

Dans la rue, il s'amusa à déchirer en morceaux insaisissables le chef-d'œuvre qu'il venait de commettre, et lança les débris, comme une neige de marguerites effeuillées, sur le trottoir.

C'était une jonchée triomphale, au-devant de la fiancée attendue.

V

Les gaietés de Léon effrayaient sa maîtresse, tout autant que ses mélancolies fiévreuses.
Sa joie était implacable et sauvage. Il devenait
plus brutal avec Marion, quand il voulait l'associer à son entrain et la faire rire, en dépit d'elle-
même. Dans ces moments-là, s'il l'embrassait,
il donnait à son baiser l'âpreté d'une morsure;
s'il la prenait dans ses bras, il l'y serrait à l'étouf-
fer, et il l'appelait sa petite Marion avec une
sorte de colère, furieux presque de ce qu'elle
ne pénétrait pas les raisons mystérieuses de son
triomphe, comme il était furieux de ce qu'elle
ne pénétrait pas les raisons de sa mauvaise
humeur. Elle était son *souffre-joie,* ce qui est la
plus atroce façon d'être un *souffre-douleur.*

La pauvre fille trouvait bien dur le vœu qu'elle avait fait, mais ne songeait pas à s'en relever. Son amour éternellement torturé, mais invisible, était une passion dans tous les sens. Elle n'avait et ne pouvait avoir aucune illusion; pourtant elle espérait, ainsi que je l'ai dit, une heure d'abattement suprême, où Léon pourrait être sauvé. Elle épiait cette heure-là, et en l'attendant, résignée, complaisante, endolorie et fière secrètement de toutes les douleurs qui étaient la consolation de sa chute, elle accueillait avec le même sourire ce tyran qui se trouvait bon, parce qu'elle le trouvait beau.

Marion, dont l'esprit s'était singulièrement développé, affiné dans l'épreuve, et à Paris, pensait avec vraisemblance qu'à cause des liens de famille, de l'habitude prise, d'une complicité d'enfance, elle était la dernière vertu de Léon. Par elle il se rattachait encore aux influences lointaines, vagues, du souvenir. Il avait de l'imagination et le besoin incessant d'en tirer parti. Marion lui servait à se rappeler ce qu'il voulait évoquer. Son égoïsme avait besoin de cette compagne vigilante et belle dont il se sentait aimé héroïquement, puisque malgré ce qu'elle voyait de lui et en lui; malgré ce qu'elle soupçonnait, cette créature vaillante et charmante ne se déta-

chait pas et resserrait au contraire ses liens. Il
eût été bien sot de s'en détacher, avant une occasion qui fixât sa vie!

Marion pour lui n'avait plus qu'un défaut;
c'était sa résistance à devenir une mondaine. Il
avait voulu la produire dans toutes les occasions
offertes aux exhibitions des ménages incorrects;
mais, depuis dix ans, elle n'avait cédé qu'aux
invitations les plus indispensables, et n'avait
contracté que des relations apparentes avec les
femmes ou les maîtresses des gens de demi-
littérature, de demi-bourse, de demi-moralité,
que Léon pouvait avoir besoin de fréquenter.

Cette pruderie l'agaçait souvent, mais secrètement le flattait, le laissait libre et maintenait
autour de son ménage un voile de respect, de considération, d'envie, dont il humiliait ses rivaux.

Après la visite à madame de Chazeley, enchanté de l'excellent article qu'il avait fait, palpitant d'une ambition formidable, brûlé d'une
curiosité, d'un désir qui ressemblaient, à s'y méprendre, à l'amour, Léon s'était régalé tout seul,
dans un bon déjeuner; avait bu tout seul à son
avenir, et, fixé sur la solution qu'il prétendait
donner à un détail embarrassant du problème de
sa destinée, il était sorti du restaurant avec cette
gaieté acide dont j'ai parlé.

En rentrant chez lui, il rencontra à la porte Marion, qui rentrait aussi d'une course, d'une emplette dans Paris.

Il fut frappé de sa pâleur, de son agitation.

— Qu'est-ce que tu as, ma pauvre Marion ? lui demanda-t-il avec bonté, mais par besoin de sympathie subie plutôt que par sympathie active.

Marion, touchée de son accueil, hésita à répondre ; puis, brusquement :

— J'ai vu mon oncle !

Léon tressaillit. Il n'avait pas besoin de mauvais augure.

— Tu lui as parlé ?

— Oh ! non.

— Il t'a vue ?

— Je ne crois pas.

— Est-tu sûre que c'est lui ?

— Je n'en suis pas absolument sûre... Et pourtant ! Il est vrai qu'il est changé !

Elle dit cela lentement, en baissant la tête ; elle marcha vers l'escalier, prit la rampe et monta. Léon la suivit en silence, gêné par cette nouvelle. Rentré chez lui, la porte close, il brava la vision et demanda presque gaiement :

— Est-ce que papa s'habille toujours comme du temps qu'il était caissier ?

La plaisanterie était odieuse. Marion le regarda
d'un air de reproche, et, joignant les mains :

— Je t'en prie, Léon, ne plaisante pas.

Léon, satisfait d'avoir prouvé l'indépendance
de son cœur, répondit :

— Je ne plaisante pas ; j'ai eu de ses nouvelles.

— Toi?

— Je sais qu'il a fait de bonnes affaires. Il a le
sac maintenant.

Marion, stupéfaite et attristée, renouvela par
un geste sa protestation et sa prière.

— C'est bien vrai, que tu ne lui as pas parlé?
demanda Léon.

— Non, je n'aurais jamais osé.

— S'il le fallait pourtant? si je te chargeais
d'aller le trouver?

Marion regarda son amant avec une sorte
d'avidité généreuse. Ses yeux l'enveloppaient.

— Quand tu le voudras, j'irai le chercher.

— Tu ne sais pas où il demeure?

— Non, mais ce ne doit pas être difficile à
trouver...

— Ça ne presse pas. Eh bien, ma bonne Marion,
tu vois que papa Chamoiseau n'est pas mort, et
que tu avais tort de porter son deuil. Laisse
faire ! Avant quinze jours, nous irons l'inviter à
dîner.

Marion hocha la tête.

— Me pardonnera-t-il, ce jour-là ?

— Parbleu !

Comme une avance sur le pardon paternel, si lestement promis, il donna un baiser à Marion, puis parla vivement d'autre chose.

La pauvre fille devina promptement que Léon méditait quelque projet particulièrement important et difficile, car elle remarqua qu'il ne pouvait demeurer en place. Il allait et venait, dans l'appartement, s'imposant parfois l'obligation de s'asseoir, de lire ; puis jetant le livre, le journal, et se mettant à arpenter le salon, la chambre à coucher, la salle à manger, tournant par ce mouvement des fauves en captivité.

Vers la fin de la journée, il prit son chapeau et sortit, emporté par une bourrasque. Il ne pouvait rester enfermé ; il étouffait. Il s'était pourtant bien juré de ne pas sortir.

Il s'imaginait qu'il avait besoin de savourer dans la solitude l'espérance qui l'agitait ; mais le regard de Marion qui le suivait partout de sa lumière égale, persistante, et que sa gaieté n'avait pu ni déconcerter, ni égayer, le fatiguait.

Dans toute crise, comme celle que traversait Léon, il y a un besoin de retraite, de veillée des armes qu'il voulait satisfaire, mais dont il ne possédait pas le secret.

Il était mal à l'aise, en face de Marion, pour évoquer mademoiselle Monnerot.

Une fois ou deux, il avait essayé de les comparer ; il avait peur de les trouver également belles, et, s'il eût osé, dans son orgueil néronien, il eût rêvé de les posséder ensemble.

Quand il rentra pour dîner, il mit un écrin sous la serviette de Marion ; il lui avait acheté un joli bracelet.

C'était un cadeau de rupture, indirect.

Marion le remercia ; mais elle eut une sueur froide, en plaçant ce cadeau à côté des autres.

— Il a quelque chose à me demander ou à exiger de moi ! pensa-t-elle en tremblant.

Elle fut, dès lors, pendant le dîner et pendant la soirée, en proie à une inquiétude qui arrêtait par moments les battements de son cœur.

Il fallait que ce qu'il attendait d'elle fût bien grave et bien terrible, pour qu'il fût si généreux et si bon.

Après le dîner, il eut envie de jouer aux cartes avec elle, et, en jouant au bézigue, aussi distraits l'un que l'autre, lui par ses projets, elle par ses angoisses, ils se laissaient aller à des arrêts subits.

C'était Marion qui sortait la première de ses distractions.

— A quoi penses-tu ? lui demandait-elle.

— Et toi ?

— Moi, tu sais, à ma rencontre.

Elle mentait ; mais c'était un mensonge pieux. Elle le provoquait ainsi indirectement à quelque acte de franchise ou de révolte qui l'eût éclairée.

Il ne se révoltait pas. Il cessait d'être gai, pour être très doux. La soirée s'acheva ainsi, dans un accord apparent qui eût édifié un témoin, et ils se couchèrent, comme des époux modèles.

Assez tard, dans la nuit, Marion, qui ne dormait pas, mais qui, avertie par une sorte de pressentiment, se tenait blottie sur son oreiller, feignant de dormir, sentit qu'il se levait avec précaution. Lui aussi avait joué la comédie du sommeil et trouvait sans doute le moment propice pour s'éveiller.

Que voulait-il ? Elle ne bougea pas. Il se pencha sur elle, l'écouta. Il tenait donc à ce qu'elle ignorât absolument ce qu'il allait faire ? Elle respira fortement, comme dans un sommeil plus profond. Il s'éloigna du lit. Elle entendit qu'il cherchait dans une des poches de sa robe posée sur un fauteuil. Ses ongles glissèrent sur la soie avec un petit bruit. Il trouva ce qu'il désirait ;

(Marion le devina), là clef d'un petit meuble à
incrustations, placé dans le salon.

C'était dans ce meuble qu'elle enfermait ce
qui était particulièrement à elle, non ce qu'il lui
avait· donné, mais ce qu'il lui avait laissé; non
pas des bijoux qu'elle n'acceptait jamais que
comme des valeurs à la disposition des premiers
besoins du ménage, mais ses reliques d'enfance,
les choses qu'elle avait emportées de Nogent,
dans la nuit de sa fuite, et qu'elle conservait avec
une piété superstitieuse, comme des *ex-voto* qui
intercéderaient pour elle, à un moment donné.

Léon était-il jaloux de ces souvenirs? Son-
geait-il à les détruire ? Quel enfantillage le tentait, lui ce sceptique, ce Parisien? Il s'était moqué
bien souvent de ce reliquaire; mais il l'avait
toujours respecté.

Il ouvrit doucement la porte du salon, qu'il
laissa ouverte, et sortit de la chambre.

Marion entendit le frottement d'une allumette,
et vit la lueur d'une bougie. Elle distingua,
presque au même moment, le bruit de la petite
armoire qu'il ouvrit.

Une peur, ou plutôt une curiosité plus forte
que la prudence la saisit. Elle voulut voir, sortit du lit et, passant un jupon, s'avança avec précaution jusqu'à la porte du salon ; là, dissimulée

derrière une portière, appuyée au chambranle, elle regarda.

Léon fouilla dans l'armoire de Boule, comme elle l'avait vu fouiller dans la vieille armoire de chêne de la maman Chamoiseau, dix ans auparavant; mais, cette fois, il n'avait pas d'argent à prendre. Que voulait-il voler?

Marion fut bientôt fixée.

Son cousin avait tiré d'une petite boîte à ouvrage, présent qu'il avait fait autrefois à sa cousine, une liasse de papiers. Il y avait des lettres de lui, des lettres enfantines, charmantes, que Marion relisait souvent en secret; qu'il lui écrivait, quand il était au collège, et elle, dans la petite maison de Nogent.

Il les reconnut, en regarda une de près, haussa les épaules; mais il y avait aussi des papiers d'un autre genre, des actes de décès et aussi des actes de naissance, les pauvres attestations de l'état civil de Marion, son certificat de première communion, une sorte de testament de sa mère, la pauvre fille abandonnée pour avoir cru à l'amour d'un Parisien, et l'acte de naissance de son frère, disparu à l'âge de quatorze ans, et dont on n'avait jamais retrouvé la trace.

C'était ce papier-là que Léon voulait. Quand il l'eut, il l'étudia attentivement, à plusieurs re-

prises ; puis, satisfait de son examen, de sa médi-
tation, il replaça les autres objets dans l'armoire,
la referma et revint vers la chambre.

Marion, terrifiée, — car, sans comprendre, elle
entrevoyait le spectre d'un crime dans cette pro-
fanation clandestine de son tabernacle, elle qui
sur un mot, sur un signe de lui eût tout donné,
— Marion n'avait pu se détacher de la place où
elle était. Voulait-elle l'affronter?

Léon souleva la portière de la main même qui
tenait le papier; il se heurta presque à Marion.

— Qu'est-ce que tu fais là? demanda-t-il,
déconcerté et irrité.

Marion, qui le transperçait du regard, lui enleva
prestement le papier, avant qu'il songeât à le
retenir et, poussée par le souvenir du vol de
Nogent, lui souffla au visage d'une voix tremblante :

— Voleur!

Léon jeta le flambeau, qui s'éteignit sur le tapis,
repoussa brutalement Marion dans la chambre,
et, au milieu de l'obscurité transparente que
faisait la veilleuse allumée sur la commode, il
saisit sa maîtresse par les deux poignets :

— Rends-moi ce papier, dit-il, les dents serrées.

— Quand tu m'auras dit pourquoi tu le voles.

— Est-ce que prendre chez moi ce que j'ai, c'est voler?

— Oh! tu m'as déjà répondu cela chez ton père.

— J'ai raison maintenant, comme j'avais raison alors; tu sais bien que je n'aime pas raconter mes affaires.

— Celle-ci est la mienne, je veux savoir...

— Tu ne sauras rien.

— Alors, tu n'auras rien.

— Prends garde!

— De quoi aurais-je peur?

Il ricana :

— Es-tu folle?

— Je l'ai été, il y a dix ans, quand je n'ai pas crié.

— Crie donc aujourd'hui!

— C'est inutile.

Elle dit cela avec une fermeté étrange, comme si elle était certaine de lui résister.

Il essaya de ses deux mains de lui ouvrir la main fermée. Il savait rendre ses doigts, menus et souples, durs comme du fer; mais ceux de Marion étaient devenus de l'acier. Elle ne desserra pas sa main.

Léon eut un rugissement sourd. Il lui souleva le poignet jusqu'à sa bouche et le mordit.

Marion subit la morsure, ne cria pas et ne lâcha pas le papier.

— Je l'aurai! je l'aurai! gronda-t-il avec rage.

— Tue-moi, et tu l'auras!

Comme s'il eût obéi, il leva le poing sur elle et la frappa.

Marion, qui ne s'attendait pas à cette brusque attaque, tomba en arrière, tout de son long, se heurta la tête au pied d'un fauteuil garni d'un ornement en cuivre. Elle saignait, mais elle ne s'évanouit pas, et ne laissa pas échapper le papier. De sa main libre elle se tâta la tête, se releva, et, montrant ses doigts rougis à son amant qui recula :

— Léon, il y a maintenant du sang entre nous. Je m'y attendais... Tu me tueras.

— C'est de ta faute... Donne-moi ce papier.

— Non, achève-moi plutôt.

Il serra ses mains l'une contre l'autre, et passa devant elle.

Marion reprit d'une voix qui vibrait, en retenant, en filtrant les larmes :

— Va! il y a longtemps que je sais à quoi je m'expose.

Léon se retourna en bondissant.

— Me prends-tu pour un assassin?

— Tu m'as dit quelque chose de pareil, le jour où ma tante est morte.

— Est-ce que je savais?...

— Oui, ce fut aussi de sa faute, n'est-ce pas?

L'ironie de Marion était si imposante que Léon la subit; il voulait d'ailleurs se calmer. Le sang rougissait l'épaule de sa maîtresse et l'offusquait.

Marion continua d'un ton plus doux :

— Je fais pourtant tout ce que je peux pour t'épargner ces violences... Ah! si ma vie pouvait être un sacrifice utile à ton honneur, tu n'aurais pas besoin de me frapper. Je mourrais avec joie. Mais, si tu me frappes, c'est que je te gêne, et je te gêne, parce que je t'aime, comme tu ne veux pas être aimé.

Tout en parlant, Marion avait pris un mouchoir, l'avait appliqué et le maintenait sur la plaie sanglante, en se servant toujours de sa seule main libre, sans desserrer l'autre.

Léon se mordait les lèvres; il s'était trahi; il s'en voulait de sa fureur comme d'une maladresse. Il se trouvait ridicule aussi dans son costume, pour une explication si grave. Il ramassa sa robe de chambre jetée sur un meuble, s'en enveloppa, et, d'une voix qui lui réussissait souvent, boudeuse et légèrement suppliante :

— Pardonne-moi ma brutalité, Marion.

— Tu sais bien, répondit-elle avec une tristesse touchante, que ce mot-là n'a pas de sens entre nous. Te pardonner? Est-ce que j'ai à te pardonner, moi qui demande toujours pardon pour toi au bon Dieu que nous offensons, à ton père que j'ai trahi? Je t'avertis; voilà tout. Si tu as de ces colères-là, si tu me fais mourir, qui donc t'aimera dans ce monde et qui priera pour toi?

Léon s'était assis sur le bras d'un fauteuil, les bras croisés; il eut un petit rire méprisant.

— Oh! oui, tu te moques de moi, reprit Marion. Que veux-tu! je suis pour cela toujours une provinciale; tu me laisses si souvent seule, inquiète, que tu ne m'as pas déshabituée de prier. Le bon Dieu, qui sait pourquoi je suis ta maîtresse, m'excuse de l'invoquer comme si j'étais ta femme... Que veux-tu faire de ce papier?

— Puisque j'ai pris le nom de ton frère, je veux qu'il me reste.

— Pourquoi es-tu si pressé?

Léon hésita, et, se hasardant:

— Parce qu'il est parfois embarrassant de ne pouvoir dire aux gens: voilà les preuves de mon nom.

— Est-ce pour mon oncle, si tu le rencontres, que tu veux cette preuve-là?

— Oh! Marion, ne raille pas!

— Crois-tu que je raille? Je cherche à ne pas

désespérer. Dis-moi tout. La vérité, la vérité, quelle qu'elle soit, je la veux. Depuis dix ans, je t'ai vu faire bien des choses qui m'ont déchiré plus et fait plus saigner au dedans que cette égratignure. T'ai-je quitté? t'ai-je moins aimé? ai-je moins été ce que tu appelles « lâche », sans doute; ce que j'appelle, moi, d'un autre nom? Si je me révoltais, si je te quittais, rien ne t'arrêterait plus. J'ai la vie dure; j'irai jusqu'au bout, et, si je n'espérais plus rien, rien, ce n'est pas moi qui aurais peur! Tant qu'il y aura en toi quelque chose de bon, je resterai à ma tâche. Tiens!... ta colère, c'est un mouvement naïf de ta conscience. Je t'en remercie. Tu m'as frappée, parce que tu savais bien que tu me volais la seule chose qui fût à moi... Encore une fois, parle, dis-moi tout.

Marion était touchante, Léon lui résistait avec une invincible admiration.

Elle attendit vainement la vérité; mais sa propre réflexion la lui fit entrevoir. Elle s'était accoudée à la cheminée; tout à coup elle s'écria :

— Je devine; tu veux te marier!

— Si cela était? répliqua audacieusement Léon.

— Cela est.

Elle sourit, passa de l'eau fraîche sur sa blessure et ajouta tendrement :

— Tu sais bien que je ne suis pas jalouse, et
qu'un beau mariage que tu aurais mérité, je le
bénirais! Je crois que j'aurais pu être ta femme.
Ce n'est pas par orgueil que je dis cela; c'est
par amour. Personne ne te comprendra comme
moi, parce que personne ne connaît, comme moi,
les racines de tes mensonges; personne ne t'aimera comme moi, en dépit de tout. Si tu avais
voulu, toi avec ton talent, moi avec mon courage, nous aurions fait un beau et bon ménage.
Je suis modeste, uniquement parce que je t'en-
nuierais d'être autrement; mais si tu savais tout
ce que j'ai rêvé pour toi! J'aurais voulu chercher
mon oncle, aller le trouver avec toi, et lui dire :
« Si je vous ai trahi, c'était pour obéir à la dernière volonté de ma tante; mais, vous voyez que
je n'ai pas si mal agi. J'ai été sa maîtresse, parce
qu'il le fallait bien; mais je lui ai été fidèle comme
une femme chrétienne, et, dans mon amour qui
ne s'est pas défendu, je lui ai gardé une provi-
sion d'honneur. Il est heureux, il est célèbre,
pardonnez-nous! » Tu ne veux pas de cela? Soit;
je n'ai pas le droit de te l'imposer. Je me suis
donnée, mais je n'ai pas été trompée. Dis-moi
qui tu épouses. Est-ce une honnête fille? une
femme riche? Pourquoi veux-tu la tromper?
pourquoi ne reprends-tu pas ton nom?

— Mon nom de Chamoiseau?

— Je ne connais pas les lois; mais il me semble impossible que tu puisses te servir légalement de ce papier. Ne t'expose pas!...

Cet argument était le plus mauvais à faire valoir. Léon ne permettait jamais à Marion de lui faire de la morale, quand il ne s'y mêlait pas de l'immolation d'elle-même.

— Cela me regarde! répliqua-t-il effrontément. Crois-tu que, dans la vie que je mène depuis quinze ans, je ne me sois pas souvent exposé?

— Si; mais il me semble que tu n'en as jamais fait autant.

— Bah! parce que j'ai dérangé tes reliques!

Marion frissonnait indignée. Elle s'approcha de lui.

— Une dernière fois, par le souvenir de ta mère, par le souvenir de ton père, par mon amour, je te conjure! Si tu as le projet d'un mariage, poursuis-le en honnête homme. Ne tente pas ce sacrilège de renier ceux qui ont souffert pour te garder un nom honoré.

— Il est trop tard!

— Eh bien, s'il est trop tard, va te perdre. Tu me trouveras peut-être à la dernière minute pour te sauver.

Elle lui jeta sur les genoux le papier froissé,

qu'elle n'avait pas voulu se laisser arracher.

— Tiens! déshonore mon nom plutôt que celui de ton père.

Ayant dit cela, Marion sortit de la chambre.

Dans son cabinet de toilette, dont elle referma la porte sur elle, la brave fille se trouva moins forte.

Elle se laissa tomber sur une chaise, en retirant sa main de dessus sa blessure.

Le sang coula librement et longtemps, avec ses larmes.

Elle finit pourtant par avoir la pudeur de cette veillée sanglante. Ne semblait-elle pas poser en victime?

Elle était dans une obscurité absolue; elle chercha à tâtons de quoi allumer une bougie; s'effraya des commentaires que ne manquerait pas de faire sa femme de chambre, et, se pansant avec soin, effaçant les traces les plus apparentes du sang répandu, elle s'habilla, pour achever la nuit, seule, enfermée.

A plusieurs reprises, elle entendit Léon marcher et s'approcher de la porte; mais il résista à la tentation de vouloir la fléchir; elle ne voulut pas corrompre sa grande tristesse par des avances qu'elle lui avait faites souvent, en pareil cas.

Elle comprenait que quelque chose de fatal,

de décisif s'accomplissait. Il valait mieux maintenant veiller à part, en dehors de lui, que d'essayer inutilement de le garder de plus près, pour veiller mieux sur lui.

Elle avait, dans l'appartement, une autre chambre dont elle ne s'était jamais servie ; elle s'y rendit, sans passer par la chambre où Léon était resté. Ce fut là qu'elle attendit le jour, abandonnée dans un fauteuil, se sentant, par instants, comme entraînée vers un abîme qui la charmait.

Lorsque, le matin, elle se regarda dans la glace, elle se trouva toute blanche, et pensa :

— Peut-être qu'il aurait pitié de moi, s'il me voyait ainsi !

Mais elle savait maintenant que la pitié de Léon ne pouvait servir qu'à le rendre plus fort contre elle.

— Non, ajouta-t-elle, je veux garder le suaire que j'ai pris cette nuit. Les morts veillent les vivants ; n'est-ce pas ma tante ? Je suis morte pour lui ; je le veillerai mieux.

Elle pensa aussi à son oncle. Où était-il dans ce grand Paris ? Il lui semblait que son sang versé, en rompant un charme, était une expiation décisive dont Chamoiseau apprécierait les mérites.

Léon ne fut pas fâché de cette séparation intérieure qui le débarrassait. Il laissa, sans protester,
Marion s'installer dans sa nouvelle chambre ; lui
parla froidement, poliment, comme à une étrangère, quand il la rencontra, et alla se com-
mander un vêtement complet, pour faire, sym-
boliquement, peau neuve avant de se retrouver
avec mademoiselle Gambey.

Le banquier se présenta dans la journée au domicile de Léon pour le remercier; l'article avait paru et, naturellement, M. Gambey le trouvait admirable.

En aidant à son enthousiasme et à sa reconnaissance, madame de Chazeley ne lui avait pas conseillé cette visite; mais, quand elle l'apprit, elle en accepta en souriant la libéralité, au nom de son ami Soudin.

C'était une chance de plus pour les projets de mariage. Léon était absent. Il était allé voir Darvincourt, afin de lui fournir les éléments d'une riposte à son panégyrique du banquier, dans le cas probable où M. Saint-Jean jugerait à propos d'en demander une.

Il trouva, chez son concierge, la carte de
M. Gambey, avec un mot expansif qui le conviait
à dîner pour le soir même.

Le brave homme ne se sentait pas la patience
d'attendre un jour de plus pour trinquer, à la
table de famille, avec son champion; pour le
présenter à sa femme. Il le conjurait d'être
indulgent. La requête était sans façon; mais il
était si peu fait aux usages de Paris, lui qui
n'avait cessé d'être provincial qu'en devenant
un étranger.

Léon sourit à la lecture de ce billet.

— S'il invite à dîner tous ses sauveteurs, se
dit-il intrépidement, je vais peut-être rencontrer
papa!

Cette idée ne l'effrayait pas, ou plutôt, si elle
l'effrayait, c'était une raison de plus pour la
narguer. Il eût accepté à dîner de la part de la
statue du Commandeur, sauf à grelotter en
dedans.

Le sort en était jeté. Il était décidé à tout.
L'occasion était unique. Avec les secrets qu'il
avait, avec ceux qu'il trouverait ou qu'il inven-
terait, il parviendrait bien à renverser les
obstacles.

Il alla porter bien vite un mot d'acceptation
chez M. Gambey, et, dans la même course,

comme il était en verve, il se présenta chez la princesse Daria.

Elle le reçut bien; s'excusa étourdiment de ne l'avoir pas attendu, le jour où il était venu chercher sa réponse sous enveloppe, se moqua du bel éloge qu'on venait de faire dans un journal d'opposition de ce malencontreux banquier mexicain, trouva l'article grotesque, mal écrit.

— Ce n'est pas vous qui seriez si niais que cela! lui dit-elle avec conviction.

Elle lui renouvela ses compliments de la première attaque.

— A quand la seconde?

— A demain! répondit Léon, qui souriait de tout ce que lui débitait la princesse et qui, intérieurement, en riait aux éclats.

Comment ne se serait-il pas endurci dans son scepticisme?

Madame de Chazeley voyait un chef-d'œuvre dans l'article que la princesse trouvait ridicule, et l'article diffamatoire était proclamé un morceau sans pareil par la princesse, quand l'honnête madame de Chazeley l'avait jugé une mauvaise action en mauvais style.

— Peut-être ont-elles raison; peut-être ont-elles tort toutes les deux, se disait-il. Au fond, ces articles se valent.

La raillerie qu'il faisait de ces jugements con-
tradictoires et passionnés était un encouragement
au mépris des opinions, au mépris aussi de lui-
même. Mais Léon était de ces esprits estropiés
qui s'imaginent qu'on n'est fort qu'à la condition
de trouver tout boiteux dans le monde, et, s'il eût
eu besoin de justifier sa conduite, il eût trouvé
une excuse dans la vanité des appréciations humaines.

Le second article dicté à Darvincourt était
d'une violence perfide.

Il était prudent, à tout hasard, de prouver à
M. Monnerot-Gambey qu'il n'était pas quitte
envers son défenseur, pour un dîner et des poignées de main, et qu'il n'avait pas fini avec ses
ennemis, pour une seule bataille livrée.

M. Gambey venait de s'installer dans un
appartement meublé. Il reçut Léon comme un
ami de longue date, le présenta à sa femme, que
le Parisien émérite jugea tout de suite une
marionnette, en apparence inutile, mais facile
à manier.

Cette créole, depuis qu'elle avait quitté Nogent, pour se ranimer au soleil des colonies,
avait exagéré ses grâces nonchalantes, son goût
pour la dépense et sa coquetterie, à peine tem-
pérée par la paresse.

Elle avait été fort jolie ; elle voulait rester belle, et ne paraissait pas laide, malgré le blanc, le rouge, les teintures dont elle usait.

En la voyant, en la saluant, Léon pensa tout de suite à madame Maréchal, dans *le Fils de Giboyer*.

Le regard curieux et sérieux de mademoiselle Hélène avertissait toutefois l'Homme au gardénia de prendre garde, de ne pas jouer avec la coquette madame Gambey un jeu trop apparent, et de ne se hasarder avec la mère que quand le moment serait venu, s'il devait venir, de rendre sa fille jalouse.

Madame de Chazeley avait été invitée également.

Il n'y avait pas d'autre convive. C'était un dîner de famille, et Léon, qui eut, pendant un quart d'heure, une palpitation violente chaque fois qu'il entendait un léger bruit du côté de la porte, finit par être convaincu qu'il n'aurait pas à redouter, ou du moins à affronter l'apparition paternelle.

Grâce à lui, surtout, le dîner fut charmant. Il ne tarit pas. Il parla littérature avec madame de Chazeley, finances avec M. Gambey, fanfreluches, chiffons et ananas avec madame Gambey ; il ne parla de rien avec Hélène, qui pou-

6.

vait prendre pour elle toute seule tout ce qu'il
disait, et, en variant son rôle d'homme aimable,
il gardait une unité harmonieuse, tenant ces lan-
gages divers de la même voix, bien timbrée,
sonore, flexible, accentuant les vérités simples
et les paradoxes du même beau sourire, de la
même élégance de geste, du même battement de
ses paupières sur les yeux.

Il lisait dans l'attention attendrie de M. Gambey, dans l'approbation maternelle de madame de Chazeley, dans l'applaudissement béat
de madame Gambey, la même formule, l'éternel
compliment :

— Le charmant garçon !

Seule, Hélène Gambey écoutait avec une sorte
de résistance cette voix qui charmait tout le
monde. On eût dit qu'elle se sentait menacée ;
qu'elle devinait un piège. Elle ne faisait aucune
objection à ce succès, mais elle ne s'y mêlait
pas.

Léon se dépita de cette froideur et, après le
dîner, trouva le moyen de parler en tête à tête
avec cette rebelle ; une vague complicité de la
famille lui permettait cette conférence dans un
angle du salon. Il espérait la magnétiser. Le
magnétisme échoua dans l'aparté, comme dans
la conversation générale.

La jeune fille le remercia pour son père, répondit à toutes ses questions sur l'attrait que Paris pouvait avoir pour elle; consentit à lui donner son appréciation sur la musique, sur la nature, sur les modes parisiennes, sans laisser filtrer autre chose dans ses paroles qu'une politesse ingénue, qu'une grâce libre.

— Est-ce qu'elle aimerait quelqu'un? se demanda Léon, subitement jaloux.

Il n'y avait, en effet, que le diamant d'un amour pur, pour rendre ainsi impénétrable à ses savantes attaques ce cœur vierge et fier.

Il ne supposait pas qu'elle pût l'avoir deviné et qu'elle eût, par vocation subite, cette intuition de lui-même que possédait Marion. Ce qui flottait autour de son élégante personne de perversité aimable était un arome dont la plus honnête créature féminine devait subir l'influence. Il était contraire à toute vraisemblance, il était monstrueux, qu'une jeune fille, si chaste qu'elle fût, ne ressentît pas au moins quelque trouble de ces insufflations d'esprit, de la part d'un homme jeune, éloquent, auréolé de la reconnaissance de toute une famille.

Il y avait là une énigme à violer. En reconduisant madame de Chazeley, Léon ne put s'empêcher de lui exprimer sa surprise. Il ne se croyait

pas irrésistible, mais il était autorisé à se croire
plus de puissance.

Madame de Chazeley le rassura en souriant
de ces craintes, qu'elle voyait poindre comme les
pousses fleuries d'un grand amour.

— Mon cher enfant, lui répondit-elle, vous ne
vous êtes pas trouvé encore en face d'un cœur
très pur, très loyal. Ce que vous prenez pour de
la froideur, ou pour une arrière-pensée, n'est
que la candeur d'une âme qui contemple l'hori-
zon ouvert devant elle, avant de s'envoler; et
puis, entre nous, madame Gambey, qui est pourtant, j'en réponds, une femme irréprochable, est
faite pour suggérer une leçon de froideur à une
fille sérieuse. Hélène, qui voit bien que vous
plaisez à cette mère créole, comme elle a vu
tant de perroquets ou de colibris lui plaire, se
refuse à l'entraînement maternel.

Madame de Chazeley s'interrompit, devint tout
à coup pensive, et reprit avec une nuance de
mélancolie :

— Il y a un moment dans la vie où nous
sommes jugés par nos enfants. Ce moment est
venu pour madame Gambey... Hélas! je le
souhaite autant que je le redoute pour moi. Où
est-il, mon juge?

Léon se laissa persuader. Mais, dès qu'il fut

seul, il n'en fut pas moins très irrité de cet
accueil de la jeune fille. Il éprouva contre elle
tant de colère, qu'après l'avoir crue éprise d'un
autre, il se dit :

— Est-ce que vraiment je serais amoureux ?

Il ne se jura qu'avec plus de fureur de prouver
sa force à cette petite fille et d'être indispensable
à ce père de famille qui ne savait pas imposer ses
sympathies à son enfant.

Ah ! comme il se faisait une idée superbe de
l'autorité paternelle, ce fils en rupture d'amour
filial !

Le second article, libellé par Darvincourt, fit
une blessure plus profonde à M. Gambey, qui
sanglota dans les bras de Léon. Le nom de
Monnerot était indiqué par des initiales. On le
représentait comme une créature inventée et
peut-être soudoyée par l'opposition.

Pour répondre plus parfaitement au panégyrique qu'il avait fait de cet excellent homme,
Léon ne laissa aucune de ses affirmations sans
une réfutation perfide, et il alla, pour effacer le
tableau de cet intérieur édifiant de la famille,
jusqu'à faire supposer que la femme, la mère,
avait fait faillite de son côté à ses engagements
conjugaux et maternels, comme le mari, le banquier, avait failli à des engagements financiers.

— Je verrai si cette fois la fille m'appelle au secours.

Madame de Chazeley, terrifiée de cette méchanceté subtile, fut forcée de convenir qu'il y avait un talent infernal dans l'attaque. Ce fut un prétexte pour stimuler Léon et le pousser plus ardemment à la défense.

Léon ne se fit pas prier ; pourtant il parut obéir en boudant. Si bien qu'Hélène Gambey, conseillée par madame de Chazeley, dut, en lui offrant une tasse de thé, un soir, lui demander elle-même, avec une légère inflexion de prière dans la voix de défendre sa famille.

Il promit et conclut en lui-même que, s'il parvenait un jour à faire trembler Hélène, pour son propre compte, il la contraindrait à recourir plus vivement encore à lui.

Pendant quelques jours, les coups s'échangèrent entre le parti de Jecker et le parti du syndicat.

Darvincourt besognait consciencieusement ; recevait, avec une exactitude dont il était charmé, le prix de sa besogne, et feignait d'ignorer à quel adversaire il répondait ; mais, averti par sa vocation et ayant remarqué la symétrie des attaques et des ripostes, il avait fini par soupçonner que Léon jouait double jeu. Comme il gagnait, lui, à tenir les cartes de son côté, il ne dit jamais rien à Léon de sa découverte; Léon l'eût congédié, sans lui laisser un moyen suffisant de vengeance.

Il avait obtenu la permission de déménager, s'était logé dans un hôtel plus moderne, et rêvait un appartement, meublé de ses meubles, comme celui de Léon, qu'il supposait magnifique; car il n'avait pas encore pu y pénétrer; Léon ne donnant jamais de rendez-vous chez lui.

Je dois dire que, par un calcul très savant et très profond, ou, peut-être bien, ingénument, par l'attrait de son ambition, Léon savait maintenir l'attaque d'un cran au-dessous de la défense. C'était justice pour maintenir un parfait équilibre. M. Monnerot était moins fort que le gouvernement. La princesse Daria était ainsi engagée à un redoublement de promesses et M. Saint-Jean à un redoublement de subsides, pour alimenter et augmenter l'ardeur de la polémique. Il entretenait aussi de cette façon le courage de M. Gambey, qui semblait enclin à abandonner la partie, si on le harcelait trop. Léon savait trop bien l'histoire de la faillite de Nogent, pour laisser fuir M. Monnerot.

— Je ne serai pas si maladroit que papa! se disait-il en feignant d'oublier que c'était sa faute à lui, personnellement, et non à son père, si M. Monnerot s'était enfui.

Pendant ce duel ignoble, que devenait Marion? Elle ignorait la bataille ; mais cette ignorance ne la rassurait pas. Léon avait de l'argent, paraissait très occupé et très préoccupé. Elle sentait qu'il était aux prises sérieusement avec la fortune, il la voulait vaincre, sans pitié, sans scrupule.

Quand il passait dans l'appartement, devant sa maîtresse, sans la voir, les sourcils froncés, les bras croisés, ou les poings serrés, elle pensait :

— Il médite un crime.

S'il s'arrêtait complaisamment à lui parler, à lui dire bonjour ou bonsoir, avec un sourire et avec un air satisfait, elle tremblait bien davantage, et elle se disait :

— Le malheureux, il tue son remords.

Chose singulière, elle ne cessait pas de l'aimer, et il semblait, au contraire, qu'elle ressentît plus d'amour, dans ces accès de désespoir secret, d'accablement. Elle aussi maintenant sortait beaucoup. Elle errait dans Paris et ne se reposait que dans les églises.

Elle cherchait son oncle Chamoiseau.

VII

Quinze jours se passèrent.

Léon, malgré sa précaution de maintenir toujours les attaques contre M. Gambey au-dessous
du ton de la défense, avait fini par s'apercevoir
qu'il avait plus servi, malgré tout, les intéressés
à la créance Jecker que les intérêts de M. Gambey.
Les journaux de l'opposition ne reproduisaient
pas toujours le plaidoyer ; ils étaient tenus à une
grande prudence ; et les journaux ministériels,
abusant de leur infaillibilité, reproduisaient
exactement le réquisitoire.

Il y avait d'ailleurs trop d'intéressés à la spéculation que voulait faire réussir M. Saint-Jean
pour que la coalition, dont celui-ci était le gérant
entrevu, ne fût pas toute-puissante.

Un jour, la princesse Daria dit à Léon en riant :

— Voilà le moment pour vous de faire vos conditions, ou de rappeler celles qu'on a faites pour vous. Dans huit jours, je le crois, on n'aura plus besoin de vous ; l'on entrera dans la période de l'ingratitude.

— Pourvu que vous ne suiviez pas les autres, princesse, je m'estimerai très heureux ; car c'est pour vous surtout que j'ai fait cette campagne.

— Oh ! moi, mon cher, je n'aurai plus que des tasses de thé à vous offrir.

La princesse Daria dit cela avec un regard si aigu, malgré le sourire, que Léon ressentit un léger chatouillement à l'épiderme.

Il était difficile de lui signifier plus finement que les subsides en argent cesseraient bientôt ; mais il était impossible de laisser poindre, avec une férocité plus mondaine, le mépris que laisse toujours l'argent ainsi donné.

Ce fut du moins l'interprétation que Léon donna à ces paroles de la princesse.

— Votre thé est excellent, lui répliqua-t-il et d'un ton presque fat, surtout quand on le prend en tête à tête.

La princesse sourit.

— Dans votre intérêt, je veux que vous le preniez en compagnie. Voyons, que voulez-vous

être? Déporté, sous prétexte de légation? Exilé
de Paris, sous prétexte de préfecture?

— Que me conseillez-vous, princesse?

— Moi, je tiens à vous garder. Pourquoi ne
seriez-vous pas député?

— Pourquoi le serais-je?

— Quand ce ne serait que pour aller en culotte
courte et en habit brodé à la cour! Je vous invite
pour votre première contredanse. Vous avez
assez chanté, belle cigale, dansez maintenant!

Léon crut que la princesse Daria avait fait tinter avec intention le mot *chanter*. L'étrangère
avait des hasards d'expression d'une cruauté
exquise.

Il jugea à propos d'être rondement cynique;
cela le vengerait.

— Cela coûte cher de se faire élire député.
Qui payera les affiches?

— Ceux qui payent les violons de la contredanse.

— Et les affiches payées, que me restera-t-il,
si je ne suis pas nommé?

— Vous êtes bien peureux! On vous donnera
de quoi devenir propriétaire, dans un petit pays.
S'il faut qu'un honorable donne sa démission
pour vous faire une place, on la lui demandera.
Je suis persuadée que vous seriez éloquent à la

tribune. Une fois député, vous pouvez aspirer à
un portefeuille de ministre.

— Ah! princesse, j'ai toujours aspiré au portefeuille! c'est cela qui me lasse.

Léon ne riait pas en faisant cette plaisanterie.

La princesse rit très fort, sans que son interlocuteur pût savoir au juste si le rire était un applaudissement ou une moquerie. Puis, s'inter-
rompant, comme pour le congédier :

— Réfléchissez! dit-elle un peu sèchement,
mais réfléchissez vite.

— Je suis tenté de refuser tout, de ne demander rien.

— Ah! vous trouvez qu'on ne vous offre pas
assez?

— J'aime l'indépendance, et je ne tiens pas à
montrer mes mollets.

— Vous êtes donc indépendant?

— Absolument, princesse; si bien que, s'il me
plaisait de prendre demain le parti du syndicat
mexicain contre M. Jecker, je voudrais savoir
qui pourrait s'y opposer?

La princesse et Léon croisèrent leurs regards
qui dégagèrent une étincelle, en se frôlant.

— Essayez! dit fièrement la grande dame.

— Ah! princesse, vous me calomniez! Je n'essaye jamais d'agir. J'agis ou je m'abstiens.

— Décidément, mon cher, vous êtes très fort.

— Si vous ne me le disiez pas, je me croirais maladroit.

— Et modeste par-dessus le marché !

— Non ; mais, quand on a le bonheur d'une amitié comme la vôtre, princesse ; quand on a reçu tant de témoignages d'une sympathie qui donnerait de l'ambition au plus timide, on est bien maladroit de ne savoir que répondre à des offres si réelles et que choisir. Je me souviens qu'un jour, dans un de vos billets, que j'ai relu...

— Ah ! vous n'avez pas brûlé mes griffonnages ?

— Voulez-vous, princesse, que nous en fassions, ensemble, un autodafé ?

— Non ; si cela vous amuse de les relire, gardez-les. Je ne m'en souviens plus, et je ne suis pas curieuse. S'il me fallait courir après tous les papiers qui se sont envolés d'ici ! Ah ! mon Dieu, quelle occupation !

La princesse se renversa dans son fauteuil, en riant aux éclats. Elle avait fait, avec la main, le geste de disperser un tourbillon dans les airs. Léon l'observait. Elle répondait à sa bravade par une autre. Mais, pour rire ainsi, la grande dame devait avoir de la colère et un peu de peur de cet homme de rien, qui aimait à relire les lettres reçues.

Quand elle eut fini de rire, la princesse se leva.

— Si je me trompais, dit-elle ; si notre ennemi n'était pas mort, et qu'on eût besoin de l'achever, je vous écrirais. Cela vous ferait un autographe de plus.

— Je resterai toujours à vos ordres, princesse.

— A mes ordres ! Voilà un mot bien humble, pour un indépendant.

— De quel autre mot puis-je me servir, sans voler... votre bienveillance ?

La princesse battit des mains et avec un nouvel éclat de gaieté :

— Nous sommes bien bêtes d'avoir tant d'esprit. Revenez me voir quand vous voudrez, mon ami, comme autrefois, comme toujours !

— A la bonne heure ! repartit l'Homme au gardénia avec une aisance toute mondaine, nous voilà revenus au ton de la première conversation que nous avons eue sur l'affaire qui se termine. Je serais désolé d'avoir voulu vous être utile, si j'avais dû perdre quelque chose de votre amitié, ou acquérir un droit quelconque de créancier, par mon dévouement.

— Notre amitié n'a rien à voir dans ces combinaisons-là, et je vous plaindrais sincèrement d'être mon créancier, riposta la princesse. Encore une fois, réfléchissez. Choisissez votre mirliton à la foire de Saint-Cloud. Quel qu'il soit, on m'a promis de vous le donner.

Léon se retira content de lui ; il avait menacé ; il ne s'était pas abaissé. Il pouvait opter, se donner tout entier à la fortune de M. Gambey, ou poser des conditions à ceux qui l'avaient si mal payé.

Quant à la princesse, elle souriait, toute seule, pour se rassurer, mais elle avait cependant une certaine inquiétude.

— Bah ! finit-elle par dire, il n'a pas gardé mes lettres. Sans cela, il y a longtemps qu'il me les aurait fait racheter.

Bien qu'elle connût suffisamment Léon, la princesse se méprenait pourtant sur un point : ce n'était pas à elle qu'il eût songé ou qu'il songeait à vendre ces lettres.

Le lendemain de cette conversation, quand Léon réfléchissait et cherchait, sans le trouver infaillible, le moyen de concilier les deux reconnaissances, celle de M. Saint-Jean, impatiente de se débarrasser de lui, celle plus timide et à coup sûr plus honnête de M. Gambey, il reçut un mot de celui-ci qui le priait de venir le voir.

Léon eut le pressentiment que ce billet était une démarche décisive et qu'il n'aurait plus longtemps à attendre, pour savoir s'il prendrait du galon doré et de la considération, ou de l'or tout simplement, avec du bonheur.

Le banquier le reçut avec cette coloration particulière aux gens de chiffres ou d'affaires, qu'une grande pensée chauffe et met en sueur ; il lui serra la main avec une vivacité extraordinaire.

— Je vais quitter la France ! dit-il tout d'abord.

Soudin eut un tressaillement qu'il ne songea pas à dissimuler. Ce pouvait être l'appréhension subite de perdre un ami ; c'était, en réalité, la crainte d'avoir trop bien joué la partie de M. Saint-Jean, puisque le beau-père convoité retournait au Pactole, sans emmener un gendre.

— Oui, continua M. Gambey mélancoliquement, je ne suis pas assez fort pour lutter contre le gouvernement français. Je vois bien que l'impulsion donnée ne peut s'arrêter. Je renonce à tout. Je n'avais pas de bénéfice à espérer ; j'accepte la perte sèche. Je gagnerai au moins ma tranquillité ; c'est l'avis de ma fille.

— Ah ! mademoiselle Hélène veut quitter Paris ?

Léon se sentit pâlir ; il se mordit la lèvre.

— Si je l'écoutais, reprit M. Gambey, je retournerais en Amérique. Mais ma femme ne peut se résoudre à vivre de nouveau loin de l'Europe.

Léon fit un effort pour articuler nettement :

— Où allez-vous, alors ?

— En Italie. Je serai à même de reprendre les négociations que j'ai entamées avec quelques banquiers. Peut-être m'attaquera-t-on avec moins d'âpreté quand je ne serai plus ici! Je vous avoue que ces notes si positives, obtenues sur un passé honorable, mais que l'on travestit, m'inspirent des craintes. Quelle sécurité puis-je avoir pour ma liberté? Les gens assez habiles pour imposer cette guerre ruineuse ne peuvent-ils pas m'écraser, me ruiner? Je vous remercie du zèle que vous avez mis à me défendre. Notre amie, madame de Chazeley, m'a valu ce secours. Je lui en suis bien reconnaissant et j'espère lui prouver ma gratitude, en bon père de famille. Quant à vous...

— Oh! moi! je suis satisfait d'avoir servi un honnête homme contre des coquins!

Léon avait dit cela avec dignité, mais avec un accent incertain. Il éprouvait l'envie féroce de se moquer de cet homme qui tout à coup déchirait la trame d'un beau rêve.

Léon se hâtait trop de désespérer.

La physionomie de M. Gambey s'épanouit, après cet exorde pénible; ses yeux battirent; il devint cramoisi; comme si les paroles qu'il allait prononcer eussent été d'une excessive hardiesse et devaient dépasser la mesure permise à un homme positif.

— Vous, mon jeune ami, continua le père d'Hélène, je ne savais pas comment vous payer un pareil service.

Le mot payer était maladroit. Il fit faire un brusque mouvement de protestation à Léon. Mais le financier se servait du terme le plus noble de son dictionnaire.

— Heureusement, ajouta-t-il sans s'arrêter à la protestation de Léon, notre amie, madame de Chazeley m'a fait comprendre que j'avais une façon de reconnaître et de consacrer ce dévouement filial : c'était de vous tendre la main, comme je le fais, et de vous dire : « Soyez tout à fait mon fils!... » La chose ne dépend pas de moi. Seulement, je travaillerai pour vous, comme vous avez travaillé pour moi. Hélène est une petite personne fière, mystérieuse et juste. Elle vous sait gré de ce que vous avez fait. Si vous l'entendiez! Seulement, elle veut aimer son mari, aussi pour lui, et non pas uniquement à cause de moi. C'est tout ce qu'elle a pris aux idées un peu romanesques de sa mère. Je l'ai interrogée. C'est avec son assentiment que je vous propose de partir avec nous ou de nous rejoindre. Vous serez mon secrétaire. Si l'affaire qui m'a amené en France se continue, j'aurai besoin de vous. J'ai d'autres projets en tête ; je vous y associerai, et, si

Hélène ne fait pas cette association plus étroite,
je vous aurai, du moins, je l'espère, constitué une
fortune. Cela ne console pas de tout, mais cela,
du moins, donne la liberté vraie, et débarrasse
des soucis de l'ambition... Qu'en dites-vous?

Léon maintenant était ébloui. Le rêve qu'il
croyait dispersé se condensait, s'approchait, le
brûlait au visage de l'éclat de son rayonnement.
Quoi! ces millions, cette fille, belle à rendre
tout Paris amoureux d'elle, on lui offrait cela,
bonnement, simplement, comme un verre à boire,
comme un cigare! Partir, suivre cette famille,
abandonner les misères serviles, périlleuses,
infâmes; se venger de Paris, qui ne lui avait pas
encore donné, malgré son talent, son esprit, sa
ténacité, ce que tant d'imbéciles obtenaient tous
les jours, c'est-à-dire une situation solide, iné-
branlable; se voir combler, quand ces affreuses
échéances lui creusaient, dans un avenir prochain,
tant de trous boueux et profonds où il pouvait
tomber! Être le mari d'Hélène! Il ne doutait pas
que cette belle personne, en l'acceptant pour
compagnon de voyage, ne fût à demi décidée:
le reste dépendait de lui, et il se jurait bien qu'il
ne la laisserait pas échapper!

Il eut un gonflement si fort de la poitrine, que
le souffle lui manqua pendant quelques secondes.

Au sommet de son ascension, il suffoquait. Enfin il balbutia :

— Comme vous êtes bon !

— Je suis habile ! repartit avec assez d'à-propos M. Gambey, qui se sentait l'esprit plus libre. Je fais comme M. Maréchal, le père un peu ganache de la pièce de M. Émile Augier, je m'assure un gendre qui me fasse honneur, et je n'ai pas, moi, de papa Giboyer à redouter !

Léon reçut ce coup de couteau en pleine chair. Cette allusion le ramenait à la formidable difficulté de sa vie, à celle qui exigeait un parricide moral, prompt, complet, sans merci.

— Je suis orphelin ! dit-il avec une tristesse émouvante.

M. Gambey craignit de l'avoir blessé.

— Ah ! mon cher enfant ! Croyez que si M. et madame Soudin vivaient, je serais heureux de les connaître ! Un homme comme vous est la caution de sa famille ! Et puis, je vous l'ai dit, vous avez une bonne fée, madame de Chazeley ; elle ne me laisserait aucun préjugé, si je m'avisais sottement d'en avoir. Ainsi, c'est convenu, vous partez avec nous pour l'Italie, ou bien vous nous y rejoignez ?

— Je partirai...

— Si notre séjour se prolonge, nous prendrons

Naples ou Florence pour le décor du dénouement qui n'aura pu se faire à Paris.

Cette promesse était le complément, l'achèvement de l'ivresse. Léon rayonnait. Se marier en Italie, cela rendait facile l'usage du papier pris à Marion. La substitution à commettre serait bien atténuée, si elle était commise hors de France, sans le fatras gênant des formalités que la loi française impose.

M. Gambey n'en avait pas fini, ce jour-là, avec ses expansions! Il rapprocha son fauteuil de celui dans lequel Léon était assis, et, tapant familièrement sur le genou de son futur gendre, de son secrétaire actuel, de son confident :

— Je vous ai dit que j'avais une grosse dette envers madame de Chazeley. Je suis l'ami de son mari, un brave et loyal ami, un officier distingué; je suis son ami à elle, depuis mon arrivée à Paris. Mais il me semble que j'ai toujours connu cette bonté, cette délicatesse, cet empressement à obliger. Elle a le même défaut que moi. Elle ne défend pas son cœur, quand on s'adresse à lui pour une bonne œuvre... Je voudrais rendre à cette femme charmante, à cette mère, la place dans sa famille qu'elle n'ose pas réclamer et que son mari semble lui refuser, par dépit plus que par colère. Il ne m'a rien dit des griefs qu'il

a cru avoir. Il la respecte, en souffrant loin d'elle.
Je n'ai pas osé interroger madame de Chazeley. Je sais, par elle-même, que vous avez été
mêlé à l'aventure de Lisbonne; que vous y avez
joué un rôle... Mettez-moi au courant. Ce n'est
pas pour être persuadé que je vous demande cela;
je le suis d'avance. Elle a été imprudente; je
jure qu'elle n'a pas été coupable. Est-ce vrai?

— C'est vrai! dit Léon entraîné vers la franchise.

— Eh bien, dites-moi tout, minutieusement.
Est-ce que vous n'avez pas des lettres, des
preuves?

Léon ne pouvait refuser le récit que lui demandait M. Gambey. Il éprouvait d'ailleurs une
réelle reconnaissance pour madame de Chazeley.
Pourtant l'instinct du joueur lui conseilla tout à
coup de ne pas tout livrer et de se réserver au
moins une carte.

— Je ne crois pas avoir gardé la correspondance complète dont vous parlez. Elle ne suffirait pas d'ailleurs à établir la vérité, puisque c'est
elle, au contraire, qui a aidé la calomnie. J'avais
reçu un dépôt; l'ami qui me l'a légué n'avait
pas de famille; ces lettres, en tombant dans des
mains banales ou étrangères, auraient pu nuire
encore à la réputation de l'honnête femme. Il

valait mieux ne pas les garder... Il faudra convaincre son mari par la vérité racontée. Les écrits
sont des témoins équivoques.

— Alors, dites-moi tout, j'essayerai d'être
éloquent. Chazeley croit à ma parole, et, au fond,
il ne demande qu'à être convaincu. La mère a
un avocat plus puissant que moi auprès de son
mari, c'est son fils. Encore faut-il que le pauvre
enfant ait des arguments. Je vous écoute. Parlez.

La situation était redoutable pour Léon, bien
qu'elle eût paru simple à tout le monde. Dire la
vérité était toujours pour lui une œuvre délicate ;
la dire tout entière était une œuvre inouïe, qu'il
n'avait pu jamais encore accomplir. Mais jamais
non plus il ne s'était trouvé si près du but et si
excusable à ses yeux d'être bon et juste.

Il commença ainsi, avec une sorte d'impertinence dans la voix qui compensait tout d'abord
la générosité de son action :

— L'histoire des amours de madame de Chazeley ferait un roman chaste, mais dont on défendrait la lecture aux jeunes femmes sensibles.

Ce début étonna M. Gambey. Léon, satisfait de
l'avoir étonné, se radoucit et continua avec un
sourire :

— Rassurez-vous, cher Monsieur, je ne veux
pas médire de la bonté de notre amie ; mais il

faut bien constater qu'elle est de ces âmes intré-
pides et imprudentes qui se livrent tout entières
quand elles s'offrent. Elles mettent, je ne dirai
pas de la passion, car le mot vous semblerait
trop profane, mais de la dévotion dans tout.

— C'est vrai, dit M. Gambey en joignant les
mains, car c'est une sainte femme!

— Seulement, reprit Léon, nous vivons dans
une époque sceptique, où les vrais dévots ont
tort, parce qu'ils veulent avoir raison selon Dieu,
et non selon les hommes. Madame de Chazeley
était, il y a dix ans, installée à Lisbonne. Son
mari était en station le long des côtes depuis les
événements politiques de 1851, la révolution
militaire de Saldanha. De temps en temps, quand
il pouvait remonter le Tage, le capitaine venait
embrasser sa femme et son fils. Vous savez s'il
est possible à cette femme adorable de n'être pas
adorée, et jamais le mot adoré ne fut plus exact;
car il y a, dans l'attrait qu'elle inspire, le besoin
d'un culte, un respect qui ne suffit qu'à la condition de s'épancher dans une contemplation infi-
nie, silencieuse.

— Ah! comme vous parlez d'elle! comme
vous la connaissez bien! s'écria M. Gambey sensible à la musique de certains mots.

Léon n'avait pas encore entamé son récit, que

déjà l'excellent banquier, les larmes aux yeux,
se croyait suffisamment renseigné. Ce prélude
l'enchantait.

Léon reprit :

— Madame de Chazeley ne put s'empêcher
de devenir à Lisbonne le centre d'une société
nombreuse. Elle était une clarté douce, con-
stante, et, par les belles soirées de cet été continu
du Portugal, sur la terrasse de sa maison, qui
dominait le Tage, on avait sous les étoiles, devant cette rade grandiose, des conversations infi-
nies, charmantes. Au plus chaud de l'été, elle
allait s'installer à Cintra, et nous la suivions
tous dans cette retraite admirable...

— Je sais, je sais... Je connais Lisbonne et
Cintra, interrompit M. Gambey, qui avait peur
des descriptions et qui devenait impatient.

Léon poursuivit :

— Parmi les familiers, j'oserais presque dire
parmi les enfants de cette madone, était un jeune
Français, René de Sorr. Le pauvre garçon, poi-
trinaire, se savait condamné, avait perdu sa
mère, trois mois après son installation à Belem,
et madame de Sorr, morte de la maladie qui
devait emporter son fils, avait, en mourant, confié René à madame de Chazeley, qu'elle aimait,
qu'elle admirait, dont la tendresse maternelle

exaltait la sienne. Madame de Chazeley accepta
cette tutelle qu'on lui léguait, comme elle accepte
toutes les tâches. Elle adopta dans son cœur ce
pauvre être, malade, seul au monde. Elle n'eut
pas une seconde l'idée qu'on pût sourire de voir
une jeune femme de trente ans devenir la mère
adoptive d'un garçon de dix-neuf ans, très beau,
très touchant, très poétique. Je vous jure que la
médisance fut lente à s'éveiller, tant il y avait de
confiance sereine dans madame de Chazeley,
de reconnaissance pieuse dans René de Sorr. J'é-
tais l'ami de ce beau jeune homme; je devins
fatalement son confident, et je fus bientôt celui
de madame de Chazeley. Je puis porter témoignage de la folie de René, de la sagesse de celle
qui en devint l'idole. René fut si touché, si
troublé de cette sollicitude maternelle, qu'il
s'en grisa jusqu'au délire. Ce chérubin ardent,
enfiévré, viril par la hâte qu'il avait de consumer
la vie, devint amoureux de sa belle marraine. Il
me communiqua ses premiers vers... car il en
faisait, le malheureux, de très beaux, qui méri-
teraient de la gloire. J'en déchirai beaucoup, mais
je ne pus empêcher que quelques-uns ne par-
vinssent à leur adresse. Je lus ses lettres brûlan-
tes d'aveux à peine dissimulés : je le conjurai
de ne pas les envoyer; mais je ne pouvais le

garder, le veiller si bien qu'il fût toujours à ma
portée. Il m'échappait, et d'ailleurs je n'avais de
droits que ceux qui m'étaient accordés par l'a-
mitié de ce pauvre malade, plus tard par l'estime
de madame de Chazeley. Il eût semblé outra-
geant que je prisse vis-à-vis de cette honnête
femme la précaution de l'avertir, et René se fût
éloigné de moi, eût choisi un confident moins
scrupuleux, si j'avais trop insisté sur la folie,
sur le danger de cet amour.

Léon s'interrompit de lui-même, poussa un
soupir, et reprit d'un air de compassion hypocrite qui ravit M. Gambey :

— Ah! Monsieur, c'est une situation bien
pénible, pour un homme jeune, libre, qui a
aussi ses fièvres, d'être en quelque sorte l'arbitre
de l'honneur et du bonheur d'une femme! Je
puis vous le confesser en toute sincérité, ce qui
m'a préservé du sacrilège d'aimer madame de
Chazeley, si belle et si bonne, autrement que
d'une amitié soumise, c'est cet amour fou, extravagant, que je m'appliquais à retenir, à brider ;
c'était le soin de la réputation de cette mère,
exposée, malgré sa dignité parfaite, à des commentaires trop nombreux, à des rancunes d'admi-
rateurs évincés, à des jalousies féminines. On
sourit, on rit, on ricana bientôt de cette protec-

tion maternelle qui ne se dissimulait pas, et de
cette reconnaissance filiale, qui fumait comme
un encens d'amoureux autour de cette divinité.
René avait des façons si étranges de baiser des
yeux et du mouvement des lèvres la trace des
pas de madame de Chazeley; il avait des tremble-
ments, des accès de folie, si extraordinaires,
quand elle parlait et souriait, qu'il était impossible de ne pas livrer au public le secret de cette
passion maladive. Pour prévenir des commentaires, il arriva bien souvent aux amis de René
de dire, en haussant les épaules : « Ne faites pas
attention, c'est l'amoureux de la reine. » Malgré
les précautions, cette passion maladive devait
fatalement emporter la vie de l'amoureux ou l'honneur de la femme aimée. Il est dangereux, même
de loin, d'aimer la reine, et, quand elle a pitié du
fou qui l'aime, elle partage le danger. Madame
de Chazeley fut la dernière à comprendre le péril
et l'offense de cet amour extravagant. J'ai tort de
dire l'offense, car elle est si pure, que, sans
admettre, par modestie, qu'on ne puisse la voir
sans l'aimer, elle ne se sentit pas offensée de cet
amour presque incestueux. Le pauvre enfant était
si malade, si orphelin ! Il avait tant besoin d'être
aimé ! Elle répondit d'abord avec une tendresse
naïve aux effusions du jeune poète, et, quand

l'évidence devint telle qu'elle dut la constater,
elle s'épouvanta du déchirement que cette passion corrosive allait faire au cœur de son malade.
Elle n'osa lui parler ; elle répondit à ses lettres,
et elle répondit tendrement, maternellement. Mais
la maternité a des formules compromettantes, et
plus elle veut persuader, plus elle caresse. Il
n'est pas jusqu'à ce mot : *enfant,* répété, souligné
de certaine façon, qui ne devienne suspect. Ces
gronderies tendres ne calmaient pas René. Il eût
fallu le fuir ou l'éloigner. Mais le fuir, c'était aussi
paraître le craindre soi-même, et pouvait-on l'é-
loigner sans le condamner plus vite à la mort? Si
madame de Chazeley avait eu près d'elle son fils,
peut-être l'eût-il protégée contre les rêves de cet
autre enfant éperdu! Mais il était dans un collège,
en France. Peu à peu la folie de René s'affran-
chit des précautions vulgaires. On lui disait de
prendre garde; de ne pas compromettre celle qu'il
vénérait ; et, dans la colère que lui donnaient ces
conseils, jaloux d'imposer à l'opinion la pureté
de son amour, il s'en vantait, l'exhalait publiquement, portait un défi chevaleresque aux calom-
niateurs. Un jour, son défi fut relevé. Un jeune
Brésilien qui l'avait vu faire de longues factions
le soir, sous les fenêtres de madame de Chazeley,
se permit chez moi quelques plaisanteries... J'é-

tais alors, sans titre officiel, attaché à la légation
française, et j'essayais de fonder à Lisbonne un
journal français pour combattre l'influence anglaise. Désirant attirer à mon œuvre patriotique
la jeunesse intelligente, j'avais établi chez moi
une sorte de cercle où l'on ne jouait guère, où
l'on causait beaucoup, où chacun jetait au vent ses
rêves, ses ambitions et parfois même ses secrets.
Je fus puni cruellement de cette bonne pensée ; je
n'osai plus réunir mes amis après la catastrophe
qui commença chez moi. Je quittai le Portugal ;
j'abandonnai mes projets, mes espérances, et je
subis ainsi un double préjudice qui n'est pas
encore réparé.

Léon avait traîné et abaissé la voix, pour
faire remarquer ses paroles. M. Gambey, tout
oreilles, n'en perdit pas une syllabe.

— Je réparerai ce préjudice-là ! dit-il vivement, en croyant interrompre Léon, qui s'interrompait de lui-même.

— René de Sorr, reprit le narrateur, assez
taciturne d'ordinaire, enveloppant sa souffrance
avec son amour, et souriant aux autres folies
qu'on débitait devant lui, ne laissait apparaître
la sienne que quand l'impatience des choses
vulgaires le prenait. Alors il s'échappait et il
était facile de lui faire attester publiquement sa

foi. Un jour donc, ce jeune Brésilien, après
l'avoir taquiné, lui proposa de l'accompagner
avec une guitare, quand il irait faire ses incan-
tations, sous le balcon de sa belle. Il faut vous
dire qu'à Lisbonne on appelle *amour gargarisant*
celui qu'il est d'usage de faire soupirer, pendant
plusieurs mois, sous les fenêtres des jeunes
filles, et qui, obligeant les amoureux à parler
d'en bas, la tête en arrière, le cou tendu, pro-
voque dans la gorge le mouvement analogue à
celui des gargarismes. C'est la grande moquerie,
si habituelle qu'elle n'offense plus. Le Brésilien
fit rire de sa plaisanterie, quand il nous joua la
scène de René, se gargarisant de ses déclarations.
Il eut le mauvais goût cruel de s'interrompre
pour tousser. Avant que je fusse intervenu, René
avait souffleté son parodiste. Une rencontre suivit
cette provocation. J'étais le témoin de René
de Sorr. Je ne me reproche rien. Je fis tout
pour empêcher cette rencontre. Mais comment
effacer ce soufflet? comment obliger le pauvre
poète, provoqué dans ce qui était son culte, plus
que sa vie, à accepter l'innocuité d'un pareil
sacrilège? Un duel à l'épée fut convenu. René
fut mortellement blessé. J'ai toujours pensé que
le malheureux, se punissant et se délivrant, avait
été au-devant de la mort. Il ne mourut pas sur

le terrain. On eut même pendant un jour l'espérance qu'il échapperait. Cette illusion, que je ne partageai pas, ne servit qu'à ébruiter le malheur. Madame de Chazeley avait été tenue dans une ignorance rigoureuse de cette rencontre. Elle ne l'apprit qu'en apprenant son résultat funeste. Alors le devoir maternel la posséda tout entière. Elle accourut au chevet du blessé, et, affranchie des scrupules qu'elle n'avait jamais redoutés, elle enveloppa de sa charité ardente ce malheureux, qui reçut avec délices ces soins délicats, et qui vola des heures d'amour aux heures de la mort... Le seul baiser qu'il eût demandé et qu'il reçut se posa sur sa bouche, à la minute où il appelait sa mère, pour qu'elle l'aidât à mourir, et son âme partit avec les ailes que lui mit cet adieu... Voilà toute l'histoire, monsieur. Vous voyez qu'elle est bien simple. Elle prit de grandes proportions après la mort de René de Sorr. On s'avisa tout à coup de plaindre démesurément l'enfant dont on se moquait. Les dames pour qui personne n'aurait voulu se faire tuer reprochèrent ce meurtre à madame de Chazeley, comme un assassinat. Je crois que la politique s'en mêla et que certain parti ne fut pas fâché de faire expier par une Française l'intervention de la France dans le règlement des affaires du Por-

tugal. M. de Chazeley fut averti du scandale
causé par sa femme. On savait que des lettres
avaient été échangées. René le premier le racontait. Ne pouvant m'en prendre une, à moi qui
les avais reçues en dépôt, on en publia des
fausses ; on broda un roman que le mari reçut
et lut. Il ne vint pas à Lisbonne ; il alla en
France chercher son fils et l'emmena, prévenant
madame de Chazeley d'une rupture sans débats
judiciaires. J'ai eu le grand honneur de lire la
lettre de rupture. Si elle consacra une erreur
fatale, elle ne l'envenima pas. M. de Chazeley
se plaignit à peine ; n'abusa pas de son droit de
juge ; régla en homme d'honneur les questions
d'argent et les conditions faites à la mère, pro-
mettant de garder dans le cœur de son fils le
respect filial intact. Madame de Chazeley, qui ressentait un grand désespoir de la mort de René,
accepta comme une expiation l'erreur de son
mari. Elle se borna à une seule protestation,
par devoir, non par fierté ; puis· elle attendit,
faisant crédit à ce marin qui allait s'éloigner
plus loin, plus longtemps, mais qui reviendrait,
attiré par le silence même et la dignité de la
fausse coupable. On lui permettait de voir son
fils à certaines époques ; elle correspondrait avec
lui. Elle fut admirable dans cette nouvelle

épreuve et ne voulut pas plus être défendue par d'autres qu'elle ne se défendît seule. Elle revint en France, où Philippe de Chazeley achevait ses études. Bien que la résidence où son fils était en pension ne lui fût pas interdite, elle eut le courage de se tenir à distance, ne voulant pas rendre M. de Chazeley jaloux de son enfant et craignant de se voir enlever cette seule consolation. Hélas! Philippe était un écolier précoce; il acheva trop vite ses études, et son père l'appela à lui. Vous savez tout maintenant. Vous voyez qu'il n'y a rien, absolument rien. Mais ce néant, il faut le démontrer. Je suis tout prêt à porter témoignage de la vérité. Mais, s'il me reste des lettres, dont il faudra faire bien vite un peu de cendres, croyez qu'il serait bien dangereux de les produire.

M. Gambey avait écouté avec une émotion grandissante, avec une attention haletante, ce récit, que Léon nuança avec un art prodigieux. Quand il fut fini, le banquier, dont les yeux s'étaient gonflés et avaient rougi, se leva, embrassa Léon et le serrant sur sa poitrine.

— Ah! mon cher monsieur!... mon cher enfant! Vous avez du cœur; c'est bien... Je suis fort content de ce que vous m'avez raconté.... Quelle triste histoire! Mais c'est bien clair... Il

faudrait que Chazeley fût un sourd et un sans-
cœur! Je retiendrai tout ; n'ayez pas peur ; je
tâcherai de le répéter comme vous me l'avez dit.
Vous avez raison ; il n'y a rien, absolument rien.
Ah! je suis bien content, bien content!

La joie le faisait pleurer et la tristesse de
cette histoire le faisait sourire ; il divaguait, pour
laisser à sa raison la liberté de se retrouver dans
ce tumulte.

Il piétinait et avait une telle impatience d'agir,
que Léon jugea inutile de prolonger sa visite.
Après un pareil succès, il était adroit de se
retirer pour se faire rappeler.

VIII

La coquetterie des hommes est identique à celle des femmes. Elle a les mêmes procédés classiques de stratégie, et, le premier de tous, c'est l'éternelle *fuite vers les saules*.

Léon n'avait plus à apprendre les éléments de son métier. Il devait se faire désirer par madame de Chazeley et se faire renouveler par M. Gambey les assurances d'un avenir qui l'effrayait presque à force d'éblouissement.

Il savait, par expérience, que son prestige grandissait quand on le commentait et qu'il provoquait assez l'imagination pour la faire fermenter en son absence.

Madame de Chazeley et M. Gambey devaien ressentir l'impatience de le remercier encore, et

il voulait que mademoiselle Hélène eût le désir
de le revoir.

Il n'avait pas les mêmes calculs à propos de la
princesse Daria. Il ne pouvait craindre, de ce
côté, que l'oubli. La curiosité était si blasée,
qu'on ne pouvait la raviver que par des manœuvres de stratégie parlée. Il affecta, pour piquer au
jeu la princesse, ou pour la piquer simplement,
tant de modestie et de désintéressement, que
l'associée de M. Saint-Jean soupçonna tout de
suite une autre spéculation.

Léon, par une rouerie transcendante, ne fit
rien, bien au contraire, pour écarter ces soupçons.
Il maintenait ainsi une enchère indirecte.

Chez lui, tout seul, il rayonnait. Marion, en
voyant déborder tant de lumière, attendait, avec
un redoublement de crainte, l'heure de l'explo-
sion.

Un instinct sublime de femme aimante lui
faisait deviner qu'il y avait quelque chose de
semblable à l'amour pour une autre dans cette
joie vraie. Jamais la convoitise seule de l'argent
n'avait agité ainsi Léon, et jamais il n'avait
donné tant de prise à l'ambition. Certes, ce n'était
pas de l'amour comme elle le comprenait; ce
n'était même pas de l'amour dans le sens exact
du mot; mais c'était la frénésie d'un grand volup-

tueux qui sentait son orgueil d'accord avec ses
sens.

Elle en venait, tant elle l'aimait, à souhaiter
qu'il fût initié par une autre à un amour qui pût
le sauver. Elle eût voulu connaître la femme, ou
la jeune fille, que l'égoïsme de Léon allait posséder, et savoir si celle-là serait plus heureuse
en s'immolant.

En attendant, elle se préparait à l'abandon.
Léon la chasserait-il? la fuirait-il? Par instants,
quand l'anxiété devenait trop ardente, elle regrettait qu'il ne l'eût pas frappée assez fort pour la
tuer. Sans être des femmes qui aiment à être
battues, elle avait honte de la petite cicatrice que
son doigt touchait sur sa tête ; comme si la souffrance endurée ne dût jamais dépasser ni égaler
la vocation de martyre qu'elle sentait en elle.

Elle avait, comme autrefois à Nogent, son
paquet préparé d'avance. Il n'était guère plus gros
que celui d'autrefois ; il ne serait pas nécessaire
de lui ouvrir la porte toute grande pour qu'elle
partît. Mais le départ n'impliquait pas pour elle le
renoncement à vivre pour Léon, à s'inquiéter de
lui. Elle travaillerait à Paris, dans un atelier de
brodeuse; elle ferait le métier de sa tante et ce
serait comme un nouveau droit qu'elle prendrait
à la mémoire de madame Chamoiseau de res-

ter la mère de cet enfant prodigue. Il ne pourrait pas l'empêcher de le veiller de loin et de se jeter entre lui et l'abîme, si l'abîme devait s'ouvrir.

Persuadée qu'il songeait à se marier, elle allait, dans toutes les mairies de Paris, lire les publications de mariage, cherchant partout l'annonce du mariage de M. Léon Soudin. Quand, de loin, la configuration d'un nom lui donnait la terreur de découvrir la preuve du faux audacieusement commis et quand, nulle part, elle n'avait trouvé la trace du crime, elle revenait avec un allègement momentané, pour recommencer bientôt à souffrir davantage.

Un matin, Léon, qui se hasardait à lui parler comme autrefois, lui dit en déjeunant :

— Je vais être forcé peut-être de faire un voyage en Italie.

Elle comprit ; il ne la chasserait pas ; il s'en irait ; et puis elle n'avait pas encore songé qu'il s'expatrierait volontiers, pour commettre plus aisément son crime.

Elle dissipa par un sourire le spasme qui la saisit à la gorge.

— Tu m'emmèneras ? demanda-t-elle doucement.

— Non, c'est un voyage d'affaires.

— Tu resteras longtemps parti ?

— Je ne sais pas !

Elle savait, elle ! Il ne reviendrait pas.

— Quand pars-tu ? reprit-elle après une seconde, après le temps de résorber une larme qui
allait la compromettre.

— Cela dépend d'une lettre que j'attends.

Précisément, avant la fin du déjeuner, la
femme de chambre apporta une lettre.

Léon la lut rapidement et eut une rougeur de
plaisir.

— Est-ce le signal attendu ? lui demanda
Marion.

— Pas tout à fait.

Il remit la lettre dans l'enveloppe et plaça avec
soin l'enveloppe dans sa poche de portefeuille. Il
n'y a pas d'écriture inutile, ou qu'on doive juger
comme telle, à première vue.

C'était un billet de madame de Chazeley. Elle
s'étonnait de ne pas le voir, lui transmettait
également la surprise de M. Gambey et ajoutait :
« Tout va bien. Je n'ai pas de peine, mon cher
ami, à faire comprendre à tout *le monde*, dans
cette famille aux cœurs simples, que, si j'avais
une fille, je vous la donnerais avec confiance. »

Le moment stratégique d'une demi-sortie était
venu. Léon alla voir madame de Chazeley.

Il s'était arrangé un masque de mélancolie qui

lui seyait à ravir. Aux confidences de cette excellente amie, lui répétant les bonnes dispositions de M. Gambey, il répondit par des réticences, par des tristesses, ingénieuses, discrètes, qu'elle voulut vaincre une à une. Il était pauvre, on douterait de la sincérité de sa passion pour Hélène. Il était orphelin, et, prévenant la révélation qu'on devait trouver dans l'acte de naissance de son cousin, il avoua que sa mère n'avait jamais été mariée ; qu'il était fils d'un père inconnu.

Madame de Chazeley ne douta pas une seconde de la générosité de M. Gambey. Tout ce qui rendait Léon intéressant le recommandait plus sûrement encore à l'adoption de cette famille.

Encouragé alors, Léon sembla prendre un grand parti, et à cette femme dont il connaissait si bien la bonté maternelle, exaspérée par la longue privation de son fils, il parla filialement ; il avoua que son amour pour Hélène était devenu une possession telle, qu'il souhaitait de mourir s'il n'avait pas l'espérance d'être son mari.

Son mari ! Cette idée le rendait fou. Il ne pouvait pas croire à tant de bonheur. Il se révoltait presque contre les promesses d'association que lui avait faites M. Gambey. Il eût voulu que l'idylle n'eût pas de cadre si beau ; mais, en feignant de le repousser, il le faisait tinter ; il insinuait que le banquier lui-même pourrait le trouver disproportionné et reviendrait sur un engagement qui n'était qu'une effusion échappée à l'embarras de sa reconnaissance.

Madame de Chazeley le comprenait, l'approuvait, mais le rassurait.

Elle était ravie de voir ce sceptique douter de la candeur ; mais, en le trouvant sérieux et sincèrement épris, elle sentait qu'il serait facile de vaincre cette méfiance parisienne.

— Incrédule ! je vous donnerai la foi, lui dit-elle quand il partit.

Léon rentra chez lui pour attendre le baptême.

Il n'attendit que quelques heures.

Le jour même, M. Gambey lui écrivait une lettre très précieuse à garder, dans laquelle s'épanchait la bonhomie de ce financier incomplet. Il se récriait contre les doutes transmis par madame de Chazeley.

Il envoyait un véritable engagement, une promesse signée d'association, avec une stipulation préalable pour des appointements de secrétaire. Dans la lettre qui commentait ce papier, M. Gambey disait en finissant :

« Nous déchirerons toutes ces paperasses, mon

cher enfant, si nous faisons, ou plutôt quand nous ferons un autre contrat. »

Léon fut stupéfait du beau jeu que la destinée lui donnait.

— L'imbécile ! dit-il en serrant précieusement la lettre de son futur beau-père.

Une invitation était jointe au post-scriptum.

M. Gambey invitait, pour le lendemain, Léon à dîner. On irait ensuite, en famille, à l'Opéra, dans une loge qu'il avait retenue.

Léon reçut comme une poignée d'étincelles dans les yeux, en lisant le post-scriptum.

Se montrer à l'Opéra avec Hélène Gambey, c'était prendre tout Paris à témoin de ses fiançailles ; mais se montrer avec M. Gambey, quand il pouvait rencontrer M. Saint-Jean, c'était choisir délibérément son partenaire et abattre les cartes.

Il fallait s'assurer qu'il n'y avait trop rien à gagner du côté des vainqueurs et que tout l'avantage était du côté des vaincus.

Il réfléchit ; mais il ne pouvait plus être de sang-froid, et, se donnant une illusion, par besoin de se glorifier, ou pour se préparer à la gloire, il se persuada que c'était surtout son amour pour Hélène qui le décidait à choisir.

Le lendemain, l'*Homme au gardénia* était ému

comme un néophyte, quand il entra dans le salon
de M. Gambey.

Les blasés comme lui, restés joueurs, se rat-
trapent du blasement par la superstition des dés,
et Léon jouait une partie suprême, en tout cas, la
plus grave qu'il eût encore jouée.

M. Gambey ne se satisfit pas de lui serrer les
mains. Il l'attira presque contre sa poitrine, en
lui posant le bras sur l'épaule, et en prenant
bien soin, avec une douce moquerie, de peur de
l'effeuiller, d'atteindre le gardénia qui était
arboré, comme un trophée virginal, à la boutonnière de cet élégant vaurien.

Madame Gambey, parée pour la soirée de
l'Opéra, avec des diamants que Léon estima à cinquante mille francs, lui parla du voyage d'Italie,
comme si, sur cette terre classique du doux ser-
vage, il dût devenir, en même temps que le secrétaire de son mari et le fiancé de sa fille, son patito!

Quant à Hélène, lorsqu'elle parut, la dernière,
dans le salon, simplement mise, tout en blanc,
les épaules et les bras nus, elle entra comme une
clarté. Tout en elle brillait, ses yeux, sa bouche,
son front. Sa sérénité habituelle, qui avait son
mystère, était pénétrée d'étincelles.

Léon crut qu'il découvrait sa beauté, tant elle
se révélait. Il eut la sensation brûlante d'un

secret inconnu surhumain que Dieu lui révélait.

Oui, il pensa à Dieu. C'était plus commode que de penser à sa conscience. Sans songer qu'il était un renégat de l'honneur, de l'amour, de la probité, qu'il volait indignement cette grâce, ce sourire, cette beauté, il eut un bondissement du cœur qui le fit croire, et, quand il balbutia quelques mots, en avançant la main, et quand Hélène, confiante et pure, mit ses doigts délicats dans cette main tremblante, cet impie fut tenté de s'agenouiller.

— Merci, Monsieur, merci, lui dit-elle de sa voix mélodieuse.

De quoi le remerciait-elle? Du bien qu'il avait dit de madame de Chazeley. Le remerciement était trop expressif pour n'être que la satisfaction de l'amitié. Le remerciait-elle de ce qu'il avait l'ambition d'être son mari? Alors, il y avait plus qu'un aveu tendre dans cet accueil. C'était comme un élan, comme la satisfaction passionnée d'avoir été comprise.

On dîna vite et gaiement. M. Gambey paraissait ne plus songer à ses cruels mécomptes financiers et politiques. Il était tout au bonheur de sa famille. Léon, après un quart d'heure de recueillement presque naïf, s'était lancé dans ce jeu de bague de la conversation parisienne, où il était

de première force. Il fit rire Hélène qui ne lui
avait encore que souri. A plusieurs reprises, il
remarqua le regard d'épanouissement jeté par
M. Gambey autour de lui. Le banquier semblait
dire à sa femme et à sa fille :

— Avais-je raison?

A l'Opéra, l'entrée dans la loge fut un spectacle pour les habitués. Malgré la rapidité du dîner,
Léon, par ses historiettes, en avait, involontairement ou subtilement, retardé la fin ; si bien qu'on
n'arriva qu'au second acte de *Robert-le-Diable*.

M. Gambey eût voulu se faufiler sans bruit à
sa place et, passant le dernier, il avait, d'un geste
précautionneux, introduit dans la loge sa femme,
sa fille et Léon.

Celui-ci s'empressa d'arranger le fauteuil de
madame Gambey, changea lui-même le siège
d'Hélène qui était trop bas, heurta un tabouret
et fit assez de bruit, pour que, de l'orchestre et
du parterre, des regards mécontents se tour-
nassent vers lui. Mais il ne fut pas intimidé par
tous ces yeux scandalisés.

D'ailleurs, la vision d'Hélène, jusque-là igno-
rée de tout le monde parisien et qui apparaissait
pour la première fois, désarmait les dilettanti
français, aussi friands de beaux visages que de
bonne musique, et qui vont à l'Opéra pour regar-

der, autant que pour entendre. Les lorgnettes
furent braquées sur la loge de M. Gambey, et
elles étaient si chargées d'électricité, que la jeune
fille se sentit atteinte ; elle recula son siège, se
renversa en arrière, en ramenant sur ses épaules
découvertes le tulle léger qui mit un nuage autour de sa beauté !

Léon était reconnu et répondait par des saluts
de la tête ou de la main aux saluts, même à ceux
qui ne se décidaient pas. Il voyait visiblement
qu'on se demandait, qu'on lui demandait le secret
de cette apparition. Afin de mieux montrer que le
public lui en était redevable, et que cette belle
jeune fille, éblouissante de candeur fine, était
l'héroïne dernière du roman de sa vie, il se pencha
vers elle et la bouche souriante, l'air câlin, comme
s'il lui eût débité des mots d'amour, il lui disait :

— Voici la loge du Jockey-Club ; voici la loge
ministérielle ; celle-là entre les deux colonnes est
celle de la belle madame M...

Comme il désignait une mondaine d'une célé-
brité européenne, internationale, Hélène, malgré
sa pureté, ne pouvait ignorer les titres de cette
belle créature et rougissait de ce qu'on la lui
montrait, tout en la regardant avec attention,
pour s'assurer que la réputation de sa beauté et
celle de ses diamants étaient méritées.

Léon jouissait de cette rougeur pudique et de cette malice féminine; il se levait, regardait avec défi ce public qui devenait le coryphée de son triomphe.

Oui, c'était le triomphe. Il n'y avait plus pour la fortune à se dédire. Les loges, le parterre étaient les témoins de ses fiançailles.

Enfin, il était donc au sommet! Quand il envoyait ses regards vers le lustre, Léon le trouvait terne ; il eût voulu qu'il éclatât en feux d'artifice, en pluie. Il avait peur que la loge ne fût dans une pénombre désavantageuse, qu'on ne vît pas assez Hélène, et qu'on ne le remarquât pas suffisamment, lui. Alors il se cambrait, faisait saillir sa poitrine, redressait le revers de son habit, par un geste qu'il tenait peut-être de son père, pour qu'on saluât le bouquet de gardénia. C'était le drapeau, l'étendard. Il avait été si souvent à la peine, qu'il devait être à l'honneur.

M. Gambey était le seul à écouter la musique ; encore avait-il des regards de côté, de face, absolument sournois. Madame Gambey se redressait nonchalamment par minutes, cherchant à voir comment les Parisiennes à la mode écoutaient et s'étendaient dans leur fauteuil. Hélène, immobile, comme fascinée, regardait devant elle, et son grave sourire, émancipé pendant le dîner, lui revenait, mystérieux et attirant.

Léon n'écoutait rien de ce qui se chantait, mais il l'entendait. Les airs connus de Robert lui traversaient la mémoire avec une vibration étrange. S'il eût prêté quelque attention à la pièce, il l'eût trouvée ridicule, détestable. Le diable ne pouvait plus le tenter, et ce pacte à conclure avec le mauvais esprit l'eût fait rire. Il se sentait devenir honnête homme, maintenant qu'il allait faire envie, au lieu de mendier.

Il ne regardait plus dans la salle. Son orgueil enrichi, débordant de fortune, n'avait plus besoin de faire la quête. Dans l'entr'acte, il irait recueillir les hommages, dont il percevait la buée. Il s'amusait à contempler les pendeloques du lustre. Ils lui faisaient l'effet de gros diamants, de ceux qui allaient pleuvoir dans la corbeille de noces. C'était pour lui qu'on avait prodigué l'or sur les colonnes, sur les frises.

Aux dernières mesures du second acte, il abaissa son vol pour causer avec Hélène. Mais, comme il s'inclinait vers elle, il remarqua qu'elle faisait un petit signe, un salut imperceptible à quelqu'un; il regarda en face et fut stupéfait de ce qu'il vit.

Madame de Chazeley, très belle, plus parée qu'elle ne l'était d'ordinaire, mais embellie surtout d'une joie intense, était installée à côté d'un homme de soixante ans, au visage un peu pâle, qui portait de longs favoris grisonnants, avait une rosette d'officier à la boutonnière et souriait ; derrière lui, un grand jeune homme mince, qui ressemblait à une certaine miniature du salon, debout, appuyé au fauteuil de madame de Chazeley, regardait la loge de M. Gambey et de sa famille.

Léon se tourna brusquement vers M. Gambey. Celui-ci attendait ce regard et la question qu'il renfermait :

— Oui, dit-il à voix basse, c'est M. de Chazeley et son fils.

Comme l'acte était fini, comme le rideau était baissé, il ajouta à haute voix :

— Voilà votre ouvrage, mon cher ami. Voilà ce que vous m'avez aidé à faire. Nous vous réservions cette surprise. Êtes-vous content?

Léon eut un violent battement de cœur, pouvant bien être de la joie subite, mais qui pouvait bien être aussi un spasme involontaire de méfiance.

Il n'aimait pas qu'on lui fît des surprises.

Pendant que l'excellent M. Gambey le mettait en quelques mots au courant de l'histoire ; lui racontait comment l'arrivée de son ami Chazeley, dont il avait été prévenu avant sa femme, l'avait décidé à demander le détail de ce qui s'était passé à Lisbonne; comment il s'était servi de cette confidence, pour amener la réconciliation rêvée et désirée des deux côtés, Léon se demandait s'il n'avait pas eu tort de travailler si bien au bonheur de madame de Chazeley, avant que le sien fût définitif.

Il n'y avait pas assez longtemps qu'il ne doutait plus de la reconnaissance et qu'il ne lui préférait pas la voix de l'intérêt.

— Je vous avouerai, lui disait M. Gambey, que je n'ai pas eu besoin de beaucoup d'éloquence. Chazeley avait réfléchi. Il était devenu un peu honteux de cette séparation; il voulait savoir pourquoi il s'était fâché si rouge, ou si pâle, ne le sachant pas bien. Il ne pouvait justifier devant son fils, qui le jugeait, le jugement porté par défaut. Oh! l'explication a été bien courte. Il est à Paris depuis hier au soir. J'ai été l'attendre à la gare. Une fois arrivé à la place Vendôme, à l'hôtel que j'avais retenu pour lui, il a pris un prétexte pour laisser son fils: il est sorti avec moi et m'a dit : « Conduisez-moi chez elle. J'ai peur que Philippe ne s'échappe pour y courir avant moi! » Vous comprenez qu'après un pareil début il m'était facile d'être avocat. Je lui ai dit quelques-unes des choses que vous m'avez dites. Il hochait la tête à chaque détail et murmurait :

« C'est vrai! c'est vrai! » Madame de Chazeley
ne se doutait de rien. Nous pouvions la tuer. Ah!
mon ami, si vous aviez vu cette scène! Nous
sommes entrés ensemble, lui et moi; il a été
directement à elle, en homme habitué aux résolu-
tions promptes, lui a tendu la main; elle est tombée dans ses bras.

« — Philippe?... a-t-elle murmuré avec une
secrète terreur :

» — Il va bien : il est ici. Gambey, prenez la
voiture et allez le chercher. »

J'ai trouvé le cher enfant sur le trottoir : il
a deviné pourquoi je revenais seul; il s'est préci-
pité dans la voiture; arrivé rue du Rocher, il
ouvrait la porte du salon, pour courir à sa mère;
son père l'a retenu, lui a saisi la main; Chazeley
veut que tout se fasse, dans la vie, avec dignité.
Il a conduit Philippe à sa mère par la main et lui
a dit :

« — Mon enfant, ta mère m'a pardonné! »

Ah! nous avons bien pleuré! Les explications
ne sont venues qu'après, plus tard, en l'absence de
Philippe, que j'ai emmené, parce que ma femme
l'aime beaucoup et que c'est un camarade de ma
fille. Madame de Chazeley a remis à son mari
son *fameux livre de bord.* Le capitaine sait
maintenant, jour par jour, ce que sa femme a

pensé, depuis six ans. Ce matin, sur un mot de madame de Chazeley, qui voulait vous voir, j'ai imaginé ce vis-à-vis de l'Opéra. J'avais retenu une loge; j'ai pu en retenir une autre, en face. Sapristi! vous avez été lent à lorgner de ce côté-là. Hélène se réjouissait de ce coup de théâtre; mais je voyais bien qu'elle trouvait le temps long.

— N'est-ce pas, fillette?

Hélène tourna son beau visage illuminé vers Léon et, lui tendant la main :

— C'est vrai! j'ai eu de la peine à vous mettre au courant. Vous avez fait des heureux qui ne sont pas des ingrats, je vous le jure.

Elle envoya à Léon un regard qui dissipa toute amertume dans le cœur du sceptique.

M. Gambey reprit :

— Vous voyez que, quand je m'y mets, je sais faire un plan, tout comme un autre. Que dites-vous de mon dénouement?

— Il est admirable!

— Maintenant, venez, que je vous présente à Chazeley et que je vous présente son fils.

— Volontiers.

M. de Chazeley et Philippe s'apprêtaient eux-mêmes à sortir de la loge et à aller rendre sans doute visite à la famille Gambey, quand le banquier heurta à la porte.

La présentation se fit rapidement. M. de Chazeley tendit sa main loyale et serra avec force
les doigts fluets et mous de l'Homme au gardénia.

— Je sais, monsieur, tout ce que je vous ai
d'obligation, dit-il.

— Ah! capitaine, ne me remerciez pas. Je
n'ai pas eu de mérite à vénérer madame de Chazeley.

Philippe intervint; il prit avec vivacité la main
de Léon, quand son père l'eut lâchée; il la serra
à son tour dans ses deux mains. C'était une
nature enthousiaste : la foi de sa mère, avec
des élans violents.

— Vous me permettrez à moi, monsieur, dit-
il, de vous offrir une amitié fraternelle. Ma mère
m'a répété, dans chacune de ses lettres, que je
ne saurais choisir un meilleur guide, un plus
cher confident. Voulez-vous être mon frère?

— Oh! votre frère aîné!

Madame de Chazeley s'était tournée du côté
de la salle. Derrière son éventail elle pleurait
doucement. Léon se baissa pour la saluer.

— Je n'ai jamais douté de vous, lui dit-elle;
cela m'a porté bonheur. Ah! mon ami, soyez le
frère de Philippe, car j'ai besoin d'être votre mère.

Comme Léon balbutiait quelques mots confus,

elle l'attira pour lui parler de plus près, et lui
dit à l'oreille :

— Comment le trouvez-vous, mon Philippe?

— C'est bien votre fils.

— Oh! c'est bien aussi celui de M. de Chazeley. Une chose nous inquiète de lui, sa santé.
Ne le trouvez-vous pas très pâle, très délicat?
Il souffrait à cause de moi; je le guérirai. Je
l'aurais mal élevé, moi, je l'aurais gâté. M. de
Chazeley en a fait un homme d'énergie spon-
tanée, et, comme les vrais caractères d'homme,
il reste un enfant. Il vous aimera bien; il vous aime
déjà. Qui donc d'ailleurs ne vous aimerait pas?

En disant cela, madame de Chazeley tendait son
éventail dans la direction de la loge de M. Gambey.

Hélène regardait toujours de ce côté; elle vit le
mouvement et sembla ratifier, par un mouvement
de tête, la promesse qu'on faisait en son nom.

Madame de Chazeley invita Léon à venir dîner le lendemain. Il hésita, se faisant scrupule
de troubler l'intimité de cette heureuse famille.

— Oh! j'aurai toute la matinée pour bavarder
avec Philippe. Mon mari et moi, nous nous sommes tout dit : venez goûter du bonheur que vous
avez fait. En arrivant une heure avant le dîner,
vous me trouverez seule. Ils vont dans Paris.
Nous causerons de vous.

Léon accepta, et, avec le tact qu'il savait mettre,
même dans les choses honnêtes, quand il s'en
mêlait, il sortit seul de la loge, y laissant M. Gambey, voulant avoir de la modestie; à moins que
cette réserve ne fût une profonde tactique.

Dans le couloir, il pensa qu'il devait ébruiter
son prodigieux succès et que c'était manquer
absolument à son laborieux passé, à son brillant
avenir, que de ne pas faire consacrer minutieusement son éclat présent, pour s'en faire un titre
plus incontestable, auprès des Gambey, des Chazeley et de tout le monde.

La première personne que Léon rencontra au
foyer fut Darvincourt. Il n'y songeait guère.
Son collaborateur exerçait maintenant la diffamation pour son propre compte, et il s'était fait,
grâce à Léon, une situation assez bonne à la
Chronique continentale, et dans une autre petite
feuille de parfumerie littéraire; ce qui lui permettait de se présenter dans les endroits élégants,
sans y faire tache.

Léon eut la velléité rapide de ne pas s'arrêter
pour dire un mot à son élève. Il n'aurait plus
besoin de lui. Il lui avait mis le stylet à la main;
qu'y avait-il de commun entre eux? Mais la vanité lui fit faire ce que l'orgueil lui déconseillait.
On n'est pas maître en quoi que ce soit, sans être

enclin au pédantisme. Il voulut donner une dernière leçon, et, comme Napoléon posait devant Talma, il posa devant Darvincourt.

— Eh bien, comment vont les affaires? lui demanda-t-il d'un air encourageant.

— Assez bien. Pourtant, je suis retombé à la chansonnette. Est-ce qu'il n'y a plus de chances pour chanter un grand air?

— Dans ce moment-ci, non.

— Je te fais mon compliment. Je n'ose pas te demander quelle est cette belle personne que tout le monde regarde?

— C'est mademoiselle Gambey!

Darvincourt poussa un cri de stupeur.

Léon le toisa avec une audace flamboyante:

— Cela t'étonne?

— Cela me suffoque.

Darvincourt s'inclina, et reprit:

— Tu l'épouses?

— Oui.

— Et moi, qui épouserai-je?

— Toi?

— Dame! il me semble que j'ai bien ma part à réclamer.

Léon se mit à rire.

— N'aie pas peur. Dès que je serai l'associé

de mon beau-père, je fonderai un grand journal
de finance. Je te placerai à la tête.

— C'est que je ne spécule pas très bien.

— Tu n'auras rien à faire.

— C'est quelque chose ; mais j'aimerais mieux
rentrer dans la diplomatie. Mon nom est fait pour
s'écrire en deux mots : d'*Arvincourt*, un nom de
pays ou de domaine. Fais-moi rendre mon habit
brodé. Il est vrai que tu vas te brouiller avec le
gouvernement, en épousant mademoiselle Gambey, et que tu n'auras plus d'influence.

— Tu te trompes. Je n'étais qu'une force ; je
deviens une puissance.

— Ah ! tu as bien manœuvré !

— N'est-ce pas ?

Darvincourt prit un air fin.

— Les articles que tu faisais toi-même pour
M. Gambey valaient mieux que ceux que tu me
dictais contre lui.

Léon se mordit la moustache.

— Qui t'a fait ce conte ?

— Personne ; j'ai trouvé que l'on me répondait
trop juste. Cela ressemblait à un dialogue préparé ; je m'étonne que tes amis au pouvoir s'y
soient trompés.

Léon eut un sourire ambigu ; il eût voulu nier ;

mais la fatuité du métier lui fit commettre l'imprudence d'avouer.

— Ce que j'ai pu faire pour M. Gambey ne lui a guère servi.

— C'est là le comble de l'adresse ; seulement tu aurais pu me faire défendre aussi M. Gambey ; puisque tu me le faisais attaquer ? Nous n'aurions pas partagé ta part ; mais j'aurais eu des miettes. Il m'inspire de la sympathie, ce brave homme. Au fond, il a raison ; dans ton article, tu l'as joliment prouvé.

L'Homme au gardénia trouva que son élève abusait de sa science.

— Décidément, lui dit-il avec une morgue pédantesque, tu es tout à fait dérouillé. Mais nous jouons là quelque chose d'analogue à une scène de Giboyer.

— N'est-ce pas d'à-propos, puisque, toi, tu joues le dénouement en épousant la riche héritière ? Et Marion, qu'en fais-tu ?

Léon eut un soupir et lança un regard au plafond.

— Pauvre Marion, tu ne sais pas à quel point elle pousse le dévouement et l'abnégation !

— Il est vrai que tu lui feras une rente !

— Oh ! sceptique, tu ne crois à rien !

Et, sur ce mot, Léon s'écarta de son complice.

— Serpent! se dit-il entre les dents, il est temps de l'écraser.

— Je suis bien sûr, pensait de son côté Darvincourt, que Marion ne sait rien! Il est impossible qu'une fille comme elle ne soit pas jalouse.

Cette rencontre de Darvincourt avait mis une grosse goutte de fiel dans la coupe d'ambroisie. Mais Léon était philosophe. Il fallait bien que, dans l'ivresse du succès, quelque chose réveillât et tînt en éveil le génie viril du triomphateur, pour l'empêcher de s'aveugler.

Léon fut fâché de découvrir que Darvincourt avait deviné en lui le défenseur de M. Gambey. Il est vrai qu'une grande leçon d'habileté se dégageait de cette constatation, et que la preuve de cette fourberie était un grand hommage.

— Je serais curieux de savoir ce que dira la princesse Daria; elle doit être ici.

Sur cette réflexion qui devait lui venir, l'Homme au gardénia se mit à la recherche de la princesse.

Descendant aux fauteuils d'orchestre, il chercha, parmi les loges du rez-de-chaussée, la loge obscure où la princesse venait souvent avec M. Saint-Jean.

Il distingua, en face de lui, une femme en blanc, avec une étoile en diamants dans les cheveux. C'était la princesse. Sa loge était précisément placée de façon qu'on pût voir tout ce qui se passait dans la loge de M. Gambey.

Comme l'entr'acte était fini, Léon remonta à son poste de gloire, remettant sa visite à plus tard.

En attendant, il continua à se dilater dans son auréole. En se sentant devenir dieu, il dépouillait les vilenies de l'humanité. La bonté l'envahissait. Son œil, ébloui des clartés qu'il filtrait, en plongeant sur les fauteuils d'orchestre, y découvrit Darvincourt. Il rêva pendant deux minutes à faire la fortune de ce pauvre garçon. Il allait maintenant se mettre à sauver les âmes. Il eut presque un attendrissement naïf, en voyant Philippe de Chazeley tenant la main de sa mère qu'il contemplait avec un amour extatique, tandis que l'autre main s'appuyait au fauteuil paternel. C'était lui, comme on l'avait répété à satiété, qui était l'auteur de ce drame touchant, de cette scène de Greuze.

Il ne s'était pas senti, au premier abord, une grande sympathie pour le jeune Chazeley ; mais maintenant qu'il le voyait complètement heureux par lui, il lui pardonnait par amour-propre d'artiste. Son égoïsme féroce fondait et abdiquait.

C'était doux, de n'avoir plus besoin de haïr.

Un instant, l'idée du terrible bonhomme Cha-

moiseau lui traversa la cervelle; mais il pensa
que le caissier serait facilement désarmé, en
voyant son fils trônant sur une caisse; que l'ami
de M. Monnerot serait attendri, en voyant le
gendre choisi spontanément par le banquier, et
que le justicier serait désarmé devant le bien
accompli par son enfant coupable.

Léon était tout à coup si indulgent, qu'il ne
croyait plus à la rigueur de rien ni de personne.
Il y avait bien, pour garder la possession de
cette fortune et de ce bonheur, la petite nécessité
de faire transcrire le nom de Soudin sur des
registres; mais en Italie! Et puis, quand M. Gambey ôterait son masque, il trouverait le moyen
d'ôter le sien.

Hélène ne l'aimait-elle pas?

De temps en temps, elle tournait vers lui ses
beaux yeux, dans lesquels il croyait voir une
sorte d'inquiétude. Il connaissait ces effets de la
pudeur, de l'ingénuité. On ne pouvait pas subir
sa fascination sans trembler beaucoup; mais il rendait ce tremblement délicieux. Il lui souriait avec
une domination tendre, et elle reprenait courage.

Dans l'entr'acte, il alla résolument à la loge de
la princesse Daria. Elle était seule. M. Saint-Jean,
prévoyant peut-être cette visite de Léon, errait
dans les coulisses.

Le premier mot de l'étrangère fut une interrogation. Léon, avant d'y répondre, s'assit, prit ses aises, nomma la famille Gambey et particulièrement Hélène.

La princesse eut un sourire qui s'égrena lentement.

— Vous avez changé de camp? dit-elle.

— Non, princesse. Mais, après la victoire, il est permis de consoler les vaincus.

— Consoler est une fatuité! Vous leur offrez une revanche.

— Ah! princesse, vous savez qu'elle est impossible. Je vous ai trop bien servie!

— Pour des vaincus, ils n'ont pas la mine trop défaite.

— Je leur ai fait entendre raison.

— Comment les avez-vous connus?

— Ne vous avais-je pas dit que j'ai été présenté à M. Gambey?

— Ah! oui, au théâtre, par une femme.

— Par une femme respectable que je puis nommer, madame de Chazeley.

— Votre incomparable amie! C'est naturel. A quand la noce?

Léon eut un sourire étincelant de fatuité.

— Comme vous devinez bien, princesse, le

seul prix que je puisse mettre à une œuvre de
sentiment !

La princesse prit sa lorgnette, regarda la
loge de M. Gambey.

— Elle est jolie, cette petite juariste. Vous
me la présenterez, si elle devient votre femme ;
cela m'amusera de la recevoir. Quel est le jeune
homme qui lui parle et qui vous remplace ? Son
frère ?

Léon redressa vivement la tête.

— Non, dit-il en souriant, elle est fille unique.
Ce jeune homme est le fils de madame de Chazeley qui est au-dessus.

— Un petit cousin, alors ?

— En aucune façon.

— Ah ! ils ont pourtant l'air de se parler
comme petit cousin et petite cousine. Mais cela
vous regarde.

Léon eut un mouvement dédaigneux de la
bouche.

La princesse en était réduite à vouloir le
rendre jaloux ; le moyen était mesquin.

Il ne consentit pas à répliquer ; il continua :

— Je n'ai pas besoin, princesse, de vous dire
que je n'aurais pas l'indiscrétion de solliciter une
faveur de gouvernement impérial, pour le gendre
de M. Gambey.

— Pourquoi? Ce serait un moyen de consolider la paix.

— M. Gambey accepte sa situation de vaincu.

— Pour toujours?

— Au moins pour le présent.

— Alors, *tout est rompu, mon gendre?*

La princesse connaissait le répertoire du Palais-Royal, et s'en servait à l'occasion. Seulement, en citant *le Chapeau de paille d'Italie*, elle eut le bon goût de ne pas imiter Grassot.

— Oh! princesse, vous avez trop d'esprit pour penser cela.

— J'ai tout juste assez d'esprit, mon cher, pour ne pas aimer les partenaires qui battent les cartes sous la table. Je vous avais associé à un jeu facile, après tout. J'en faisais le prétexte d'une faveur que je voulais vous faire mériter. Il paraît que vous vous trouvez assez payé par ce que je considérais encore comme un acompte. Vous allez à nos adversaires. Bon voyage, mon ami. Prenez garde! la coupe est bien près des lèvres: mais, entre les lèvres et la coupe...

La princesse s'interrompit. Elle avait parlé avec une nuance de sévérité, de menace, et de mépris, tout en souriant.

Léon se sentit très fort devant cette force, et, galamment, violemment, il prit la main de la princesse, la porta à sa bouche, avant qu'elle eût eu le temps de la retirer.

— Entre la coupe et les lèvres, dit-il, il y a toujours la place d'un baiser !

Cela dit, il se leva pour sortir.

La princesse ne se fâcha pas davantage. L'esprit, même impertinent, la rassurait.

Sans retenir Léon, elle ne voulait pas qu'il partît encore.

— Comment, dit-elle, ce petit Chazeley est-il dans la loge de M. Gambey ? Je croyais qu'il naviguait avec son père, et qu'il ne devait jamais venir à Paris ; que le farouche capitaine en voulait à sa vaporeuse femme. C'est vous qui m'aviez conté cela.

— Oui, princesse, mais tout est changé ! M. de Chazeley est au-dessus de vous, dans une loge, à côté de sa femme ; la réconciliation est faite.

— Est-ce votre œuvre ?

— Je n'y ai pas nui.

— Ce doit être touchant, ce tableau conjugal.

— Très touchant !

— Et c'est pour rien que vous faites de si bonnes actions ?

— Pour rien, princesse.

— Je serais curieuse de savoir comment vous vous y êtes pris ?

— Oh! simplement, en disant la vérité.

— Et l'on vous a cru?

— Absolument, comme si j'avais menti...
D'ailleurs, j'avais des pièces à l'appui.

— Ah!

— Oui, des lettres de madame de Chazeley...
C'est une bonne précaution, princesse, dans
l'intérêt de la vertu, de garder les lettres. Depuis
quinze ans, je n'en ai pas brûlé une seule.

— Cela doit vous faire une grosse collection.

— On m'écrit, en général, des lettres si
courtes!...

— Savez-vous, malgré tout, que ces autographes valent de l'argent?

— Mais oui. Il y a des illustrations.

— Beaucoup de lettres de femmes, n'est-ce
pas?

— Quelques-unes.

— Eh bien, c'est une ressource à l'occasion?

— J'espère, princesse, que ce ne sera jamais
qu'un luxe.

Léon avait fait la menace qu'il lui plaisait de
faire; il laissait du dépit; il pouvait se retirer.

S'il avait vu le regard qui remplaça vite le
sourire avec lequel on l'avait congédié, quand la
loge fut refermée, il eût compris qu'il venait de
commettre une grosse imprudence. Il en eut le

soupçon ; mais il était enivré et il remonta dans son rêve.

Quand M. Saint-Jean revint dans la loge de la princesse Daria, celle-ci, qui avait rongé le bord d'un éventail, lui dit d'une voix sifflante :

— Savez-vous avec qui il est, ce petit monsieur?

— Oui, avec M. Gambey.

— Savez-vous qu'il épouse la fille?

— Il fait bien.

— Vous laisserez faire cela?

M. Saint-Jean sourit.

— Pourquoi pas? Nous serons débarrassés de lui et il embarrassera son beau-père.

— J'ai moins de philosophie, je vous en avertis. Il se moque de nous.

— Il vous plaît de faire manquer ce mariage?

— Il me plaît de me venger.

— Je n'ai rien à vous refuser.

— Ainsi, ce que vous m'avez dit?...

— Sera fait.

— Demain?

— Demain.

— Merci!

Elle tendit à M. Saint-Jean la main même que l'Homme au gardénia avait prise, et le conseiller d'État mit galamment un baiser à la place où Léon Soudin avait déposé le sien.

La soirée s'acheva pour Léon dans la même apothéose. Au dernier acte de *Robert-le-Diable*, il lui sembla que c'étaient ses noces qu'on célébrait sur la scène. Il s'inclina, presque avec componction, devant le décor.

IX

Léon ne put pas dormir facilement, à la suite
de cette soirée. Il ne pouvait se calmer. Les fu-
sées qu'il avait emmagasinées dans sa cervelle
partaient, éclataient en bouquets de feux d'artifice.

Marion l'entendit, pendant une grande partie
de la nuit, marcher dans l'appartement, parlant,
gesticulant, chantant même.

Il n'était pas venu dire bonsoir à sa maîtresse.
Il fallait qu'il fût vraiment heureux, pour avoir
honte de communiquer son bonheur à celle qu'il
allait abandonner. Il dépassait dans l'ivresse la
phase où les confidences sont nécessaires pour
encourager l'illusion. Il était si sûr de son
triomphe, qu'il en thésaurisait les rayons.

Marion fut jalouse de cette douleur qu'il croyait lui épargner. Sur son oreiller qu'elle mordait, en y enfouissant ses larmes, elle roulait sa belle tête dans une fièvre presque délirante, et se disait son éternel refrain :

— Ça m'est bien égal qu'il m'écrase, pourvu que je sache tout !

Vers le matin, Léon avait fini par s'endormir. Il se leva tard, s'excusa, quand il vit Marion, de n'avoir pas voulu la déranger. Il était rentré si fatigué ! Décidément, *Robert-le-Diable* était un opéra assommant. Il annonça qu'il déjeunerait et qu'il dînerait dehors. Nous savons que, pour le dîner, il était invité par madame de Chazeley Pour le déjeuner, il s'invitait lui-même au café. Il avait besoin de se faire voir, d'exhaler bruyamment le bonheur qui le gonflait, qui l'étouffait.

Il partit avec une assez grosse liasse de papiers, soigneusement ficelée.

Marion savait ce que contenaient ces papiers. Elle fut très étonnée, mais ne fut que plus inquiète. Que voulait-il faire, au dehors, de ces archives, de ces dossiers, de ces correspondances de tout genre, son arsenal, et, comme il le disait souvent, *son bas de laine*, son trésor?

Quel crime allait-il commettre, puisqu'il emportait avec lui tant de poison?

Marion, sur un point, le calomniait. Dans cette
liasse, se trouvait le paquet des lettres de madame
Chazeley, et Léon, décidément engagé par le
bonheur dans la voie de la vertu, était résolu
à les rendre à sa bienfaitrice. Ce serait le cour-
tage payé à la toute-puissante intermédiaire et
une offrande à la Fortune.

Il calculait, avec la superstition d'un joueur,
que cet ex-voto lui continuerait la chance.

Quant au surplus de la liasse, il voulait chercher une cachette sûre. Se défiait-il de Marion?
Pouvait-on le voler et restituer, sans condition,
à la princesse Daria les lettres dont il aurait
peut-être à faire usage? Redoutait-il une action
directe de la princesse elle-même? Il y avait de
ces deux craintes dans sa prudence.

Nous verrons si son flair l'avait trompé.

Dans les rencontres qu'il fit au café, sur le
boulevard, il recueillit quelques échos de la grande
rumeur de la veille. On le félicita, on l'encou-
ragea. Qu'était-ce donc que ce riche Mexicain
dont il allait devenir le gendre? Combien de
millions allait-il recevoir en dot?

Il eut même des demandes d'emprunt, et pendant qu'il fumait un admirable cigare, il dut subir
toute l'exposition d'un plan que lui fit un jeune
journaliste, pour la création d'une feuille immense,

destinée à rendre inutiles la plupart des grands
journaux de Paris. On aurait, dans chaque numéro, un roman, un traité scientifique, et le dernier mot de la politique, par un homme très fort,
venu tout exprès de Valachie, pour enseigner
aux Français l'art de la liberté, de la diplomatie,
et le français par-dessus le marché.

Léon n'écoutait pas, ne comprit pas un mot
de ce que lui chanta son joueur de flûte ; mais,
quand ce fut fini, il lui dit, en le congédiant :

— C'est entendu ! c'est entendu ! comptez sur
moi.

Or, l'homme au projet lui avait demandé un
million. Mais, avant de lâcher Léon, il se contenta
d'un acompte de vingt francs.

De quel pas vainqueur l'Homme au gardénia
gravit la montée de la rue du Rocher ! C'était le
Capitole. Il serait reçu avec des palmes, et il y
ferait mettre de la rosée par les beaux yeux de
madame de Chazeley, reconnaissante à son tour
du présent qu'il lui apportait !

Dans l'antichambre, il s'assura, une dernière
fois, que le petit paquet contenu dans sa poche
de côté était bien la liasse des lettres de son
excellente amie. Apprécierait-elle, soupçonne-
rait-elle la grâce et la gravité de cette restitution ? Mais qu'importait, après tout ! Léon serait

généreux quand même, pour la volonté inouïe
de l'être, sans espoir de reconnaissance ; il devenait prodigue de sentiments.

Quand il entra dans le salon, madame de Chazeley, assise à sa place habituelle, se leva brusquement.

Elle était très pâle et l'on voyait qu'elle avait
pleuré.

— Qu'avez-vous? lui demanda-t-il, empressé.

Je dois dire à sa louange qu'il pensa tout
d'abord à quelque nouvelle catastrophe dans le
ménage de son amie. M. de Chazeley s'était-il
dédit? Il arrivait, lui, au secours de l'honnête
femme.

— Mon enfant! lui dit madame de Chazeley, je
vais faire appel à votre courage.

Léon n'était pas pusillanime par tempérament ;
il ne le devenait que par passion de joueur ; il
tressaillit.

Son amie lui avait pris les deux mains, le regardait dans les yeux, en face, et l'attirait à elle.

Il ne répliqua pas.

Sa bouche se séchait, mais ses yeux eurent
un battement qui questionnait avidement.

— Il faut renoncer à Hélène, lui dit rapidement madame de Chazeley, en lui jetant pour
ainsi dire les mots dans la bouche.

Il se redressa, fit un mouvement pour dégager les mains; elle les retint avec force.

— Pourquoi? demanda-t-il d'une voix rauque.

— Elle ne vous aime pas.

Il rit, avec un grelot dans le gosier :

— Vous en êtes sûre?

— Oui.

— Elle vous l'a dit?

— Non; mais...

— Eh bien, qu'elle me le dise à moi!

Il respira plus facilement, sans être rassuré tout à fait :

— Ah! vous m'avez fait peur, chère madame.

Madame de Chazeley lui serrait toujours les deux mains. Ce fut elle qui eut maintenant l'angoisse.

— Si je vous demandais, mon ami, de ne pas interroger Hélène, de ne pas retourner chez M. Gambey, de renoncer à ce projet de mariage...

— Qui vient de vous?

— Eh! oui, qui vient de moi... Pouvais-je prévoir?...

— Ne me demandez pas, madame, ce sacrifice-là : je refuserais.

Léon devenait âpre, nerveux.

— Si je vous en conjurais... à genoux!

— Je refuserais.

— Comprenez donc que, si je vous demande un
sacrifice, un mouvement généreux, c'est pour
vous épargner un refus.

— Qui donc me refuserait?

— Hélène d'abord.

— Mais puisqu'elle ne vous a rien dit!...

Madame de Chazeley abandonna la main de
Léon, se recula d'instinct, comme pour se mesurer
avec un adversaire implacable, et, d'une voix qui
tremblait encore, mais qu'elle s'efforçait d'affermir:

— Hélène ne m'a fait aucune confidence...
Mais mon fils m'a fait les siennes.

— Votre fils?

Léon se sentit touché. Mais il n'était pas sur
le terrain pour reculer.

— Ah! votre fils!

Un éclair lui traversa l'esprit, la parole rail-
leuse de la princesse Daria sur le petit cousin
attentif.

— Je dérange une idylle? demanda-t-il en
raillant.

— Vous ne dérangez rien, mon ami. Vous
êtes en présence d'un amour sérieux, profond.

— Dont personne ne se doutait?

— Je vous le jure. C'était le secret de ces deux
enfants. Mon mari seul le soupçonnait. Il m'a
amené Philippe pour que je le confesse.

— Et vous l'avez absous?...

— J'aurais été bien heureuse, si je n'avais pas eu à vous causer cette douleur.

— C'est pourtant grâce à moi, s'écria Léon en se croisant les bras, que cette confession s'est faite! C'est moi qui ai provoqué cette scène touchante, quand le contraire m'eût été si facile!...

Il s'arrêta, et sous ses mains il sentit les lettres de madame de Chazeley qu'il avait songé à lui rendre.

Il eut un sourire cruel :

— Ai-je été niais!

Madame de Chazeley s'alarmait de cette colère, comme d'un désespoir, et non comme d'une menace. Elle souffrait pour lui.

— Vous avez été, mon ami, bon et juste comme vous l'êtes toujours, comme vous l'avez été à Lisbonne. Je fais appel à cette bonté, à cette justice. Pardonnez-moi. C'est en vous aimant comme mon fils que j'ai songé à ce mariage. Rien ne me faisait supposer que cette amitié enfantine, contractée à la Vera-Cruz, fût devenue de l'amour... Dieu m'est témoin que j'ai prié pour le succès de mes projets de mariage. Je voulais cette récompense et cet avenir pour vous. Hélène elle-même, la mystérieuse Hélène, pourra vous dire que je l'ai exhortée, que je lui

ai dit sur vous, pour vous, tout ce que je savais,
tout ce que mon cœur pouvait m'inspirer... Elle
ne répondait jamais rien qui pût me décourager.
Sa fierté se refusait à un aveu que Philippe avait
promis de faire pour elle. Quand je l'ai vue si
heureuse de l'arrivée de M. de Chazeley, de notre
réconciliation, je me félicitais de sa reconnaissance envers vous.

— Oui, interrompit amèrement Léon. Elle se
moquait de moi; j'étais sa dupe!

— Non, ne calomniez pas l'ingénuité de leur
amour. Hélène ne vous a jamais menti.

— Parce que je ne l'ai jamais contrainte à
mentir.

— Elle vous eût dit la vérité, si vous l'aviez
interrogée.

Léon frappa du pied.

— Est-ce que je pouvais? est-ce que, dans
notre société française, bégueule et hypocrite,
un homme qui songe à faire sa femme d'une
jeune fille peut l'interroger? est-ce que c'est convenable de parler d'amour à celle qu'on aime et
dont on veut être aimé? J'ai été le prétendant
ganté, discret, béat, dupe, que l'étiquette exige.
Cela m'a servi d'être honnête! Si je l'avais
séduite ou violée, je pourrais l'épouser. Mon
honneur m'a perdu!

— Vous blasphémez, mon ami.

— Je crie la vérité, parce que j'en souffre.
Ainsi, je ne serai jamais que le témoin et le confident des idylles. Mais celle-ci n'est pas comme
celle de Lisbonne. On m'a donné des droits ;
je les garde.

Madame de Chazeley, étonnée et troublée de
cette allusion, fronça le sourcil, et, avec un peu
plus de vivacité :

— Ne vous lassez pas d'être un homme de
cœur. Soyez aujourd'hui ce que vous avez été
alors.

— Est-ce que cela m'est facile ? J'aime mademoiselle Gambey ; c'est votre faute ; je veux en être
aimé ; cela me regarde ; votre fils est un enfant
qu'on peut distraire et amuser avec autre chose.
Moi, quand j'aime, c'est comme si je haïssais.
J'ai l'amour implacable. .

— Vous devez bien souffrir, pour me parler
ainsi !

— Est-ce que je parle autrement qu'un homme
sincère, aimant, loyal ?

— Vous vous obstinez contre l'évidence.

— Je m'obstine contre un enfantillage.

— Philippe a le caractère de M. de Chazeley.

— Avec votre facilité à la tendresse, n'est-ce
pas ? Il aimera ailleurs.

Léon devenait brutal. Madame de Chazeley
s'anima :

— Il n'y a d'enfantillage que dans votre entê-
tement, mon ami. Oui, je le reconnais, c'est une
déception cruelle; en êtes-vous à vous décourager pour une de plus? Vous avez l'expérience de
la vie!

— La vie m'a enseigné à ne pas perdre une
chance, pour un scrupule de sentiment.

— Ah! mon cher enfant, comme vous vous
calomniez!

Léon, dont les yeux flamboyaient par inter-
valles, malgré les précautions qu'il prenait pour
ménager leur éclat, regarda madame Chazeley
d'une façon terrible :

— Ne m'appelez pas votre enfant, madame. Ces
maternités d'occasion ne vous portent pas bonheur,
non plus qu'à vos enfants adoptifs. Mais, moi,
je ne me laisserai ni railler, ni leurrer, ni tuer,
comme René de Sorr, je vous en avertis!

Madame de Chazeley le regarda avec stupeur.

— Ah! vous êtes cruel!

— Pourquoi? parce que je ne me laisse pas
déchiqueter le cœur?

— Parce que vous abusez d'un passé douloureux, mais dont je n'ai pas à rougir, surtout
devant vous!

— Ah! si je l'avais voulu!...

— Vous ne pouviez vouloir une infamie, pas plus que vous ne pouvez méconnaître aujourd'hui la sincérité, la simplicité de ma conduite.

— Soit; vous avez agi cette fois comme toujours, avec une bonté imprévoyante mais parfaite. Vous m'annoncez un rival: c'est à moi à l'écarter.

Madame de Chazeley, qui tremblait quelques minutes auparavant, cessa de trembler; elle dit gravement à Léon:

— Je ne vous laisserai pas tuer mon fils.

Léon ricana.

— Est-ce que j'ai besoin de le tuer?

— Vous avez tort de faire des menaces, en tout cas. Vous ne faites peur qu'à mon estime pour vous. J'attendais autre chose de cet entretien. Je ne croyais pas faire vainement appel à votre générosité.

— En faveur de votre égoïsme?

—Vous appelez égoïsme mon amour maternel? Malheureux! c'est pour vous que je supplie, et non pour mon fils. Puisque nous le bénissons dans son amour, et puisqu'il est aimé, que peut-il craindre? Je voulais vous garder mon amitié et garder la vôtre.

— Au prix de mon bonheur et de ma dignité?

— Votre dignité, elle est dans un renoncement viril, et votre bonheur, il est dans votre devoir.

Léon, qui, tout en parlant, pétrissait les dossiers des chaises, eut un éclat de rire, violent, méprisant.

— Comme vous vous moqueriez de moi, si je cédais à ces belles phrases. Comme vous diriez ce soir à votre Philippe : « La chose a été bien facile ! »

— Philippe ne sait pas que vous prétendez aimer mademoiselle Gambey.

— Eh bien, vous le lui direz.

— Ah ! j'aurais voulu, ce soir, lui répéter ce que je lui ai dit hier : « Aime-le comme ton frère. »

— Vous lui direz que je suis Caïn. Moi, madame, je resterai orphelin.

Madame de Chazeley était debout ; elle se rassit, et, prenant l'autorité dont elle n'abusait jamais :

— Nous nous égarons dans des paroles inutiles. Je vous ai prévenu ; il vous est loisible de faire du scandale. Mais, en somme, que pouvez-vous ? Hélène vous refusera...

— C'est mon affaire !

— M. Gambey sera disposé à maintenir les avantages qu'il vous a promis...

Léon crut sentir une provocation dans ces

bonnes paroles. Il ne voulait pas qu'on lui parlât
d'argent, dans ce drame sentimental.

— Vraiment! reprit-il avec violence, ce banquier failli consentirait à m'avoir pour secrétaire,
pour défenseur en titre? S'il ne me donne plus
sa fille, il m'accorderait une avance, une grati-
fication!

— Je tenais à vous rappeler que M. Gambey
est un honnête homme.

— Qui va manquer à sa parole.

— Que peut-il faire?

— Vous ne me ferez pas accroire que lui et
vous...

Madame de Chazeley l'arrêta d'un geste.

— Est-ce que je peux hésiter entre mon
enfant et vous?

Elle était devenue imposante.

Léon se sentit fixé sous le talon de cette mère
invincible. Il ne voulait pas qu'elle lui écrasât la
tête; il se dégagea, en faisant un mouvement de
retraite.

— C'est peut-être vous, madame, qui viendrez
bientôt me proposer la main de mademoiselle
Gambey!

La raison pure et élevée de madame de Chazeley était incapable de trouver un sens à ce

défi, qu'elle prit pour l'extravagance d'une douleur sans bornes.

Comme Léon se reculait vers la porte du salon, elle lui dit doucement :

— Moi qui espérais vous garder !

Léon eut un mouvement brutal des épaules, et, d'un ton de gouaillerie :

— Pour que je dise des choses aimables au dessert?... Adieu, madame.

— Au revoir !

— Non, c'est bien adieu que je vous dis.

— J'excuse votre colère et votre injustice, monsieur Soudin ; mais vous réfléchirez ; vous verrez que j'ai agi comme je le devais, et qu'il y a dans tout ceci une fatalité à subir... Vous m'écrirez!...

— Pour que vous me répondiez? Merci, madame. J'ai assez de lettres de vous et je connais suffisamment votre style sentimental.

Sur cette réplique grossière, dans laquelle il avait voulu condenser toutes ses menaces et faire mousser un peu de bave, Léon ouvrit la porte du salon, qu'il referma avec force.

En traversant l'antichambre, il eut la tentation de briser quelque chose. Il s'évada de l'hôtel comme un incendiaire qui vient de jeter un brandon dans une grange.

Madame de Chazeley, malgré son ineffable bonté, sans lire dans le dernier regard que lui avait jeté Léon, sans s'émouvoir pour elle-même de cette allusion féroce et bête à sa correspondance restée entre les mains de ce confident, eut un soupçon vague. Il lui resta dans l'esprit ce qui reste toujours à la peau d'un contact imprévu avec quelque chose de vil, un frisson.

Pendant une demi-heure qu'elle fut seule, elle repassa tous les incidents de cette conversation rapide, et le regard brillant, brûlant, aigu de Léon, ses paroles acérées, haineuses, lui revinrent à la mémoire.

Elle se demanda s'il fallait avoir peur, si elle avait mis à nu l'âme d'un hypocrite, ou si elle n'avait pas seulement, sous la pression d'une douleur excusable, d'un ressentiment inconscient, provoqué ce fond haineux qui gît au fond de toutes les âmes humaines, et l'on pourrait dire, de tout grand amour exclusif et jaloux, même du plus pur.

X

Dans la rue, Léon se calma tout à coup, sans être moins furieux.

Je veux dire que la colère retomba en lui, pour déposer tous ses ferments sur les passions qui en avaient besoin. Une vie pareille n'est au fond qu'une colère chronique.

Il s'en voulut d'avoir été brutal et presque féroce avec madame de Chazeley. Peut-être se fût-il réservé une chance, en restant sentimental, en exagérant une douleur doucereuse! A quoi bon se démasquer à demi?

Il est vrai que, dans une chute pareille, sa rage aurait eu de la peine à rester emprisonnée sous son sang-froid. Il tombait de si haut!

Était-il tombé tout à fait? Ne pouvait-il se

relever? Il allait y réfléchir vite et se venger terriblement, s'il ne lui restait plus qu'à se venger.

Quoi! après avoir pris tout le Paris parisien à témoin de son triomphe, il lui faudrait laisser deviner sa défaite! Il ne pourrait plus être vu dans la loge de M. Gambey, auprès d'Hélène?

Pourquoi pas? S'il avait le courage et le bon goût de dissimuler sa déconvenue, il pourrait susciter des remords à son égard, dans la conscience du banquier et aussi dans celle de sa fille? Il n'y a jamais, quand on joue avec les vanités humaines, de partie qui soit absolument perdue.

Si une circonstance interrompait l'idylle renouée à Paris, ajournait son dénouement, n'avait-il pas, lui, assez de ressources dans l'imagination pour maintenir ses chances, pour les augmenter?

Éloigner Philippe, se rendre nécessaire à M. Gambey, intimider madame de Chazeley par un moyen quelconque, attendre qu'Hélène se détachât lentement de son rêve enfantin, pour en concevoir un autre : c'était là une manœuvre possible, sinon facile.

S'il échouait, il serait toujours temps de provoquer un scandale tel, que la famille de Chazeley en fût à jamais accablée, et que M. Gambey-

Monnerot fût assez déshonoré pour avoir besoin
de lui.

Le soir même, on eût pu le surprendre en
grande conférence dans la loge de son ami
Souillard. Il lui fallait de l'argent pour ses
échéances prochaines, et surtout pour entamer
une lutte qu'il prévoyait ardente, multiple. Vainqueur, il ne serait pas embarrassé pour rembour-
ser. Vaincu, il aviserait!

Souillard ne fut pas facile à convaincre. Léon
avait commis l'imprudence, le matin même, en
lui confiant ses archives, de se vanter à lui des
belles destinées qui l'attendaient. Cette demande
du soir faisait un envers râpé au velours déployé
le matin. Cependant Souillard n'était pas un
homme insensible et, avec un bon intérêt, il finis-
sait par s'attendrir. Quand il apprit d'ailleurs qu'il
y avait dans les autographes déposés chez lui
pour plus de vingt mille francs d'argent, il accepta une hypothèque sur cette affaire, et ce
fut ainsi que les lettres de la princesse Daria,
de madame de Chazeley et de quelques autres
furent déposées dans le secrétaire de M. Souillard,
entre le contrat de mariage de ce parfait époux
et ses certificats de bon domestique.

Léon partit avec la promesse de cinq mille
francs pour le lendemain matin.

Il rentra chez lui sans avoir dîné.

Marion ne l'avait jamais vu si farouche, si concentré. Il avait les cheveux défaits et la figure flétrie, comme s'il se fût battu.

Vers onze heures, il demanda à souper et ne voulut boire que du vin de Champagne ; mais, à la première gorgée, il se leva de table. Marion n'osait l'interroger. Ah ! comme elle lui eût ouvert les bras, s'il avait laissé tomber les larmes de rage qu'il retenait et qui lui brûlaient les yeux !

Il ne dormit pas mieux que la veille ; mais son insomnie nouvelle racheta l'autre.

A la première heure, il courut prendre son argent chez Souillard et alla trouver Darvincourt, à son nouveau domicile, rue des Martyrs.

— Tu voulais chanter un grand air, lui dit-il avec un rire qui lui tordait la bouche. Eh bien, je t'apporte toute une partition d'Opéra.

— Pourvu que ce ne soit pas trop difficile ! dit son complice d'un ton incertain.

Léon tira un billet de mille francs, qu'il jeta sur la table.

— Voilà de quoi te mettre en voix.

— Ce sera donc aussi long que *Robert-le-Diable?*

— Ce sera moins fantastique surtout.

11.

— Et tu m'en donneras d'autres?

— Si je me marie, tu recevras vingt-cinq mille francs le jour du contrat. Si je ne me marie pas, tu iras en Belgique publier un volume qui ne te coûtera pas beaucoup de frais d'imagination et qui se vendra bien, je te le jure. Nous partagerons.

— Tous les risques?

— Quels risques?

— C'est que je commence à être connu.

— Tu as peur; alors, rends l'argent.

Darvincourt plia le billet, le mit dans son gousset et, d'une voix doucereuse :

— C'est pour plaisanter. J'écoute ton scénario.

La conférence fut assez longue. Léon donna plus de détails que les autres fois; la besogne était plus délicate. Darvincourt prit des notes; quand il aurait besoin de publier des fragments de lettres, Léon se chargeait de lui apporter des copies. La fille de son ami Souillard avait une fort belle écriture.

De la rue des Martyrs, Léon se rendit au ministère de la marine. Nous savons qu'il y connaissait un employé, par lequel il renseignait autrefois madame de Chazeley. Cette fois, il se renseigna pour son propre compte; il apprit que le marin allait être promu commandeur de la

Légion d'honneur, qu'on songeait aussi à le nommer contre-amiral et à l'expédier au Mexique.

Léon n'attendait pas tant. On verrait bien si le fils d'un soldat de la marine impériale épouserait aisément la fille d'un ami de Juarez, d'un adversaire au moins de la guerre. C'était le premier avertissement qu'il songeait à donner à M. Gambey, à M. de Chazeley, et le conseil porterait.

Il retourna rue des Martyrs.

Darvincourt prépara un entrefilet qui constatait la présence, la veille, du brillant officier de marine à l'Opéra. Il énumérait ses titres à un avancement qui ne se ferait plus attendre, et s'étonnait seulement qu'on l'eût vu dans la loge d'un agent de Juarez. M. Gambey était nommé en toutes lettres.

Avant que l'article fût envoyé à l'imprimerie, Léon se demanda s'il aurait le sang-froid d'aller chez M. Gambey, pour établir d'avance son alibi. Madame de Chazeley n'avait pas dû raconter la scène de la veille. Elle avait dû seulement parler de la surprise et de la douleur ressenties par Léon. Pourquoi ne donnerait-il pas à M. Gambey une occasion de l'admirer dans une attitude héroïque?

L'entrefilet épicé par lui l'avait mis en belle

humeur. Il alla chez le banquier. M. Gambey
était sorti, mais madame Gambey le reçut. La
brave dame lui avoua naïvement qu'elle était
bien heureuse de le voir. Elle avait été désolée,
en apprenant qu'au lieu d'un gendre de grand
esprit, de bonnes manières, d'un Parisien qui
parlait si bien de toute chose, elle serait obligée
d'accepter cet enfant, qui ne serait jamais une
compagnie pour elle.

Elle laissa percer un sentiment de jalousie
envers l'influence de madame de Chazeley.
Tout en combattant cette disposition par des
arguments qui l'augmentaient, Léon se disait
que la sympathie de la mère n'était pas une
grande force auprès d'Hélène, mais qu'au besoin
ce serait un caquetage utile. Si madame Gambey était prise de peur, à un moment donné,
elle crierait à tue-tête.

Puisqu'il était dans la place, Léon aurait
voulu rencontrer Hélène. Il s'imaginait qu'avec
son expérience, il eût deviné si l'idylle était un
rêve enfantin, ou un amour profond; et puis, en
pensant à l'erreur dont il avait été la dupe, il
éprouvait une curiosité haineuse à se repaître de
cette beauté ironique. Maintenant qu'il se trouvait affranchi de tout scrupule, il eût joué le
grand jeu de la séduction fatale. Il la convoitait

âprement, cette fille insolente, dont il déshonore-
rait tous les entourages, et qu'il trouverait bien
le moyen de briser.

Il partit sans la voir.

— Vous reviendrez? lui demanda madame
Gambey.

— J'aurai ce courage, par amitié pour
M. Gambey.

— Vous aurez raison; mon mari ne peut se
passer de vous.

— Oh! je ne lui suis guère utile maintenant.

— Qui sait? Il a reçu des nouvelles du
Mexique. Il paraît que l'affaire pour laquelle
nous sommes ici a des chances de se conclure
là-bas. On a entamé avec des chefs de l'armée
française des négociations...

— Alors je plains M. Gambey; on va l'attaquer
de nouveau.

— C'est ce qu'il craint, et il n'ose plus compter
sur vous pour le défendre.

— Il aurait tort. Je veux être de votre famille,
quand même, par le dévouement.

— Ah! vous êtes un charmant homme... Quel
dommage! répliqua l'aimable créole en se faisant
baiser les deux mains.

En rentrant chez lui pour déjeuner, satisfait
de ses opérations préliminaires, Léon aperçut,

à vingt mètres de la maison, Marion, habillée, coiffée, voilée, qui paraissait faire le guet.

Elle alla au-devant de lui.

— Ne rentre pas! lui dit-elle vivement.

— Pourquoi donc?

— J'ai peur.

— De qui?

— D'un personnage qui s'est présenté après ton départ et qui m'a l'air d'un agent de police.

— Que veux-tu qu'il me fasse?

— Mais il peut t'arrêter!

Elle disait cela avec hésitation, de peur de l'irriter, et avec une angoisse tendre, pour le fléchir.

Léon fronça le sourcil, parut offensé.

— Pourquoi m'arrêterait-on? Je n'ai tué ni volé personne!

Et il pensait tout bas :

— Je n'ai pas de billets en souffrance!

— C'est égal... je t'en conjure, ne rentre pas.

— Tu es folle! Est-ce qu'il m'attend, cet agent? Il ne faut pas le faire attendre...

— Tiens, il est là-bas, sur le trottoir en face. Il regarde de ce côté.

— Par conséquent, il m'a vu, raison de plus pour rentrer.

Léon continua son chemin. Marion le suivait

anxieuse. Il avait regardé le prétendu agent, et,
le reconnaissant :

— Tu fais injure à ce monsieur, dit-il en se
tournant vers sa maîtresse. Ce n'est pas un simple
agent : c'est M. le commissaire de police, et le
plus important, le commissaire des arrestations
politiques. On me traite bien.

Il était parfaitement rassuré. Il pensait trop
souvent à l'éventualité d'accidents pareils, pour
n'avoir pas pris ses précautions.

Quand il fut à sa porte, le commissaire se déta-
cha du trottoir d'en face, traversa la chaussée,
et, abordant l'Homme au gardénia :

— Vous êtes monsieur Léon Soudin?

— Lui-même. Moi, je ne vous demanderai pas
votre nom, Monsieur. On n'est pas journaliste
sans vous connaître. Vous avertissez si bien!
Est-ce un avertissement que vous avez à me signifier?

— Je vous le dirai chez vous.

— A votre aise!

Ils montèrent. Marion n'était qu'à demi rassurée par le sang-froid de Léon. Mais lui, souriant,
presque gai, dilatait sa colère dans son mépris
hautain.

On lui donnait un prétexte d'être méchant,
une occasion de duel avec la police, quand il ne

redoutait aucune surprise. Peut-être, en voulant
lui faire perdre la partie, mettait-on un nouvel
atout dans son jeu.

Il ouvrit la porte du salon au commissaire, lui
présenta un fauteuil et se tint debout.

— Monsieur, lui dit l'envoyé de la préfecture
de police, sans s'asseoir, et en lui montrant sa
boutonnière, vous êtes chevalier de l'ordre du
Christ du Portugal?

— Je le crois.

— Vous n'en êtes pas bien sûr?

— C'est pour cela qu'on vous a dérangé, monsieur le commissaire? Oui, c'est bien en effet le
ruban du Christ que je porte quelquefois.

— Pouvez-vous me montrer votre brevet?

— Est-ce Sa Majesté *Très Fidèle* qui vous a
chargé de cette commission?

— Non, Monsieur.

— Eh bien, alors?

— C'est que vous avez négligé de vous faire
autoriser par la Chancellerie.

— Oh! je suis en si bons termes avec tant de
gens officiels!

— En ne portant pas la petite croix réglemen-
taire au milieu du ruban, vous donnez lieu à une
confusion avec la Légion d'honneur!

— Cela fait-il du tort à la Légion?

— C'est une contravention.

— Constatez-la. J'aurai une amende. Cela se paye-t-il tout de suite ? Je vous ferai remarquer qu'il suffisait de m'avertir par un mot. On fait ainsi, je crois, pour des gens qui ne me valent pas. Voilà bien de la solennité pour un bout de ruban !

Il arracha sa décoration, la jeta devant lui et continua d'un ton de jactance altière, dans lequel il excellait :

— Ce n'est pas à moi, Monsieur, qu'il faudrait faire des reproches, si j'occupe ma boutonnière qui s'ennuie. Beaucoup de gens ont rendu moins de services, qui ne sont pas réduits à se décorer eux-mêmes. Je vous prie de remarquer que, la plupart du temps, ce petit ruban rouge disparaît sous une fleur, sous un gardénia. Il faut me tenir compte de ma modestie. Vous pourriez aussi bien me dresser procès-verbal pour un port prématuré de la cocarde blanche. Maintenant que j'avoue mon crime, puis-je déjeuner?

Avec une impertinence familière, Léon salua.

Le commissaire de police n'avait pas terminé sa mission; il promenait les yeux autour de lui.

— Que cherchez-vous, Monsieur? lui demanda Léon sur le même ton.

— J'ai l'ordre de m'assurer s'il n'y a pas dans vos papiers...

— Ah! le brevet en question! Non, Monsieur, j'en ai fait des allumettes, dans le voyage de Lisbonne à Paris.

— Ce n'est pas cela... on assure, on prétend au moins...

— Que je conspire?

— Non, mais...

Léon trouva plus fin et plus malicieux de ne pas insister.

— Si cela peut vous être agréable, voici les clefs de mes armoires, de mes tiroirs. Vous faut-il celles de ma sœur, mademoiselle Soudin?

Le commissaire, intimidé par ce ton d'assurance, n'osait refuser et se sentait ridicule d'accepter.

Toutefois, comme la fonction oblige plus que le respect humain, il accepta.

Léon lui déclara alors avec une grâce parfaite:

— Je vous avouerai, monsieur le commissaire, que je rentrais pour déjeuner; que j'ai faim; et, si je ne vous suis pas indispensable pour cette perquisition, je vous demanderai la permission de ne pas laisser durcir mes œufs.

Le commissaire, se sentant mystifié, hésitait à accorder cette faveur, qu'il lui eût été bien difficile de refuser.

— Ah! dit Léon, avec un beau rire, auriez-

vous peur que je ne songeasse à m'empoisonner,
pour vous échapper? Je puis déjeuner ici, devant
vous.

— Oh! Monsieur.

— En tout cas, je vous promets de laisser la
porte de la salle à manger ouverte.

Le commissaire avait fait un geste vague, honteux, d'acquiescement.

Léon fit comme il l'avait dit. La porte ouverte
entre le salon et la salle à manger, il se mit à
table, seul. Marion restait trop inquiète pour
s'asseoir en face de lui. Elle surveillait, à la fois,
l'opération du commissaire et le déjeuner.

Léon écoutait, en rythmant le bruit, ouvrir et
fermer les armoires et les tiroirs. Il coupait méthodiquement son pain, pour en faire des mouil-
lettes, avec un rire superbe. Il se félicitait d'avoir
eu le pressentiment de cette expédition. Elle le
ravissait. A part l'ennui d'une poursuite correctionnelle, qu'il empêcherait peut-être, elle lui
donnait, sur la princesse, un avantage dont il
profiterait implacablement.

La verve lui était revenue, en détendant sa
colère.

La pensée lui vint de tirer parti de l'incident
pour sa grande entreprise, et, sans faire de bruit,
sans demander du papier, une plume, de l'encre,

en arrachant une feuille de papier blanc à son calepin de poche, il écrivit au crayon, derrière son assiette, ces cinq lignes :

« On fait une perquisition chez moi pour trouver la preuve de mes relations avec vous et les documents qui m'ont servi à vous défendre. Peut-être va-t-on m'arrêter? Attendez-vous à quelques vexations analogues. Je suis heureux d'endurer cet ennui pour vous.

» LÉON SOUDIN. »

Il plia, mit l'adresse de M. Gambey, et, d'un geste silencieux, expliqua la commission à Marion, qui comprit.

Quand le commissaire de police eut fouillé dans tout l'appartement, dans les parties les plus intimes, et se fut assuré qu'il ne contenait aucun des documents *particuliers* qu'on l'avait chargé de rapporter, il s'avança vers Léon :

— Êtes-vous satisfait, Monsieur? lui demanda celui-ci. Mon innocence vous paraît-elle assez claire?

— Je ne suis pas un juge, Monsieur.

— Vous êtes un des éclaireurs de la justice!

Le commissaire ne paraissait pas avoir fini sa besogne.

— Qu'y a-t-il encore? demanda Léon.

— J'ai reçu l'ordre, au cas où mon procès-verbal ne mentionnerait la saisie d'aucuns papiers...

— De me faire des excuses? Je les accepte.

— Non, mais de vous prier... de venir avec moi... pour donner des explications...

— A qui donc? Je ne dois de comptes à personne. En France, Monsieur, la police fait ce qu'elle peut, et non ce qu'elle veut. Avez-vous un mandat d'amener?...

— Un mandat! non... pas précisément.

— Alors, nous sommes libres, vous de partir, moi de rester, à moins de me contraindre par la force...

— Ah! Monsieur!

Léon se ravisa; la partie s'allongeait et lui promettait des avantages qu'un homme de génie, comme lui, devait exploiter.

— Au surplus, dit-il, avec complaisance, si je constate mon droit, je ne veux pas refuser à M. le préfet de police un prétexte de diplomatie, ni une occasion de zèle. Vous désirez que j'aille causer des raisons de votre échec? Je suis prêt, monsieur. Peut-être apprendrai-je ce que cette comédie signifie. Je suis à vos ordres, monsieur le commissaire.

Léon, persifleur, maître de lui, voulait pousser
à fond cette manœuvre maladroite de la princesse et de M. Saint-Jean. Il était résolu à s'en
faire un avantage énorme.

Il se leva de table, alla endosser son paletot,
prit son chapeau, tira de sa poche deux cigares,
en offrit un au commissaire de police, qui refusa,
alluma l'autre, annonça qu'il rentrerait bientôt
et sortit.

Sur le seuil, de la main, il arrêta une voiture
qui passait, et partit pour la Préfecture de
police.

Le préfet était absent, ou se donnait un rem-
plaçant.

Après une attente de quelques minutes, pendant lesquelles le commissaire de police faisait
son rapport verbal, Léon fut introduit; le commissaire sortit quand il entra.

L'homme du monde qui l'accueillit lui était
fort connu; ils s'étaient rencontrés souvent aux
premières représentations et, après le théâtre,
dans des petits soupers.

Ils se saluèrent un peu comme deux augures.

— Eh bien, cher Monsieur, lui dit le fonctionnaire aimable, vous commettez donc des contra-
ventions?

— Il paraît, répondit Léon, qu'il est plus grave

d'usurper un petit bout de ruban qu'un titre de comte et de marquis ! Pourtant les pseudo-légionnaires ne font pas souche. Si l'Empire citait en police correctionnelle toute sa fausse noblesse, il aurait de quoi payer l'expédition du Mexique.

Le fonctionnaire eut un sourire de condescendance.

— Il n'y a pas de loi très possible pour interdire les titres, répliqua-t-il enfin, et il y en a une pour interdire les insignes que vous portez.

— Je le reconnais. Mon aveu vous suffit, n'est-ce pas? Il paraît qu'on a encore quelque chose à exiger de moi?

Le représentant du préfet de police se caressa le menton, passa le doigt sur sa bouche, et balbutia :

— Oui, oui, il y a encore une affaire plus délicate. On vous soupçonne d'avoir entretenu une correspondance avec l'*étranger*.

Léon partit d'un éclat de rire et répliqua :

— Ne serait-ce pas plutôt avec l'*étrangère?*

Le parfait gentleman de la préfecture applaudit des paupières et ajouta :

— Avec un homme d'esprit comme vous, monsieur Soudin, on est toujours sûr de s'entendre; c'est pour cela qu'on a voulu vous faire venir.

— Alors il était inutile de tout bouleverser chez moi.

— Vous auriez pu ne pas vouloir !

Léon eut un frémissement de dédain.

— Et c'est parce qu'on n'a rien trouvé chez moi, qu'on a tenté sur moi de l'intimidation? Si l'on n'a rien trouvé parmi mes papiers, c'est probablement qu'il n'y a rien.

La figure du fonctionnaire, qui recevait ce soufflet ironique, se figea légèrement.

— Ainsi, vous affirmez?...

Léon qui sentait la partie dans sa main, et qui s'amusait à la gagner en plusieurs coups, l'interrompit :

—Je ne nie pas, dit-il lentement, que je puisse avoir les papiers, les lettres que l'on cherche; mais ces documents sont en sûreté, et, pas plus sur moi que dans ma maison, on ne les trouverait.

— Il paraît, répliqua subtilement le clair de lune du préfet, que vous n'étiez pas bien certain de votre droit de propriété, puisque vous les avez si bien cachés?

— Pardon, Monsieur. Je sais que la confiscation n'est pas plus abolie sous l'Empire que la liberté individuelle n'est respectée. Quand on me fait venir si arbitrairement, on peut tout aussi bien me dévaliser.

— Je ne vous savais pas de l'opposition !

— Oh! je ne suis pas de l'opposition, puisque j'ai des rivaux dans le gouvernement.

Le fonctionnaire rougit.

— Eh bien, Monsieur, continua-t-il, si quelqu'un tenait à la restitution de cette correspondance?

— Vous pouvez dire, sans vous gêner, à son achat, repartit cyniquement Léon. Ce mot ne me choque pas, et nous ne sommes pas ici dans le temple du désintéressement.

— Quel prix alors exigeriez-vous?

— J'en proposerais plusieurs.

— Je vous écoute.

— D'abord, comme prélude, il ne serait plus question de cette peccadille du ruban, et, si j'avais besoin d'une *autorisation...*

— Dites d'une *tolérance!*

— Oui, c'est le mot de la maison, d'une *tolérance,* je l'aurais?

Sans répondre, le fonctionnaire s'inclina.

— Quant à la somme d'argent dont vous attendez le chiffre, poursuivit Léon, elle m'est indifférente, et, quelle qu'elle soit, je la laisserais pour les pauvres.

— Que demandez-vous donc, Monsieur?

— Simplement, votre gracieuse intervention dans une affaire intime qui me tient au cœur. Si un homme, venu en France pour ruiner les projets du gouvernement au Mexique, ou, au moins, pour les contrarier vivement; si un Français, qui ne porte pas son nom, qui est peut-être en dehors de la loi pour ses relations avec le Mexique, plus que je ne le suis, moi, pour ces emprunts de rubans au Portugal, avait besoin d'être averti des sévérités de la loi, vous chargeriez-vous de l'avertir?

L'*alter ego* du préfet de police ne comprenait pas.

Léon s'empressa d'ajouter :

— Mais, si je me portais garant de cet homme, à la condition qu'il désarmerait; si je pouvais devenir son associé, son gendre, en l'amenant à merci, ne m'aideriez-vous pas à épouser sa fille, et à conclure ainsi une bonne affaire pour moi, une bonne action et une autre bonne affaire pour vous?

— C'est un plan de mélodrame, pour l'Ambigu, que vous voulez m'exposer! dit l'homme de la préfecture en persiflant.

— Non, Monsieur, c'est une spéculation bien simple, où mon cœur est de moitié avec mon intérêt.

En quelques mots, Léon expliqua à sa façon

le projet de mariage interrompu, sinon rompu, par la rivalité de Philippe de Chazeley. Il s'excusa de parler de ses affaires intimes à un fonctionnaire, chargé de graves responsabilités. Mais, puisque la police avait cru devoir fouiller ses papiers, il se croyait autorisé à cette confidence. On le marchandait : il valait la peine d'être acheté, mais au seul prix digne de lui. C'était une œuvre politique de l'aider à devenir le gendre de M. Gambey. C'en était une autre plus importante encore d'empêcher un officier supérieur de la marine impériale de s'allier à un juariste.

— Tant pis pour lui ! murmura l'ami du préfet.

—Non, Monsieur, répliqua intrépidement Léon, tant pis pour l'Empire, qui n'a pas déjà tant d'officiers de valeur. La proposition que je vous fais est bizarre, j'en conviens ; l'entreprise que vous servez l'est-elle moins ? Il y a une femme, une grande dame, une princesse, dans votre jeu. Il y a une jeune fille fort belle et que j'aime, dans le mien. Je vous rendrai la correspondance que vous réclamez, quand je serai le mari de mademoiselle Gambey. Vous voyez que, si j'ai de l'ambition, je l'ai plus grande et moins vénale que vous ne la supposiez.

Le fonctionnaire de la police était abasourdi et quasi émerveillé de l'aplomb, de la souplesse,

du ressort de Léon Soudin. Il se trouvait brusquement empêtré dans une intrigue compliquée.
On avait cru facile d'intimider le journaliste suspect, avec la menace d'un procès en police correctionnelle, et voilà qu'on s'exposait à le servir
dans son amour et dans sa spéculation.

— Je ne suis pas autorisé à une transaction
de cette nature, dit l'homme du monde, qui parlait au nom de la police. Je ne puis donc,
monsieur Soudin, vous promettre un consentement formel. Je rapporterai exactement à qui de
droit notre entretien, et vous saurez si cette proposition est accueillie.

— Comment le saurai-je? Par une lettre?

— Oh! il est dangereux de vous écrire.

— M'enverrez-vous le même commissaire de
police?

— Non, Monsieur. Vous l'apprendrez par ce
que nous ferons ou par ce que nous ne ferons
pas. Par exemple, si vous ne recevez aucune assignation pour la 6e chambre, à propos de ce ruban.

— J'attendrai avec confiance.

Léon saluait pour se retirer; le confident du
préfet le retint par un geste :

— Mais il faut tout prévoir... Si, par hasard, on
refusait le rôle d'agence matrimoniale que vous
proposez, pouvez-vous me dire ce que vous préten-

dez faire d'une correspondance qui n'a pas, après tout, un intérêt politique?

— Elle a mieux qu'un intérêt politique, monsieur; elle a un intérêt historique, national et international. Elle donnerait sur les idées, sur les mœurs, sur les habitudes, sur les influences des grandes dames étrangères, acclimatées à Paris, des notions fort curieuses et fort précises. Nous avons plus d'un Saint-Simon, ou plutôt plus d'un Bussy-Rabutin à la cour et autour de la cour. On verra cela plus tard. Je connais et vous connaissez un convive assidu du Palais-Royal, le frère cadet d'un historien, qui laisse la grande histoire à son aîné, et qui recueille toutes les anecdotes égrillardes sur les dames qu'il fréquente. Il m'a déjà demandé des notes. Si je lui confiais quelques-unes de ces lettres, je sais qu'elles seraient en sûreté. Une auguste amitié le protège. J'aurais bien de la peine à l'empêcher d'en faire en Belgique un volume de haut goût et de grand scandale. Tant que l'empereur n'aura pas annexé la Belgique, cette ruelle de la France est un asile ouvert à la libre pensée!

— Et aux filous! répliqua en riant l'homme de la police.

Léon rit plus fort, se retira et descendit fièrement l'escalier de la Préfecture.

12.

XI

L'Homme au gardénia se sentait en plein exercice de son génie. Cette effroyable déception qui
l'avait surpris, au lendemain d'un triomphe sans
pareil, et cette ignominie maladroite de M. Saint-
Jean fouettaient âprement sa verve ; comme la
bise d'hiver qui le frappait au visage, en acti-
vant sa circulation intérieure.

Il ne doutait pas du succès final, parce qu'il
comprenait bien qu'il saurait profiter de toutes
les circonstances et les faire servir à son but.

En quittant la rue de Jérusalem, il se disait
qu'il serait un merveilleux préfet de police. Quelle
impuissance que celle de ces fonctionnaires, menaçant pour ne pas frapper, sortant de la léga-
lité sans profit !

Il se comparait à ce diplomate superficiel qu'il quittait, dont le dernier mot avait voulu être une injure, pour se venger de sa commission maladroite. Un homme habile ne se fût pas exposé à la leçon de diplomatie qu'il venait de donner, et un homme de gouvernement ne l'eût pas laissé sortir, sans lui faire une offre plus sérieuse que celle de porter par tolérance le ruban du Christ.

Léon s'en allait à pied, pour le plaisir de battre de sa semelle cet asphalte parisien, le sol et le tremplin de sa gloire.

Il traversa les galeries du Palais-Royal, salua en passant un magasin de décorations, où flambaient toutes les constellations de l'univers, depuis l'étoile du Christ jusqu'à celle de la Légion d'honneur. Abaissant les yeux sur sa boutonnière dépossédée :

— Avant peu, se dit-il en riant, si je le veux, ils m'attacheront un ruban authentique.

Il eût été humain d'aller rassurer Marion, qui, malgré l'air moqueur de son amant, ne l'avait pas vu sans inquiétude partir en compagnie d'un commissaire de police. Léon fut plus pressé de savoir si l'article de Darvincourt contenait bien tout ce qu'il devait renfermer d'insinuations et de réticences. Il en lut l'épreuve et dit à son complice :

— Mon compliment! tu es en progrès.

— J'ai voulu t'en donner pour ton argent.

— Je vais être forcé de t'augmenter.

— Ne te gêne pas!

En quittant le journal de bourse et de coupeurs de bourse où Darvincourt maintenant était intronisé, Léon rendit visite à un journal d'opposition et n'eut pas de peine à obtenir le récit de son arrestation et de la visite domiciliaire qui l'avait précédée.

Parce qu'il avait été vu à l'Opéra dans la loge du grand banquier Gambey, ce bon Français qui voulait faire la paix entre la France et le Mexique, on était venu bouleverser ses papiers, mettre le désordre dans ses manuscrits; on espérait trouver des documents à anéantir pour la tranquillité de quelques agioteurs, des détenteurs des bons Jecker. La chronique du boulevard osait prétendre qu'on avait cherché aussi la trace de quelque autre correspondance d'une nature moins sérieuse; mais ce bruit n'était fondé sur rien, et c'était exclusivement d'un procès brutal d'inquisition politique que Léon Soudin avait été victime.

Telle était à peu près la teneur de la note qui devait paraître le soir même et le lendemain matin. Le lecteur devait d'ailleurs y ajouter, en comprenant bien que les journaux indépendants ne pouvaient pas en dire davantage, sous un régime si peu libéral.

C'était une partie admirablement jouée. Léon, en faisant intimider M. de Chazeley et en l'inquiétant sur ses relations avec la famille Gambey, ébranlait les obstacles et forçait le banquier à lui témoigner de la reconnaissance pour une solidarité périlleuse.

Tout était bien réglé. M. Saint-Jean ne s'aviserait pas de le contredire, et de laisser croire qu'on cherchait les lettres de la princesse Daria, au lieu de papiers relatifs au Mexique.

Quant à l'incident de la décoration, Léon jugea superflu d'en parler.

Ces précautions prises et ces pions solidement posés sur l'échiquier, Léon alla voir M. Gambey.

Celui-là avait reçu par un commissionnaire le mot écrit au crayon, et, depuis ce moment, il était dans une anxiété extrême.

— Comment! je suis cause de cette vexation? dit-il les larmes aux yeux. Si je ne vous avais pas vu arriver, j'allais trouver le préfet de police, le procureur impérial, et me mettre à leur disposition. Il est fort heureux qu'ils ne vous aient pas arrêté.

— Mais ils m'ont arrêté! répliqua Léon en

riant. Seulement je leur ai fait honte, et, pour cette fois, ils m'ont relâché.

— Ah! mon ami, combien je suis confus!

Le père de famille ajouta en secouant les mains de Léon :

— Et quand je pense que je ne peux plus vous offrir d'être mon fils!

— Ne parlons pas de cela, répliqua Léon avec un air de dignité triste.

— Parlons-en, au contraire... C'est mon remords, c'est ma douleur. Mais tout n'est pas dit! Philippe est bien jeune, Hélène réfléchira, et, quand elle saura ce que vous avez fait pour moi...

Léon affecta de changer de conversation. Il prévint M. Gambey que la démarche de la police démontrait la résolution prise par le gouvernement de continuer ses attaques contre le syndicat mexicain.

Il s'attendait à de nouvelles perfidies dans les journaux ; mais il serait là pour les déjouer.

— Ne vous compromettez pas davantage pour moi, reprit M. Gambey, avec tristesse. Je crois que j'apportais un projet honorable pour la France et heureux pour le Mexique... Nous aurions fait ensemble de bonnes choses, mon cher enfant!

Léon eut un serrement intérieur. M. Gambey

l'estimait-il plus que ne l'appréciait madame de Chazeley, puisqu'il ne semblait pas supposer qu'au défaut de la main d'Hélène, Léon Soudin pût recevoir de l'argent et une situation dans la banque? Il le trouvait trop fier, trop désintéressé.

Léon ne voulait pas tant d'estime ; il se réservait bien, à l'heure de sombrer, de tirer comme un drapeau le projet de traité signé par le banquier, si indépendant du contrat de mariage. On verrait bien si le banqueroutier Monnerot ne s'exécuterait pas !

Ces diverses visites faites, cette ronde accomplie dans tous les postes où son génie avait une sentinelle, Léon revint à la maison.

Marion avait bien souffert en l'attendant. Elle ne put dissimuler sa souffrance, et, comme Léon ne se souvenait plus guère de sa fureur de la veille, comme il était revenu de bonne humeur et par conséquent généreux, il trouva charitable de se moquer de cette terreur de Marion.

Elle se laissa railler. C'était une joie que ces piqûres, après les atroces alarmes de la journée.

Les deux articles parurent simultanément dans les journaux d'opinions différentes. Tous deux, rédigés dans des intérêts en apparence opposés, se fortifiaient et se servaient mutuellement de preuves.

Il ressortait de tous les deux que le gouvernement ne voyait pas avec plaisir la prolongation du séjour de M. Gambey-Monnerot en France. (Le nom de Monnerot était imprimé en toutes lettres, et avec quel mépris!) Il était hors de doute qu'on se compromettait, en le fréquentant.

Le capitaine, et bientôt le contre-amiral de Chazeley, dont le voyage en France coïncidait fâcheusement avec la mission de cet agent juariste, ce marin si honorable, ce Français si distingué, ne voudrait peut-être pas risquer son avancement, au moins sa grande situation morale, son avenir, à des relations si sévèrement appréciées.

L'autre article, faisant un écho indirect, prouvait que Léon Soudin, le charmant esprit, bravait seul, comme par un paradoxe, le blâme du gouvernement. Mais il était si indépendant par caractère, si brave par nature, et si charmant en somme.

Léon n'avait pas dicté cela; mais, quand on parlait de lui, il y avait des formules invariables.

Telles furent les impressions qui se dégagèrent de ces deux entrefilets parallèles.

Léon était bien résolu à ne pas retourner chez madame de Chazeley; il voulait la bouder; il tenait à lui laisser croire qu'il souffrait et qu'il

ne voulait pas s'exposer à souffrir davantage, en
s'exposant à rencontrer chez elle son fils enivré
d'espérance. Il n'était pas fâché non plus, si elle
l'avait entrevu à travers les déchirures de son
masque, de la laisser sous l'appréhension vague
de ses menaces.

Mais, en même temps, il tenait à ne pas se
trahir, plus qu'il ne l'avait fait dans sa dernière
visite. Avec elle, on ne pouvait pas jouer le jeu
permis avec la princesse Daria. Cette douceur
loyale était intrépide, et si jamais elle voyait distinctement tout ce qu'il cachait de férocité, elle
n'aurait plus peur et crierait intrépidement à la
bête fauve.

Il ne voulait donc pas augmenter ses soupçons,
si elle en avait, les lui donner formellement, si
elle n'en avait pas, et, bien résolu à procéder
graduellement, à refroidir les rapports entre la
famille Gambey et la famille de Chazeley, à
écarter Philippe, à le supprimer, moralement,
quand le moment serait opportun, à discréditer
même la vertu de madame de Chazeley, si la
chose était nécessaire, il voulait s'avancer vite
et à l'abri, dans la mine, en se faisant un garant
de ·M. Gambey et en se procurant, à chaque
pas nouveau de sa vie ténébreuse, un alibi au
grand air.

Pour commencer, il ne fallait pas qu'on le soupçonnât d'avoir inspiré l'article sur le capitaine ; la note sur sa propre arrestation était à cet égard une précaution excellente.

Il alla, dans la journée, voir M. Gambey.

Le bonhomme l'accueillit comme la première fois qu'il l'avait revu, après la première attaque.

— Ah ! mon ami, vous avez raison ! Quelles gens ! les attaques recommencent.

— J'y répondrai.

— Je vous le défends !

— Même si ce n'est pas pour vous ?

— Que voulez-vous dire ?

Léon fut noble de maintien et touchant d'accent.

— Il me serait particulièrement agréable, dit-il, de venger M. de Chazeley, dans la situation nouvelle qui m'est faite par son fils.

— Mais le capitaine et Philippe ignorent tous nos projets antérieurs.

— Madame de Chazeley les connaît. Je voudrais lui prouver que je suis incapable de basse jalousie. J'ai laissé voir trop de douleur... Il m'est échappé des plaintes qui ont pu tromper cette excellente amie sur mes intentions. Je tiens à rester digne d'elle.

M. Gambey admirait le gendre qui lui échappait. Il lui serra les mains.

— Vous n'avez plus de preuves à faire de grandeur, de générosité. Soyez tranquille ; je rapporterai notre conversation à madame de Chazeley.

La brusque arrivée de Philippe interrompit ce dialogue. Il entra dans le salon de M. Gambey, par un mouvement d'élan, comme s'il eût passé à travers un obstacle. Sa figure longue, un peu blanche, toujours infiltrée d'une lueur d'enthousiasme, suait l'indignation.

— Vous avez lu l'article infâme? dit-il en saluant à la fois M. Gambey et Léon d'un même mouvement de la tête.

— Oui, répondit le banquier.

— Je venais offrir d'y répondre, ajouta Léon.

Philippe serra la main de son rival inconnu.

— Merci, mon *frère*, s'écria-t-il. On ne répond pas à cela !

— C'est mon avis, dit bonnement M. Gambey.

— Non, reprit le jeune enthousiaste, on ne répond pas à l'article, mais on soufflette son auteur.

Léon eut un sourire qui glissa de sa bouche comme un fil d'acier.

Philippe s'indigna presque de ce sourire.

— Ah! vous tolérez cela, en France? lui demanda-t-il.

— Si nous souffletions tout ce que nous méprisons!...

— Quant à moi, je ne permettrai pas qu'on mêle le nom de mon père, un nom glorieux, à des polémiques de journaux!

— Prenez garde! Il est probable... je ne dis pas que ce soit réellement, il est probable que l'inspiration de cet article, dont vous êtes très justement offensé, vient de haut. Il peut déplaire au ministre que vous vous révoltiez contre un conseil, sinon contre un ordre indirect qu'il fait donner par un journal.

— Si le gouvernement était capable de pareilles manœuvres!...

— Eh bien, obligeriez-vous votre père à donner sa démission?

La remarque, froide, tranchante, tomba sur Philippe. Il baissa la tête. Le pauvre enfant savait que la nomination de son père au grade de contre-amiral allait être signée. Il craignit tout de suite, avec une admirable candeur filiale, d'écouter les susceptibilités de son amour, plus vite encore que celles de sa piété de fils.

Il joignit les mains et mit son front dans ses mains jointes :

— Moi qui me faisais une si grande joie de rester à Paris, où tant de bonheurs m'attendaient.

Il ouvrit les mains, et, avec un désespoir héroïque :

— Faudra-t-il que je demande à mon père de hâter notre départ?

Il y avait, sinon la pensée distincte, du moins la bonne volonté, la résignation à un grand sacrifice dans ces paroles.

Léon en ressentit comme un fourmillement de joie. Il regarda cet amoureux naïf et se permit d'en avoir pitié; pour peu qu'on renouvelât et qu'on effilât la note, cet agneau s'immolerait lui-même.

La jeunesse et l'amour, pourtant, redressaient l'égoïsme humilié de Philippe :

— Vous devriez partir avec nous, monsieur Gambey, dit-il ingénument.

— Je ne prolongerai pas mon séjour à Paris après votre départ, mon cher enfant. Mais vous partirez tous les trois pour le Mexique, et il ne m'est pas possible de vous y accompagner, ni de vous y rejoindre. Nous irons en Italie.

Philippe laissa voir de nouveau son découragement.

— En Italie! Pauvre père, il me permettrait bien de vous y suivre, mais ce serait le priver de la compagnie de ma mère. Il y a trop long-temps qu'il désire l'emmener, pour que je la retienne avec moi en Europe.

— Heureusement, dit Léon avec vivacité et presque avec gaieté, heureusement que rien ne vous oblige à partir tout de suite. Il suffira à M. de Chazeley de ne pas aller au même théâtre que M. Gambey, ni le même jour. Il est possible aussi qu'une simple explication du capitaine au ministère de la marine fasse cesser ces taquineries qui, après tout, ne sont peut-être pas commandées !

— Vous croyez? demanda Philippe, qui ne demandait qu'à croire. C'est égal, reprit-il avec fierté, si ce journal ou un autre recommence, je soufflette le rédacteur. Monsieur Soudin, vous serez mon témoin.

Léon, qui avait jeté un regard pointu comme une lame d'épée sur ce jeune homme, si prompt à souffleter les autres, lui dit d'un ton de reproche familier :

— Prenez garde, mon cher petit frère, de faire plus de mal aux êtres que vous aimez, avec cette susceptibilité héroïque. M. de Chazeley est au-dessus de ces taquineries. Son nom seul le défend mieux que toutes les provocations. Ah! s'il s'agissait d'une femme...

Philippe, vibrant de tout son être, l'interrompit:

— S'il s'agissait de ma mère, je ne provoquerais pas, je tuerais !

Léon eut le même sourire. Il baissa les yeux.

— Encore de l'exagération ! C'est une mauvaise réponse à un attentat que d'assassiner les assassins.

— On les châtie !

— Oui, quand on le peut.

— Je le pourrais, moi, et, encore une fois, vous seriez mon témoin. J'y compte.

Léon, souriant toujours, frappa doucement sur l'épaule du jeune de Chazeley.

— Je serais votre témoin devant la justice et je vous ferais acquitter ; mais sur le terrain, non.

— Pourquoi ? vous, mon frère, vous me refuseriez ?

Léon devint très solennel :

— J'espère que vous n'aurez jamais l'occasion de me faire une pareille demande, et que je n'aurai jamais par conséquent à vous refuser. Mais votre mère, elle-même, serait la première à me renier. Elle se souviendrait que je ne porte pas bonheur aux champions de sa vertu maternelle !... Il me paraît plus facile de me battre à votre place que de vous assister dans un combat. Excusez-moi d'avoir fait allusion à une circonstance bien douloureuse, dont j'ai le cœur toujours en deuil... Vous la connaissez, n'est-ce pas ?

— Oui, Monsieur, et je sais aussi combien

vous avez été bon dans cette circonstance!

— Vous comprenez alors que je me suis juré
de n'être plus témoin, surtout dans un combat où
le nom de Chazeley aurait besoin d'être vengé.
Mais, Dieu merci, nous parlons là de choses
impossibles, invraisemblables. J'espère bien que
vous n'avez pas montré cet article à votre mère?

— Je ne sais si mon père le lui fera lire;
quant à moi, non!

Léon était trop ravi de ce qu'il entendait, pour
n'avoir pas quelque hâte d'aller savourer son
ravissement.

Il se retira, après avoir inutilement renouvelé
à M. Gambey l'offre de répondre à l'article, et en
laissant Philippe sous le charme de son amitié,
de sa sévérité, et sous l'influence mystérieuse de
l'évocation du duel de Lisbonne.

L'effet de la note sur le capitaine Chazeley
dépassa les espérances de Léon.

Malgré son expérience de la vie, et surtout de
la vie parisienne, malgré sa pratique de tous les
moyens de corrompre, Léon n'avait pas l'âge
d'être un grand observateur. Il n'exploitait, pour
ainsi dire, encore que les instincts d'une philosophie pessimiste, et, s'il comptait un peu trop
sur la canaillerie humaine, il n'avait pas suffisamment calculé encore la puissance, sur les

âmes les plus droites, de l'intérêt personnel ; surtout quand il se colore des illusions du devoir, des mirages de l'honneur et du patriotisme.

On a beau se sentir le cœur très paternel, et croire de très bonne foi, qu'après les services à rendre au pays, on n'est mû que par son dévouement à sa famille, lorsqu'on est capitaine de vaisseau depuis longtemps et qu'on va être promu contre-amiral, avec la conscience de mériter cet avancement, on serait bien imprudent de sacrifier cet avantage légitime, honorable et réel, à l'impatience de la jeunesse, au rêve de deux enfants qui peuvent attendre.

Dans les bureaux du ministère de la marine, on fit des représentations à M. de Chazeley sur ses relations avec M. Gambey-Monnerot. Il put croire que le gouvernement n'était pas étranger à la note. Sans ébranler son amitié, on lui donna sur le rôle du banquier des renseignements qui le contrarièrent. On mit, en regard du rôle réservé au nouveau contre-amiral, le tort que pouvait lui faire dans l'opinion cette relation singulière.

Évidemment, M. Gambey ne pouvait que souhaiter l'insuccès de l'expédition du Mexique. On n'allait pas jusqu'à le suspecter d'espionnage; mais il était trop engagé dans le parti de la paix pour ne pas la hâter de ses vœux, fût-ce aux dépens des armes françaises.

M. de Chazeley n'avait rien à objecter à ce raisonnement. Il en souffrait. Il s'en expliqua loyalement avec M. Gambey; il essaya de convertir celui-ci aux idées de gloire que l'expédition du Mexique suscitait. M. Gambey résista; on comprit qu'une réserve réciproque était nécessaire et les familles se fréquentèrent moins.

Philippe ne reçut pas la défense de voir Hélène. Mais, avec sa cordialité sévère, en homme qui a pratiqué et fait pratiquer la discipline, M. de Chazeley signifia à son fils qu'il devait se trouver satisfait d'aimer et d'être aimé, de pouvoir compter sur la fidélité de sentiment de sa petite amie, et qu'il fallait renvoyer à une autre année la réalisation de son roman. Après la guerre, quand la paix serait faite, on les marierait.

Philippe ne pouvait se révolter. Sa résignation fut un grand effort qui augmenta ses dispositions à ne rien souffrir des autres, sa mélancolie nerveuse et cette impatience, toujours prête à faire diversion à son amour contrarié par une colère enthousiaste.

Hélène, moins mystérieuse, depuis que Philippe était à Paris, comprenait moins ces agissements qui semblaient une offense indirecte, ou au moins une sorte de suspicion envers son père.

Elle se savait la fille d'un honnête homme, injustement attaqué, et elle s'étonnait qu'une âme droite généreuse, chevaleresque, comme celle de M. de Chazeley n'osât pas braver la calomnie. Elle ne pouvait s'empêcher de trouver que M. Léon Soudin avait plus d'intrépidité.

Elle non plus n'était pas un grand philosophe; mais elle aimait avec candeur, et elle se croyait encouragée par madame de Chazeley.

Celle-là, avec sa franchise tendre, avec cette inquiétude maternelle qui était la passion de sa vie, avec ce besoin d'unir les cœurs qui lui avait fait commettre de si touchantes imprudences, résistait doucement, mais obstinément à son mari, en obtenant des jours de répit, quand le capitaine parlait de partir, et en invoquant la santé de Philippe, dont l'exaltation croissante l'alarmait. Elle contrariait les calculs de Léon Soudin, retardait les effets dissolvants des notes publiées, et redonnait des espérances aux enfants quand ceux-ci étaient près de désespérer. Elle pouvait faire supposer qu'elle amènerait M. de Chazeley à une concession, et que l'on se cacherait du gouvernement, pour faire le bon-

heur de deux êtres purs et charmants, destinés
l'un à l'autre.

Léon, avec une rage qui le dévorait et qu'il se
fatiguait à ronger, était tenu au courant de tout
par monsieur et surtout par madame Gambey,
que ces tiraillements agitaient. Il avait persisté
à ne pas retourner à la rue du Rocher ; il s'excusait auprès de Philippe de cette abstention, et
madame de Chazeley était portée avec indulgence
à l'excuser, prenant pour du repentir ou pour de
la douleur ce calcul et cette précaution.

Ce qui était vrai, c'est que Léon eût éprouvé
une résistance de sa volonté à agir contre madame de Chazeley, en continuant à la voir. Cette
femme si constamment bonne et pure l'intimi-
dait. Il la haïssait comme une vertu ; elle lui faisait peur comme une beauté qu'il eût profanée.
Obligé de la frapper, il se fût voilé, pour lui porter le premier coup.

Un jour que M. Gambey, très las de cette crise,
lui avait confié qu'il trouvait presque le moyen
d'en sortir, et parlait de se fixer en Italie, pour y
attendre clandestinement au passage M. de Chazeley et son fils, Léon se sentit fort et résolu.

— Il faut en finir, se dit-il dans un accès de
sang-froid formidable.

Tout le terrain gagné par une habile ma-

nœuvre allait être perdu par ces folles résis-
tances de madame de Chazeley. Il fallait séparer
brusquement, et au besoin violemment, des êtres
qui se rapprochaient quand même. Il fallait faire
tinter aux oreilles du marin et du mari un écho
de l'aventure de Lisbonne. Il s'en irriterait, précisément parce qu'il n'en gardait aucune amertume. Il fallait intimider cette mère imprudente,
et, si l'insinuation ne suffisait pas, provoquer
assez de scandale pour effrayer tout le monde.

Les cinq mille francs négociés par Souillard
s'épuisaient, Léon avait peur de ne pouvoir en
négocier d'autres; il lui restait des échéances
scabreuses. Darvincourt, mis en appétit, faisait
claquer sa langue en demandant un morceau à
mordre. Léon se décida à lui mettre sous la dent
le morceau délicat réservé jusque-là.

Plusieurs semaines s'étaient écoulées depuis la
perquisition et la tentative d'intimidation de la
police. N'ayant reçu aucune assignation, Léon se
dit que M. Saint-Jean acceptait le pacte projeté.
On le laissait libre d'agir; il agirait.

L'article qu'il conseilla, et qu'il dicta presque,
était pour la feuille de parfumerie annexée à la
feuille de bourse. Il fut d'une délicatesse extrême. On ne pouvait glisser des épingles plus
fines dans des fleurs.

Procéder brutalement avec madame de Chazeley eût été une maladresse et un sacrilège.

L'Homme au gardénia était un trop grand artiste pour déchoir, au moment décisif. Il s'agissait aussi de ne pas manquer le but en se trahissant.

Aussi, parmi des renseignements vrais, donnat-il subtilement des renseignements erronés qu'on ne pouvait lui attribuer.

Darvincourt fut docile. Il savait que cet article avait pour but d'avancer et d'assurer l'échéance des vingt-cinq mille francs promis sur la dot. Il obtint encore quelques louis d'avance, pour son tabac, et s'exécuta.

L'article parut le lendemain de l'insertion au *Moniteur* de la promotion du capitaine de Chazeley au grade de contre-amiral. C'était une occasion toute naturelle de biographie. Avant les ressources de la chronique, la biographie a été la terre promise des maîtres chanteurs.

On donna donc toute l'histoire du brave marin. Un de ses titres à l'attention mondaine, c'était l'honneur d'être le mari de cette jolie femme, si aimée, si respectée à Paris qu'elle habitait depuis dix ans, à la suite d'une histoire très romanesque dont Lisbonne avait été le théâtre. On ne donnait aucun tort à la femme ; on eût plutôt accusé le mari de sa crédulité ; mais on insistait tant sur la beauté de madame de Chazeley, sur sa bonté et sur sa grâce, qu'il devait venir infailliblement à l'esprit du lecteur qu'une si belle femme séparée forcément de son mari toujours en mer devait avoir été aimée. Sa grâce faisait supposer qu'elle n'était pas d'un caractère insensible, et la rupture intervenue tout à coup démontrait, malgré l'euphémisme galant du récit, que le mari avait eu des griefs sérieux.

Maintenant, madame de Chazeley, toujours belle, et mère de famille respectable, épouse réconciliée, portait comme un attrait de plus la mélancolie de ses dix années de séparation.

Avec ses ménagements, ses éloges, l'article était menaçant, s'il devait être continué, et suffisait à exaspérer Philippe, à provoquer un éclat, à précipiter le départ du contre-amiral, qui ne laisserait pas sa femme exposée à de pareilles chroniques, et à débarrasser Léon.

Quand il l'eut bien relu et bien corrigé, l'Homme au gardénia se dit, en rentrant chez lui, pensant au jeune homme si facile à déchaîner :

— Je verrai bien demain s'il va tuer mon ami Darvincourt.

XII

Parmi les mots absolument démodés, et qu'un écrivain, jaloux de peindre la société contemporaine, doit se garder d'écrire, celui de *remords* est un des plus fanés.

Cette digestion pénible d'une mauvaise action, qu'on symbolisait autrefois par des serpents qui sifflent, est classée maintenant parmi des phénomènes nerveux de l'estomac. Les serpents d'Oreste et de tant d'autres sont empaillés.

Il y a bien toujours, dans la conscience humaine, une protestation difficile à faire taire, au lendemain d'une scélératesse ; mais l'habitude des plaidoiries fait que, dans son tribunal intérieur, le scélérat moderne introduit toujours un avocat, et il faut un meurtrier bien naïf pour croire au spectre vengeur. Le repentir, pour les coquins du monde, est plus souvent celui de la maladresse commise dans le crime, que celui du crime lui-même.

Léon Soudin (je me suis efforcé de lui donner ce mérite) était, en fait de morale, un produit achevé des paradoxes contemporains.

On peut s'étonner qu'avec des facultés réelles, de l'esprit, de l'observation, de l'activité, il fût resté un aspirant perpétuel à toute chose, et ne se fût encore établi, fixé, ni dans la presse, ni dans la littérature, ni dans la politique, ni enfin dans l'administration. Ce n'était pas un fruit sec par nature ; c'était un fruit hâtif, trop tôt mûri, qui s'était séché lui-même, par volonté.

Paris est rempli de ces propres à tout qui ne se sont spécialisés dans rien, de peur de perdre une belle occasion, et qui, infatués de leur génie, le réservent pour une victoire décisive, en l'aventurant dans toute sorte de succès relatifs, afin de l'entretenir réellement et idéalement.

Quelques-uns, à l'âge où les cheveux s'éclaircissent, où les lignes du corps s'épaisissent, se décident à faire halte dans la compagnie de quelque vieille femme riche. Il n'est pas nécessaire qu'elle soit veuve, comme madame Récamier, pour les inciter à jouer le rôle d'un Chateaubriand qui n'a rien produit, mais qui se croit digne de l'Académie, et ils finissent par trouver là un couronnement de carrière, souvent aussi honorifique que fructueux.

Mais c'est la minorité. Ceux qui ne s'estropient pas dans ces entrechats perpétuels gagnent souvent une grosse place ou une grosse dot. Léon avait prévu et noté tous les cas.

Il ne peut être question de devoir, de sacrifice pour ces orgueilleux. La fin exagérée qu'ils assignent à ce long noviciat justifie les exagérations des moyens. Ils n'ont pas supprimé leur conscience; ils l'ont lavée, usée, effacée à demi, en la rendant luisante. Elle passe partout, n'ayant plus d'aspérité.

Léon, depuis l'article dicté à Darvincourt sur madame de Chazeley, ressentait comme une trépidation intérieure, comme un regret de n'avoir pas assez délibéré avant d'agir. Il se demandait s'il s'était comporté en homme d'esprit, s'il n'était pas un peu sot de vouloir être méchant avec une femme si bonne, et s'il avait bien épuisé tous les autres moyens de séduire et d'exploiter cette bonté.

Depuis dix ans, madame de Chazeley était pour lui, devant son miroir, et pour la foule dans laquelle il se mirait de pied en cap, une parure, quelque chose comme son gardénia frais et blanc, un panache d'élégance et d'innocence. Ne s'était-il pas trop hâté de s'arracher cette fleur?

Il est vrai que l'attaque était bien légère, que l'insinuation passerait peut-être inoffensive, inaperçue. Alors il pourrait revenir à ses projets de rouerie sentimentale.

Mais, brusquement, à travers cette inquiétude tendre, cet effort de vertu, passait la vision du jeune Philippe de Chazeley, le provoquant sans le connaître, s'implantant dans son bonheur, le secouant de ses vibrations, le poussant aux idées brutales, féroces. Alors, au lieu de regretter cette attaque contre la bonne madame de Chazeley, Léon regrettait de ne l'avoir pas écrasée du coup. Il n'était plus honteux que d'une moitié de meurtre.

Ce fut dans ces alternatives qu'il passa la première partie de la matinée, le jour de la publication de l'article.

En le lisant et en le relisant, il le trouvait, tour à tour, doucereux et brutal. Quel effet produirait-il au dehors?

Jusqu'à son déjeuner, il tressaillait au moindre bruit; il croyait toujours voir entrer Darvincourt ennuyé, ou Philippe de Chazeley furibond, ou sa mère elle-même qui, l'ayant deviné, venait lui dire les larmes aux yeux :

— C'est parce que je vous ai aimé, comme mon fils, que vous me calomniez et que vous en voulez à mon fils!

Il déjeuna mal, mangea gloutonnement et sortit, dès qu'il eut déjeuné.

Il avait besoin de humer l'air de Paris, qui apaise les tiraillements de la conscience et ceux de l'estomac.

Il ne voulait pas aller voir Darvincourt, encore moins M. Gambey. Il craignait d'aller au-devant des nouvelles, avec l'impatience vive d'en avoir.

Il sortait pour flâner, et il flâna, pour fatiguer cette incertitude de son esprit. Il alla vers les boulevards, où tout s'apprend, sans qu'on ait besoin d'interroger. La journée était belle, une de ces journées d'hiver qui reçoivent la visite du printemps.

Il en était à son second cigare, quand, sur le boulevard des Italiens, il se heurta à M. Gambey.

La face du banquier s'épanouit. Lui aussi fuyait peut-être l'ennui de songer dans son gîte. En tout cas, on voyait à ses grosses couleurs normales qu'il n'avait pas reçu le matin de confidences attristantes.

Après les premières effusions de l'abordage :

— Savez-vous, dit M. Gambey, en mettant le bras de Léon sous le sien, ce que je pensais devant ce beau temps? C'est qu'il y a dix ou douze ans, par une journée comme celle-ci, j'aurais eu, du matin au soir, le carnier au dos et le fusil sous le bras.

Il s'interrompit avec un soupir et reprit :

— Je voudrais bien savoir s'il y a encore du gibier dans mon pays.

— A Nogent, je crois? demanda audacieusement le fils de Chamoiseau.

— Oui. Les belles chasses que j'y ai faites!

— Pourquoi n'allez-vous pas vous assurer qu'il y a encore des lièvres?

— Oh! parce que... parce que...

— Si vous le voulez, je pars avec vous!

Monnerot, l'intrépide chasseur d'autrefois, tressauta dans le paletot de M. Gambey.

— Y pensez-vous?

Il était interdit, tenté.

— Pourquoi pas? Vous y êtes retourné depuis votre affaire?

— Oui, j'ai été bien reçu; j'ai là de bons amis, et vous m'accompagneriez?

Léon n'hésita pas.

— Certainement.

M. Gambey mordait à ce rêve, et Léon regrettait qu'il n'eût pas commencé la veille. Comme il serait avantageux d'être ce jour-là, à cette heure-là, en pleine chasse à Nogent !

— Mais, braconnier que vous êtes, s'écria le banquier, la chasse dans le département doit être fermée.

— Eh bien, nous la rouvrirons.

— Vous ne doutez de rien !

— Au contraire, je doute de tout, des lois, des gardes champêtres : voilà pourquoi je n'ai peur de rien.

— Mauvais sujet ! Je sais bien, continua M. Gambey rêveur, que nous pourrions aller passer un jour à Nogent. J'y ai déjà songé. Je ne serais pas fâché d'aller voir si mon vieux caissier... vous savez, celui dont je vous ai raconté l'histoire...

— Ah ! mon roman ? j'y travaille !

— Oui, je voudrais savoir s'il ne s'est pas décidé à revenir dans sa maison... Cela me ferait plaisir de lui serrer la main.

— Et à moi aussi, dit Léon en riant.

— Mais c'est que je n'ai plus ni carnier ni fusil, reprit M. Gambey.

— Allons en acheter !

Au fond, M. Gambey n'était peut-être pas aussi résolu qu'il voulait le paraître. Mais tous deux venaient de trouver un thème excellent de causerie, en plein air. sur le boulevard, quand on ouvre ses poumons à un souffle vivifiant, quand on ne veut pas parler des affaires intimes, et quand on redoute les confidences sérieuses.

Combien de fois ne travaille-t-on pas, dans la vie, à des projets qu'on feint de croire réalisables et qu'on n'a pas l'intention de réaliser? C'est l'amusement des hypothèses.

Ils s'amusèrent donc à organiser une partie de chasse pour le lendemain, et pour jouer davantage à ce jeu, en passant devant des boutiques d'armurier, ils s'arrêtèrent à examiner, à marchander des fusils; puis il reprirent leur promenade.

A la hauteur du passage des Panoramas, une voiture qui passait s'arrêta brusquement, et Léon crut qu'on l'appelait de l'intérieur.

Il se détourna, regarda et reconnut Darvincourt. La rencontre lui déplaisait, surtout avec M. Gambey comme témoin; il est vrai que c'était un témoin commode.

Darvincourt était sorti de la voiture, qu'il faisait stationner, et s'était élancé sur l'asphalte.

— J'allais chez toi, je te cherchais, j'ai à te parler! dit-il vivement à Léon.

Le banquier avait le bras de Soudin sur le sien; Léon ne l'en dégageait pas; mais M. Gambey, discrètement et doucement, le retira avec la main, tout en répondant au salut que venait de lui faire le survenant.

— Que je ne vous gêne pas, Messieurs! Causez.
Il se recula.

— Ce n'est que quelques mots à échanger, reprit Darvincourt.

— Je vais lire les affiches de théâtre, répliqua bonnement M. Gambey, qui se posta en effet devant une colonne.

Léon fronça le sourcil, se redressa, prit son air imposant et moqueur: il prévoyait la confidence de son agent. Il n'eut pas le temps de l'interroger.

— Je me bats, dit Darvincourt.

— Tiens! avec qui?

— Parbleu! avec Philippe de Chazeley!

— Qu'est-ce qu'il t'a fait?

— Il m'a souffleté.

Léon regarda son complice, dont les joues étaient rouges.

— Cela ne se voit pas, lui dit-il gravement.

— Non; mais cela se sent.

— Comment as-tu fait ton compte?

— J'entrais au journal; il demandait l'auteur de l'article...

— Et tu t'es bravement nommé?

— Non ; mais on m'a lâchement désigné. Tu sais que notre gérant n'est pas crâne, et, comme il est responsable, il ne veut d'aucune responsabilité... il avait péur ; quand j'ai ouvert la porte, il a dit : « C'est lui ! »

Léon eut un petit ricanement.

— Tu trouves cela drôle ? reprit Darvincourt.

— Je ne ris que de l'à-propos.

— Bien obligé !

— Alors, l'enfant ne t'a pas étranglé, poignardé, fixé au mur avec un couteau ? Je l'aurais cru.

— C'est moi qui le clouerai à terre, ce papillon.

— Quand vous battez-vous ?

— Dans une heure.

— Où donc ?

— Aux Batignolles, dans un petit jardin qui nous est prêté par un photographe... Un cousin de Rosa. Je vais t'y conduire.

Léon fit une moue dédaigneuse.

— L'endroit n'est pas très... *chic*.

— C'est plus sûr que les bois de Boulogne et de Vincennes. J'ai proposé cela aux témoins de ce gamin, des étudiants. Ils ont accepté.

— On pourra vous photographier instantanément pour les journaux illustrés.

Darvincourt fit un mouvement d'impatience.
Léon lui dit :

— Quels sont tes témoins?

— J'ai pris le secrétaire de la rédaction, et je te cherchais.

— Moi, c'est impossible.

— Comment, tu me refuses?

— Dans ton intérêt. Ton adversaire a eu plus de discrétion que toi. Il a compris que je ne pouvais figurer dans un duel où la vie d'un Chazeley est en jeu. C'est un serment que je me suis fait depuis l'affaire de Lisbonne. Je porte malheur.

Darvincourt pâlit; une lueur de colère passa dans ses yeux.

— C'est trop fort! Quand tu devrais tenir ma place!

— Ta place? Oui, mais non celle de ton témoin.

— C'est toi qui es cause de ce duel!

— C'est possible, mais je n'ai pas l'orgueil d'assister à la représentation de mes œuvres.

— Tu te moques de moi, par-dessus le marché. Prends garde que je ne te rende le soufflet que j'ai encaissé pour toi.

Darvincourt élevait la voix et serrait les poings. Léon craignit que M. Gambey n'entendît; il s'éloigna davantage de la colonne d'affiches qu'étudiait consciencieusement le banquier, et, d'une voix basse, froide, dure :

— Je t'ai fait encaisser assez d'argent, pour que tu gardes ce que ta maladresse t'a fait recevoir. S'il te plaît que, cette querelle vidée, nous réglions nos comptes de la même façon, tu me trouveras ; mais écoute-moi bien, nigaud. Si je t'étais nécessaire, je passerais peut-être par-dessus les raisons que j'ai de m'abstenir. Mais, pour mesurer simplement deux épées... car je suppose que vous vous battez à l'épée ?

— Oui.

— A quoi puis-je t'être particulièrement utile ? Je ne te donne pas une chance, et tu me gênes. Quand ce sera fini... vers trois heures, n'est-ce pas ?...

— Oui.

— Tu n'as que le temps, alors. Quand ce sera fini, viens me trouver. Tu auras besoin de te cacher d'abord, de partir ensuite. Je te donnerai l'argent nécessaire et des lettres de recommandation pour Bruxelles.

Darvincourt était devenu blême ; il balbutia :

— Tu parles comme si je devais le tuer !

Léon, glacial et le regardant fixement :

— Je parle à un homme qui a reçu un soufflet,

qui sait manier un fleuret et qui veut se venger.

Il y eut un silence, Darvincourt effila sa moustache.

— Il est vrai, murmura-t-il d'une voix sourde, que je ne me sens pas disposé à l'épargner.

— Tu vois donc bien! J'ajoute que, comme du coup tu fais mon mariage, il est essentiel, pour que je te donne les vingt-cinq mille francs et pour que je les reçoive, que je n'aie pas figuré dans le duel... Comprends-tu? Tiens, regarde M. Gambey. N'est-ce pas un beau-père admirable, et docile?

Ils regardèrent tous deux le banquier, qui, le binocle sur le nez, recommençait la lecture qu'il avait déjà faite, ainsi qu'il était habitué à recommencer ses additions, pour s'assurer de leur parfaite exactitude.

Darvincourt, sans être tout à fait apaisé, sourit le premier. Les vingt-cinq mille francs mettaient un rayon sur l'épée qu'il allait agiter. Léon sourit ensuite, pour s'associer à l'espérance qu'il suggérait et aussi pour s'en moquer. Il trouvait Darvincourt par trop niais.

— Après tout, dit-il doucereusement, tu ferais peut-être bien de l'épargner; ce serait un grand deuil!

— Ah! tu veux le rendre plus intéressant?

— Oh! ce que je dis, c'est par acquit de conscience. Fais comme tu voudras. Tiens-toi bien surtout. Méfie-toi! Ne te laisse pas surprendre comme pour le soufflet. Il est probable qu'il va se jeter sur toi, comme un fou.

— Je l'attendrai!

Darvincourt tendit son bras.

— Souviens-toi de René de Sorr, reprit Léon. Ce sera la même chose.

— Je m'en souviendrai.

— Tu m'as dit que le fer de ton fleuret était aussi sûr dans ta main que le fer de ta plume. Voilà le moment de le prouver.

— Tu es bien bon de me faire tant de recommandations, dit Darvincourt d'un ton de sarcasme. Je vois que tu as encore besoin de moi.

— Parbleu! quand ce ne serait que pour ne pas donner les vingt-cinq mille francs à Rosa! Au revoir.

— Au revoir.

Ils se quittèrent sans se donner la main, sans se saluer. Léon rejoignit M. Gambey, qui allait recommencer pour la troisième fois la lecture des affiches. Il s'excusa gaiement, et, pour expliquer l'affaire de Darvincourt :

— C'est un auteur qui a un drame en répéti-

14.

tion, dit-il. Il voulait me le faire voir. Il a peur
d'être sifflé.

— Ne vous gênez pas pour moi.

— Oh ! j'ai le temps !

Il reprit le bras du banquier et se promena encore une heure environ, avec lui, ou plutôt, il
le promena, passant et repassant devant les cafés
où pouvaient se trouver des journalistes de connaissance, tenant à faire constater, quoi qu'il pût
arriver, que, ce jour-là, à cette heure-là, il ne se
doutait de rien de tragique et jouissait paisible-
ment, en bonne et honnête compagnie, du beau
soleil et du bon air, rendant fier M. Gambey des
saluts recueillis sur leur route et le rendant confus, à l'idée qu'un si grand Parisien se compromettait gratuitement pour lui.

Vers trois heures, ils se séparèrent. M. Gambey insistait pour ne pas interrompre si tôt ce
délicieux tête-à-tête ; mais Léon voulait être chez
lui, pour y attendre Darvincourt à l'issue du combat. A cette occasion et vu la gravité de la circonstance, il permettait à son collaborateur en
sous-œuvre de pénétrer dans son domicile.

— Au moins, venez dîner avec nous, s'écria
enfin M. Gambey.

Léon promit ; mais il avait la conviction qu'on
ne dînerait pas ce soir-là chez l'ami des Chazeley.

Il avait, en tout cas, un prétexte pour savoir ce qui se passerait.

Il rentra chez lui à pas comptés, voulant laisser aux événements tout le temps de s'accomplir.

— Est-on venu me demander? demanda-t-il à son concierge.

— Non, Monsieur.

Il était trois heures et demie, le duel devait être fini; mais peut-être n'avait-il pas commencé à l'heure précise... Il fallait avoir patience et faire crédit à la Fortune.

Il attendit. A quatre heures, il trouva le temps long; à cinq heures, il fut inquiet, non du résultat, qui lui paraissait inéluctable, mais de ce que Darvincourt voudrait se sauver seul et lui échapperait.

Une autre inquiétude se mêlait à celle-là. Est-ce que, par une rancune improbable contre lui, ou par une faiblesse impardonnable, Philippe aurait été épargné? Il regrettait de n'avoir pas accepté le rôle de témoin; il eût aidé la fatalité. Comment s'était-il abstenu, dans la circonstance la plus périlleuse de sa vie? Le duel était-il remis?

Léon se rongea les ongles jusqu'à six heures; il ne pouvait plus rester à la maison; il sortit pour se rendre chez M. Gambey. En route, il acheta plusieurs journaux du soir ; aucun ne parlait du duel.

En entrant dans le salon du banquier, il vit bien qu'aucune nouvelle n'avait transpiré. Hélène donnait quelques ordres dans la salle à manger dont la porte était entr'ouverte ; madame Gambey, languissante comme d'habitude, le remercia d'avoir accepté sans façon un dîner très simple, et M. Gambey, qui lisait un journal, lui demanda après une poignée de main :

— Quel est donc le titre de la pièce de votre ami? On annonce plusieurs représentations pour cette semaine. Est-ce une de celles-là?

Il tendait le journal. Léon ne le prit pas.

— Oh! la pièce n'est pas encore sur l'affiche.

Depuis un quart d'heure, Soudin était installé entre M. Gambey et sa femme, causant distraitement, pensant à ce retard singulier des nouvelles, contrarié par surcroît de ne pas voir Hélène, qui semblait décidée à ne le rencontrer que dans la salle à manger, quand tout à coup le timbre de l'appartement retentit avec force.

Léon se dressa d'instinct, comme si un ennemi allait entrer.

— Il nous arrive un convive, dit M. Gambey.

On ouvrit la porte, et madame de Chazeley pâle, exténuée, le manteau tombant des épaules, le chapeau mal attaché, glissant en arrière, se précipita dans le salon.

— Philippe ! cria-t-elle avec effort ; où est Philippe ?

M. Gambey s'était avancé ; la porte de la salle à manger s'ouvrit tout à fait, et Hélène brusquement courut à madame de Chazeley. La pauvre femme, serrant convulsivement la main de la jeune fille, l'entraîna dans l'orbe de la lampe.

— Philippe s'est battu ; est-il mort ? blessé ?

Elle interrogeait d'un regard palpitant. M. et madame Gambey avaient poussé le même cri de stupeur et d'effroi. Hélène ne cria pas ; elle devint plus pâle que madame de Chazeley et instinctivement elle regarda Léon, qui s'était reculé. Déjà madame de Chazeley l'avait aperçu :

— Vous devez savoir où il est. Dites-moi tout.

C'était la première fois que Léon la revoyait, depuis la scène où il s'était montré si brutal. Il répondit avec respect :

— Je vous jure, Madame, que j'ignore ce qui se passe.

— C'est impossible, dit-elle.

— M. Gambey peut vous attester, Madame, que nous avons passé la demi-journée ensemble.

— C'est vrai, dit M. Gambey, excusant l'injustice de cette douleur.

La mère ne se laissait pas convaincre. Sa foi la guidait vers la vérité. Mais elle sentait qu'il y avait des obstacles.

— Je sors de chez vous, reprit-elle, en regardant Léon avec une avidité à la fois menaçante et suppliante; quand on m'a dit que vous n'y étiez pas, j'ai cru que je deviendrais folle... Je me disais que, cette fois encore, vous seriez le témoin.

Elle s'interrompit; elle perdait son temps; elle ramena sur ses épaules son manteau qui tombait :

— Puisqu'il n'est pas ici, je vais le chercher.

Elle fit quelques pas vers la porte, et, s'arrêtant, chancelante :

— Mais où est-il? où est-il? Venez avec moi, Hélène; à nous deux nous le trouverons bien !

Hélène se serra contre elle pour partir.

Léon se sentit jaloux de ce mouvement. Il voulut retenir la vision de cette fiancée terrifiée, inquiète.

— Peut-être pourrais-je vous guider ! dit-il vivement à madame de Chazeley.

— Vous? vous savez donc quelque chose?

— Non; mais, si vous me donnez un indice...

— Un indice ! Je n'en ai pas. Je ne sais que

ceci : il a paru ce matin un article odieux où l'on parlait de moi. Philippe l'a lu et est allé se battre. M. de Chazeley a été prévenu par une démarche de la police ; j'ai entendu l'agent : mon mari est parti d'un côté ; j'ai couru de l'autre. Je suis venue ici... pensant que s'il était blessé !... On ne se bat pas à cette heure-ci. Il est mort ! il est mort !

Hélène lui mit en tremblant la main sur la bouche.

— Non, madame ! non... Je le sens. Il vit... Venez !

— Comme elle l'aime ! pensa Léon avec fureur.

Ah ! s'il avait pu leur jeter le cadavre de Philippe et jouir de leur agonie !

Au même instant, le timbre retentit de nouveau. Hélène se précipita pour ouvrir ; mais déjà la porte était ouverte, et, violemment, Philippe de Chazeley se rua dans le salon. Il ne vit que sa mère, s'élança à son cou, la fit fléchir et tomber dans un fauteuil, sous la force de cet assaut ; puis, l'étreignant, se mettant à genoux, il fut une minute tout occupé de la dévorer.

Personne n'interrogeait ; personne ne voulait troubler cette scène. Madame de Chazeley s'évanouit presque sous cette avalanche ; mais non,

les baisers de son fils, sur son front, sur ses
yeux, sur ses mains la retinrent dans cette réalité qui lui semblait idéale; elle se dissolvait
sous ses caresses.

Léon grelottait et, pour la première fois, devant
ce tableau d'amour maternel, se sentait vaincu.
Le pressentiment d'un désastre final lui mordait
le cœur. C'était donc pour provoquer cette joie
sublime qu'il avait si habilement combiné le
piège de cet article, de ce duel!

Ah! le lâche Darvincourt, comment avait-il
épargné cet enfant, si facile à écraser?

Léon n'était encore qu'aux préludes du supplice.

Quand madame de Chazeley, non rassurée mais
contente, eut retrouvé un peu de sang-froid :

— Méchant enfant, dit-elle à son fils, peux-tu
me faire passer par une pareille torture!

Elle le regarda, le tâta.

— Tu n'es pas blessé?

— Non, maman.

— Je te croyais mort... Nous partions, Hélène
et moi.

Philippe se redressa, se leva, se retourna. Il
n'avait pas besoin de s'excuser, auprès d'Hélène,
d'avoir d'abord songé à sa mère.

Il eut un sourire qui les éblouit toutes les

deux, et, par un mouvement naïf et superbe, ils se tendirent les bras et s'enlacèrent, avec une passion simple, profonde, la tête d'Hélène sur l'épaule de Philippe, la bouche de Philippe sur les joues d'Hélène.

Léon avait la poitrine percée par un jet de feu. Il riait en serrant ses dents. Si son regard avait pu cracher la mitraille, il eût foudroyé des yeux ces malheureux qui le torturaient et qui, sans le savoir, se vengeaient implacablement. .

Madame de Chazeley, autour de qui flottait toujours une âme double de la sienne, qui s'occupait des autres, même au plus fort de ses douleurs ou de ses joies intérieures, parut soupçonner quelque chose du supplice de Léon. Elle n'en devinait du moins que ce qu'elle attribuait à une jalousie bien naturelle, et ses méfiances envers ce personnage, qui devenait mystérieux pour elle, n'étaient pas assez précises pour la rendre indifférente, et, dans tous les cas, même justifiées, étaient incapables de la rendre cruelle.

— Philippe, dit-elle doucement à son fils, tu n'as pas vu M. Soudin.

Philippe, tenant toujours Hélène enlacée, souleva sa tête ruisselante, et, se tournant vers Léon :

— Vous me pardonnez, mon frère, dit-il d'une

voix tremblante; j'ai cru que je ne la verrais plus.

Hélène, qui n'avait pas honte de sa sincérité, mais qui comprit le sens charitable de l'avertissement de madame de Chazeley, se dégagea doucement de l'étreinte de Philippe, pour qu'il pût aller vers M. Soudin et lui tendre la main.

— Je vous ai obéi, dit le jeune Chazeley. Quoiqu'il m'en coutât de ne pas vous avoir pour témoin, j'ai respecté vos scrupules. Je savais où trouver d'anciens condisciples qui font leur droit. Ils m'ont assisté.

— Et votre adversaire? demanda Léon.

Le visage illuminé de Philippe se voila; une cendre tomba sur les lueurs qui le transfiguraient; il balbutia, baissant la tête :

— Mon adversaire?... il doit être mort!

— Mort!

Ce mot glaça tout le monde. Léon n'avait aucune raison d'être terrifié; mais il eut besoin de toute sa force pour dissimuler le tremblement qui le saisit; il affermit sa voix pour insister :

— Vous l'avez tué?

— Je vous l'ai dit! reprit le jeune homme retrouvant de la fierté au sentiment de sa sainte cause ; mais je suis heureux de ne l'avoir tué qu'en me défendant.

— Oh! mon pauvre enfant! dit madame de Chazeley, en joignant les mains.

Hélène s'était rapprochée de Léon, pour se rapprocher de Philippe. Elle eut une lumière resplendissante sur le front, qui fit baisser les yeux à l'Homme au gardénia.

Celui-ci se souvenait de ce que lui avait dit un jour madame de Chazeley, à propos du Cid et de Chimène.

Il voyait l'apothéose du courage et de l'amour : Chimène l'écrasait naïvement de son triomphe.

— Comment cela s'est-il passé? demanda M. Gambey.

— Je ne sais pas, répondit Philippe. J'avais lu l'article dans un café, sur le boulevard; j'ai couru au bureau du journal. Ah! si j'avais eu une arme, je serais maintenant un assassin, au lieu de n'être qu'un meurtrier... Mais je n'avais que mes deux mains, et, quand l'auteur de l'article est entré, quand on m'a dit : *C'est lui!* je l'ai souffleté des deux mains. J'ai couru chercher des témoins; on nous a donné un rendez-vous; je m'y suis rendu. J'ai pensé à toi, ma chère maman; à mon père, qui est un brave soldat; à toi, Hélène; j'ai regardé en haut, le ciel, et je me suis jeté sur lui, comme le matin; j'ai senti sa lame passer froide sous mon bras; la mienne,

restée ferme dans ma main, ne pouvait se dégager... Je l'ai laissée ; je me suis reculé. Quand
j'ai vu qu'il était tombé avec un flot de sang à la
bouche, j'ai failli me trouver mal ; mes amis
m'ont soutenu. Ah ! c'est horrible ! j'avais tué...
Mais ce n'est pas ma faute !

En racontant cela, il pleurait, le pauvre enfant.
Hélène lui prit la main et appuya de nouveau sa
tête sur son épaule :

— Tu as fait ton devoir, lui dit-elle ferme-
ment ; je suis fière de toi.

— Et ton père ! tu l'as oublié ? demanda madame de Chazeley.

— Oh ! non, je l'ai vu, je l'ai embrassé ; il sait
tout. Je suis allé tout droit à la maison, quand
j'ai été débarrassé de mes camarades, de mes
témoins, qui ont voulu me faire dîner avec eux. Je
ne pouvais pas me remettre de cette émotion...
Je croyais, d'ailleurs, que vous ne saviez rien.

— La police nous avait avertis, dit madame
de Chazeley.

— La police ? répéta Philippe avec étonnement.
Léon intervint :

— La police s'occupe beaucoup de vous.

— Cela me fait penser, reprit le jeune de Chazeley, que mon père veut aller ce soir même
trouver le ministre, pour qu'on ne m'arrête pas.

— T'arrêter ! s'écria la mère.

— Il faut bien que la Justice se mêle de cela !

— Comment se nomme votre adversaire ? demanda ingénument M. Gambey.

Léon espéra que Philippe ignorait ce nom. Il le regarda de côté, d'un air anxieux.

Philippe chercha.

— Je crois qu'il se nomme Darvincourt.

— Darvincourt ! reprit madame de Chazeley. Je connais ce nom-là.

Elle consulta sa mémoire ; puis, se souvenant, elle se tourna vers Léon :

— N'est-ce pas ce monsieur qui se trouvait aux Français, avec vous, votre ami de Lisbonne ?

La question était faite avec une défiance sévère.

— Mon ami ? non, répliqua sèchement Léon. Vous vous rappelez, Madame, qu'il était au contraire le témoin de celui qui a frappé mon ami René de Sorr.

— Oui, oui, je sais, dit-elle vivement, épouvantée à l'idée de voir évoquer le duel de Lisbonne.

Puis, associant dans une pensée maternelle, qui n'offensait rien de chaste en elle, ces deux enfants, dont l'un était mort et dont l'autre avait tué pour la défendre :

— Ah! soupira-t-elle, le ciel venge quelquefois terriblement les mères. Qu'est-ce que je lui
ai fait, à ce malheureux, pour qu'il me calomnie, pour qu'il oblige mon fils à devenir meurtrier? Le savez-vous, Monsieur?

Elle mettait Léon au défi. Il se sentait resserré
dans un cercle qu'il voulait rompre, et, le prenant
sur un ton dégagé :

— Je ne m'étonne pas que la police vous ait
averti de ce duel. Ce Darvincourt en recevait le
mot d'ordre. C'est lui qui a fait les articles
auxquels j'ai répondu.

— Le misérable! murmura M. Gambey.

— Il a peut-être une mère, dit madame de
Chazeley, une mère que mon fils a mise en deuil.

— Non, Madame, repartit sentencieusement
M. Gambey; s'il avait une mère, il n'eût pas eu
l'effronterie de vous attaquer.

Madame de Chazeley secoua la tête et ne répondit rien.

Elle voulait repartir; son mari devait l'attendre.
Elle se reprochait, comme un acte d'égoïsme, la
joie qu'elle ne partageait pas avec lui.

Elle vit son fils si désolé de quitter Hélène,
qu'elle dit à madame Gambey :

— J'emmène votre fille. Elle dînera avec nous.
Mon mari vous la ramènera.

Hélène fut bientôt prête. Pendant qu'elle était allée chercher un mantelet et un chapeau, madame de Chazeley vint droit à Léon et, d'un accent triste, sérieux, qui était l'acquit d'une formalité de convenance, plutôt que l'expression d'un regret sincère :

— Excusez-moi, monsieur Soudin, si je vous ai mêlé d'abord à tout cela. Il y a quelques jours, je n'aurais pas eu cette idée ; c'est votre faute si elle m'est venue.

Le reproche était grave. Léon le subit, sans trouver un mot de protestation. Il se raidit et affecta l'impassibilité d'un homme qu'on frappe injustement.

Comme cette adorable femme était incapable de blesser, sans panser aussitôt la blessure, elle ajouta avec un faible sourire :

— C'est votre scepticisme qui m'avait gagnée. Il faut vous en défaire. Oh! cela ne vous empêchera pas d'être calomnié par ceux qui ne vous connaissent pas ; mais cela vous fera estimer plus inébranlablement par ceux qui vous connaissent et qui ont besoin de croire à la générosité des gens d'esprit. Au revoir, Monsieur.

Elle ne lui tendit pas la main ; elle le salua. Léon se sentit plus atteint par cette douceur qu'il ne l'eût été par un sarcasme. Cette leçon l'achevait.

Il s'inclina, étouffant de colère, buvant tout le
fiel de sa défaite. Il lui manquait un petit salut
rapide d'Hélène, qui s'évadait radieuse de la maison où il restait en otage de l'ennui. Il l'eut et
trouva sa honte complète.

La jeune fille avait pris le bras de Philippe.
Celui-ci serra la main de Léon ; mais cette
marque d'amitié était une ironie de plus.

Les deux enfants formaient un si joli couple
que M. Gambey, après avoir embrassé sa fille, ne
put s'empêcher de dire étourdiment à Léon :

— N'est-ce pas qu'ils sont bien faits l'un pour
l'autre ?

Léon répondit par un petit rire. M. Gambey
s'aperçut trop tard de sa maladresse et ne manqua pas de l'augmenter, en essayant de la réparer,
par un mot d'excuse.

Léon eût voulu s'échapper : mais il n'avait
pas de prétexte, et il fut contraint d'offrir le bras
à madame Gambey, pour passer dans la salle
à manger.

Le dîner lui parut une dernière insulte à son
génie. Après l'échouement de tous ses projets, on
le traînait vaincu sur la claie des lieux communs.
Il dut subir des banalités sur l'infamie de l'article, sur l'horrible nécessité du duel, des questions sur Darvincourt, des commentaires sur les

ennuis que cette affaire pouvait susciter au contre-amiral.

— Ce que je ne comprends pas, répéta dix fois M. Gambey, c'est que la police, qui a prévenu M. de Chazeley du duel de son fils, n'ait rien fait pour l'empêcher.

Léon non plus ne comprenait pas cette singulière intervention de la police, et c'était un souci qui se mêlait à tous les autres, que la difficulté de saisir le sens de cette démarche.

Il avait bien dit à madame de Chazeley : « La police s'occupe beaucoup de vous. » Mais, pendant tout le dîner, il pensait :

— C'est peut-être de moi qu'elle s'est occupée!

Voilà comment les gens incapables de remords sont aussi tourmentés par leurs mauvaises actions que s'ils étaient susceptibles de s'en repentir.

XIII

Dès qu'il put s'échapper, le dîner fini, Léon prit congé de M. et madame Gambey. Il ne tenait pas d'ailleurs à se trouver avec M. de Chazeley, quand celui-ci ramènerait Hélène.

La soirée était aussi froide que la journée avait été chaude, et pourtant, lorsqu'il fut dans la rue, Léon se crut dans une fournaise. Il ouvrit violemment son paletot de fourrure, ôta son chapeau et respira l'air glacé. Il brûlait, il avait la fièvre ; il ressentait comme des vertiges d'ivresse.

Ce qui l'agitait surtout, c'était l'impuissance de trouver un moyen d'espérer encore, plus que le désespoir lui-même. Il n'admettait pas qu'un homme de sa trempe pût être vaincu, et il s'exaspérait à l'idée qu'il faudrait compter avec cette idée inadmissible.

Vaincu, lui? Est-ce qu'il ne lui restait pas son génie inventif, son orgueil, son renom d'élégance, sa réputation d'esprit? Qui donc l'avait vaincu?

Était-ce ce Fortinbras inconnu, ce petit Philippe, entrant tout à coup dans sa vie pour la bouleverser, ce papillon qui tuait le chasseur? Darvincourt transpercé, ce n'était rien en soi. C'était un confident supprimé. Oui, mais c'était aussi un présage. Encore, si ce duel avait été un coup double! Comment ce bretteur s'était-il laissé surprendre?

S'il n'était pas mort, Léon aurait pu l'interroger; mais, s'il vivait, s'il avait des chances de ne pas mourir, Léon ne s'y trompait pas, ce complice lui garderait rancune et lui échapperait.

Il eut la pensée d'aller jusqu'à la rue des Martyrs.

On verra qu'il eût peut-être bien fait, dans son intérêt, de céder à ce mouvement de pitié et de prudence; mais, précisément, comme c'était un mouvement de prudence et de pitié, il ne voulait pas y céder. Il prévoyait les lamentations de Rosa, qui avait une occasion unique de jouer à la veuve, ou, s'il n'y avait pas de mort, les récri-

minations du blessé. Puis cette police qui s'était
montrée, pour ne rien empêcher, l'agaçait, l'intriguait et l'avertissait de ne pas courir à un
piège. Le lendemain, il aviserait.

Il rentra chez lui. Comme il avait fait le trajet
la tête nue et le paletot ouvert, et comme il grelottait, il eut peur d'avoir attrapé froid ; il se fit
faire un grand feu dans sa chambre, s'installa
dans un fauteuil et résolut de ne se coucher que
quand il se serait réchauffé.

En attendant, les mains unies sur un genou
relevé, renversé en arrière, il rêvait et repassait
sa vie.

Il voyait distinctement que la désertion des
femmes était le plus clair symptôme de sa
défaite.

Le feu qui pétillait, à chaque envolée d'une
volute de flammes, bleue ou rose, semblait emporter une carte de son jeu.

C'était la dame d'atout, la *princesse Daria*, qui
s'en allait la première, sur une fumée, comme
sur un nuage, le défiant de la ressaisir, après
l'avoir laissée s'échapper.

C'était la dame de cœur, madame de Chazeley,
qui lui avait dit : *Au revoir !* sur le ton d'un adieu.
Ah ! celle-là qu'il avait toujours ménagée, qu'il
avait eu la sottise d'estimer, comme *il* lui en vou-

lait de ce qu'elle commençait à le soupçonner !

Il lui restait bien les lettres de ces deux femmes, des lettres dont il tirerait de l'argent et du scandale, soit qu'il les fît racheter, soit qu'il les débitât en volume, comme un roman ; mais il voyait bien qu'il lui faudrait quitter la France pour les imprimer plus sûrement. Il ne se fierait à personne du soin de cette œuvre suprême. La police le laisserait-elle sortir de France ?

C'était aussi la dame au sourire d'or, au front d'argent, Hélène, la beauté ardemment convoitée, la fortune charmante. Celle-là fuyait dédaigneuse, pas même dédaigneuse, inconsciente et plus désirable, à mesure qu'elle s'envolait. Léon s'imaginait qu'elle l'eût rendu bon, parce qu'il se dépitait de voir échouer toutes les scélératesses qu'il avait imaginées pour l'obtenir. Quoi ! plus de femmes dans la vie de l'Homme au gardénia ?

Ah ! si ; il lui restait Marion, la belle fille, à la beauté improductive, l'âme dévouée, mais incapable de se faire sa complice, la compagne qui le suivrait dans la misère, mais dont la compassion lui serait un reproche continuel.

Il eut envie de l'éveiller pour lui raconter tout et lui demander un conseil. Mais il rit de cette faiblesse. Marion lui répéterait son refrain habituel : accepter la pauvreté pour prendre le che-

min le plus long de la fortune : travailler ! Comme
s'il ne travaillait pas !

Marion était la pastorale de sa vie ; mais il
n'était pas en goût de pastorale, ce soir-là.
L'idylle qu'il venait de voir, celle de Philippe
et d'Hélène, et qui lui avait brûlé les yeux et le
cœur, suffisait à exalter sa haine contre tout ce
qui était doux et fade ; il avait soif de corrosifs,
et, si Méphisto eût fait couler, à l'instant, du feu,
au lieu de vin, dans le verre qui était à portée de
sa main, il eût vidé le verre.

Tout à coup, dans le silence de la veillée, il
entendit ouvrir et refermer la porte de son appartement.

Il tressaillit. Était-ce une usurpation nocturne
de son domicile ? La police, qui l'avait ménagé,
reprenait-elle sa revanche ? Était-ce un voleur ?
Ah ! comme celui-là serait volé !

Il prit sa lampe et alla droit à l'antichambre.
C'était Marion qui rentrait.

Il fut stupéfait de sa pâleur spectrale. Elle lui
parut grandie. Ses cheveux noirs qui faisaient
d'habitude un bandeau correct, de chaque côté de
son front, étaient descendus jusque sur ses joues
et laissaient voir des déchirures blanches à travers
leurs draperies noires. Les yeux, élargis, avaient
une fixité hagarde. La bouche, violette, tremblait.

Devant Léon, qu'elle croyait couché, Marion s'arrêta comme dans un accès de somnambulisme ; mais elle ne manifesta ni surprise ni crainte.

— D'où viens-tu ? lui demanda-t-il.

Elle ne répondit pas.

— M'entends-tu ? répéta-t-il avec impatience. Je veux savoir d'où tu viens.

Elle le regarda fixement, et, desserrant les dents avec effort :

— D'où je viens ? Tu ne le sauras pas ce soir.

Il posa la lampe sur une crédence et essaya de prendre une main de Marion ; mais elle mit ses mains derrière elle et se recula.

— N'aie pas peur, lui dit-il en se souvenant de la scène de la nuit où il l'avait frappée et attribuant ce mouvement à de la crainte.

Elle eut un frissonnement dédaigneux de la bouche.

— Je n'ai pas peur ! répondit-elle. Qu'est-ce que tu peux me faire à présent ?

— J'ai pourtant bien le droit de savoir d'où tu viens, reprit-il moins doucement.

Elle haussa la tête et, de la même voix étrange, sans accent :

— Le droit ! Tu peux me chasser ; c'est tout. Moi, j'ai le droit de partir.

Elle fit un mouvement vers la porte refermée.

— Voyons, ma bonne Marion, continua-t-il avec plus d'étonnement que de compassion, que t'est-il arrivé? Tu parais malade.

— Malade? non, je suis morte.

Elle dit cela avec une solennité qui eût fait rire Léon dans un autre moment. Mais, ce soir-là, il était disposé à prendre tout au sérieux. Il devinait que Marion était sous le coup d'une stupeur, d'une révélation, d'une apparition formidable. Il fut surpris de ne plus voir une lueur de tendresse invaincue, flotter, palpiter, dans ses grands yeux sévères. Que savait-elle donc? Il fut réellement intimidé.

Il se croyait à bout de déceptions. Il en éprouvait une dernière. La violence n'eût rien obtenu; la comédie du sentiment eût été piteuse; la dignité eût été vaine; il fallait en prendre simplement son parti.

— C'est bien, dit-il à sa maîtresse. Quand il te plaira de me raconter pourquoi tu es sortie, pourquoi tu rentres si tard, pourquoi tu parais si fatiguée, je t'écouterai. Je ne te demande rien, pas même si tu m'aimes encore, pour me traiter ainsi. Bonsoir, Marion.

Elle hocha la tête pour lui dire bonsoir. Elle n'avait pas tressailli quand il avait invoqué leur amour.

Elle passa droite, rigide, devant lui, apportant une fraîcheur du dehors qui se répandit comme une vapeur de tombe. Elle alla vers sa chambre, et Léon, immobile, attendant toujours un mouvement en arrière, l'entendit qui mettait son verrou à sa porte.

S'il l'eût suivie, s'il eût enfoncé la porte, il eût trouvé Marion, étendue raide, quasi morte, sur le tapis. Elle n'avait pu supporter davantage le fardeau écrasant des pensées avec lesquelles elle rentrait. Il avait achevé de l'accabler, et, une fois le seuil de sa chambre franchi, cette sorte de catalepsie qui la maintenait debout et la faisait agir, sans presque la conscience de ses actes, l'abandonna.

Elle fut lente à sortir de cette syncope. L'amour qu'elle reniait, ou plutôt qu'elle n'avait pas voulu entendre, la disputait maintenant à l'anéantissement, parce que l'heure était bien définitivement venue de tenter un miracle pour sauver Léon.

Lui, sombre, humilié, revint dans sa chambre. Il ne se coucha pas, comme s'il eût voulu être toujours prêt à recevoir d'autres apparitions.

Marion revenait de chez Darvincourt, et elle en revenait épouvantée de ce qu'elle avait appris. Pendant que Léon, chez M. Gambey, s'effor-

çait de garder la meilleure contenance que son
dépit violent pût observer, Rosa, envoyée par son
amant, bravant la défense qui lui avait été faite,
se présentait à son domicile.

Elle arriva par l'escalier de service, palpitante
plus que chagrine. C'était un grand événement
dramatique, ce duel, cette blessure, mais un événement qui jetait un intérêt dans sa vie, sans en
modifier sensiblement les conditions. Elle aurait
le droit et elle prendrait le devoir de pleurer
l'homme dont le décès aurait les honneurs du
journal. Elle avait tout de suite songé à son
deuil. Au fond, Darvincourt ne lui aidait pas à
vivre, au contraire, et l'histoire d'avoir un domicile gardé par un homme, en son absence, lui
importait peu ; mais, quand on a vécu plus de dix
ans avec quelqu'un ! Il faudrait prendre d'autres
habitudes !...

Elle demanda à la bonne la faveur de parler
vite et en secret à Marion. Il n'y avait pas de
précaution à prendre, puisque Léon n'était pas
rentré. Marion la reçut tout de suite, apprit que
Darvincourt, mortellement blessé, désirait la voir,
avait des choses importantes à lui communiquer.
Elle n'hésita pas, descendit avec Rosa, n'entendit
que très peu ce que celle-ci lui dit en route, avec
des intermittences de larmoiements et de calmes

confidences, et elle arriva, le cœur battant d'une
curiosité haletante, à l'appartement meublé de la
rue des Martyrs.

Philippe de Chazeley n'avait pas beaucoup
exagéré, en croyant avoir tué son adversaire.
La blessure, en pleine poitrine, était mortelle ;
mais jusqu'à la fièvre traumatique et aux
désordres qu'elle devait causer, le malade
avait un répit ; il ne souffrait même que relativement.

Darvincourt n'avait pas d'illusion. Il était de
ces philosophes faits par la destinée, qui, n'ayant
pas de génie, pour s'entêter à vivre, acceptent
la mort comme un décavage plus radical que les
autres, et trouvent même dans les soins qu'on
donne à leur dernière maladie une douceur et
leur premier prestige. Ils se sentent intéressants,
à un titre indiscutable. Sauf qu'ils ne font pas
envie, ils ont une supériorité dans l'attention
publique.

Le blessé, après une suffocation redoutable
et des vomissements de sang qui avaient fait
croire à la mort immédiate, en revenant à lui,
très faible, mais sans délire, avait indiqué lui-
même dans quels termes la rédaction du journal
devait annoncer son malheur, et il avait ordonné
à Rosa de préparer chez le concierge un cahier

de papier, pour les visiteurs qui ne manqueraient
pas de venir s'inscrire.

Ils manquèrent tous à cette attente; mais
Darvincourt devait ignorer cette indifférence de
l'opinion.

Sa seconde pensée fut pour Léon Soudin. Sa
haine s'était extravasée par sa blessure. Il était
convaincu que, si l'Homme au gardénia, ce *chan-
çard* perpétuel, lui avait servi de témoin, le
combat lui eût été moins fatal; il l'accusait de
son meurtre. Si Léon était accouru tout de suite,
peut-être, malgré tout, la langue dorée de ce
charmeur lui eût-elle arraché une lâcheté; mais,
quand la nuit fut venue, sans nouvelles de Léon
Soudin, il envoya, vers neuf heures, chercher
Marion, pour confier à quelqu'un qu'on épouvan-
terait et qui ferait de son épouvante un supplice
intime, sinon un esclandre à l'égard de Soudin,
les secrets récents qu'il avait à révéler et l'héri-
tage redoutable de menaces qu'il avait à léguer.

— La voilà, *mon petit homme*, dit Rosa en
introduisant Marion dans la chambre où l'ancien diplomate attendait la fièvre.

Il était immobile dans son lit, tenu par le
pansement même de sa blessure. Très pâle, avec
un commencement d'éclat dans les yeux, la
moustache soigneusement astiquée, ainsi que

doit l'avoir un brave à trois poils qui meurt par l'épée, il sourit à l'entrée de Marion.

— Laisse-nous, murmura-t-il à Rosa.

Celle-ci fit une petite moue jalouse. Croyait-elle qu'il allait léguer un trésor inconnu?

— Marion, dit Darvincourt d'une voix basse, en entrecoupant les syllabes, asseyez-vous là, tout près. Quand je ne pourrai plus parler... je veux que vous voyiez sur mes lèvres ce que j'aurais eu à vous dire.

Marion approcha une chaise, et, sur le signe qu'il lui fit, mit sur la table de nuit la lampe à pétrole qui éclairait la chambre, afin que la lumière fût concentrée entre eux.

— J'ai tenu, reprit le blessé, en parlant avec précaution, à vous révéler des choses que vous ne soupçonnez pas, pour que vous puissiez quitter sans remords, sans hésitation, le lâche qui n'est pas digne de vous...

Marion leva la main pour protester, et, doucement, avec une palpitation :

— Quoi que vous m'appreniez, Monsieur, je ne le quitterai pas.

— Alors, il vous fera faire du chemin.

Il voulut rire; mais une suffocation l'avertit de ne pas abuser de l'ironie.. Après une seconde il reprit :

— N'est-ce pas, qu'il ne vous raconte rien de ses affaires?

— Il ne me raconte pas tout.

— Saviez-vous, par exemple, que je me suis battu tantôt, pour un article qu'il m'a fait faire?

— Non.

— Vous connaissez le nom de madame de Chazeley?

— Oui, je la connais de vue aussi; c'est pour lui une excellente amie. Quand il parle d'elle, c'est toujours avec admiration. J'ai été bien souvent la voir passer, la remerciant, dans mon cœur, d'être si bonne pour lui et de lui donner la vision de la vertu.

Darvincourt écoutait avec un air railleur.

— Eh bien, reprit-il, il avait besoin aujourd'hui de diffamer cette honnête femme; j'ai fait l'article.

— Vous? Ah! monsieur Darvincourt!

Marion joignait les mains.

— J'ai écrit l'article; mais il l'a dicté.

— C'est impossible.

— Quand je vous le dis... Oh! il n'en restera pas là. Il publiera les lettres de madame de Chazeley... Il la traînera dans la boue... Moi, j'ai attrapé ce coup d'épée. Le fils est venu me provoquer...

Marion ne comprenait pas. Il lui paraissait

invraisemblable, absurde, que Léon eût ressenti le besoin de diffamer la femme la meilleure, la seule qu'il vénérât. Elle montra son étonnement dans son regard.

— Ah! voilà, poursuivit le blessé, répondant à cette interrogation, c'est que madame de Chazeley veut marier son fils à la jeune fille qu'elle destinait d'abord à votre amant.

Marion ne tressaillit pas. Elle trouvait tout simple que madame de Chazeley eût voulu faire faire un beau et bon mariage à Léon.

Pour le reste, elle ne comprenait toujours pas.

— Vous avait-il dit qu'il songeait à se marier? demanda Darvincourt méchamment.

— Je l'avais deviné.

— Avez-vous deviné avec qui?

— Non.

— C'était avec mademoiselle Hélène Gambey... vous savez bien?

Marion, restée en dehors de tous ces articles sur le Mexique, ne savait rien. Elle l'avoua.

Darvincourt insista, sans prévoir l'effet de sa révélation.

— Comment! vous ne savez pas? M. Gambey, ce banquier très riche, qui a fait faillite autrefois, qui ne s'appelle pas Gambey, qui s'appelle Monnerot.

— Monnerot...

Marion se leva toute droite, effarée. Ce nom, qui vibrait depuis dix ans dans sa conscience, lui rappelait tout, violemment, et la menaçait de tout.

Elle essaya de douter.

— M. Monnerot... de Nogent? balbutia-t-elle.

— Parfaitement, celui-là même.

— M. Monnerot! répéta-t-elle avec stupeur.

Les forces allaient lui manquer ; elle retomba sur sa chaise. Deux larmes, qu'elle ne put retenir, roulèrent de ses yeux sur ses joues; ce furent les seules.

Darvincourt la regardait curieusement.

— Il paraît, dit-il, qu'il y a encore, dans cette spéculation, une infamie que j'ignorais. Vous avez donc connu M. Monnerot?

— Oui, je l'ai connu, dit-elle... Je suis de Nogent... c'est un nom de mon pays... cela m'a surprise. Vous dites qu'il voulait épouser mademoiselle Monnerot?... Mais cela ne se pouvait pas !

— Pourquoi donc ?

Marion pensa tout à coup que c'était pour rendre la chose possible que Léon Chamoiseau avait volé les papiers de son frère. A tout autre que M. Monnerot, il pouvait avouer son nom.

Voilà pourquoi il se fût marié sous un faux nom.

Cette découverte l'accablait. Les infamies qu'on lui révélerait encore surchargeraient celle-là, sans la dépasser. Quoi! l'homme ruiné par lui, pour qui sa mère était morte, pour qui son père avait failli mourir, cet homme-là qui devait lui être sacré entre tous, il songeait à le voler une seconde fois. C'était le dernier degré du crime.

Pourtant elle ne voulut pas donner à ce moribond qui la torturait la jouissance de son désespoir; elle fit un grand effort pour retrouver un peu de sang-froid et reprit :

— M. Monnerot est donc bien riche?

— S'il est riche! je le crois bien. Il faudra empêcher ce mariage-là!

— L'empêcher! oui. Il va donc se faire?

— Avec un intrigant comme lui, on ne peut répondre de rien.

Darvincourt se déplaça doucement, lentement, avec précaution, pour dégager un peu son oreiller. Il dit :

— J'ai une preuve que le premier article qui a paru contre M. Gambey-Monnerot a été dicté, corrigé par votre amant. Ah! Il avait bien recommandé, à l'imprimerie, qu'on brûlât la copie; il l'avait trop recommandé! J'ai gardé le manuscrit. Je l'ai là. Tenez, prenez-le sous mon oreiller ; avec cela, vous le démasquerez, et je le défie bien, même s'il tue le petit Chazeley, de devenir le mari de mademoiselle Monnerot.

Marion ne fit aucun mouvement pour prendre cette preuve que Darvincourt lui offrait. Qu'avait-elle besoin d'une arme contre lui ? Ce n'était pas de cette façon-là qu'elle voulait lutter, empêcher le crime projeté. Il lui semblait qu'elle douterait de Dieu, si elle se servait de ce papier.

Seulement, comme elle ignorait tout ce qui s'était passé à propos du Mexique, elle voulut savoir à quel propos Léon avait dicté un article contre M. Monnerot.

Darvincourt lui raconta alors ce qu'il savait par les confidences forcées de Léon et tout ce qu'il avait appris par ses propres observations ; comment des hommes du gouvernement (et il avait fini par savoir que la princesse Daria avait servi d'intermédiaire) s'étaient adressés à Léon pour qu'il attaquât M. Gambey ; comment Léon, ayant découvert le passé de ce banquier, ami de madame de Chazeley, s'en était servi ; comment il avait reçu de l'argent pour cette attaque ; comment il avait à la fois attaqué et défendu le banquier ; comment il avait voulu longtemps ménager la princesse Daria, M. Monnerot, et avec lui madame de Chazeley, et comment, à la fin,

poussé par son intérêt, il avait sacrifié la
princesse, et commencé à immoler la mère de
Philippe de Chazeley.

— Demain, conclut Darvincourt, il va vouloir
déshonorer tout le monde, en publiant les lettres
qu'il a gardées et que la police n'a pas su
prendre.

Comme le récit avait été un peu long, Darvincourt, essoufflé, eut besoin de respirer. Il
reprit en appuyant sur les mots, et à voix très
basse :

— Si vous saviez où sont ces lettres ; je sais,
moi, Marion qu'on vous les payerait un bon
prix.

— Moi, les vendre ?

— Vous seriez bien simple de les donner pour
rien... Voyons, fixez le prix... je suis autorisé
à conclure.

Il avait ralenti sa voix et étendu sa main pour
prendre celle de Marion.

Marion se recula, le regarda avec un effroi
nouveau. Que voulait-il dire ?

Darvincourt se reposa une minute et continua :

— Depuis ce matin, il s'est passé des choses
qui ont mis dans mon jeu les cartes de M. Soudin, et qui ont achevé de me mettre au courant...
Je puis tout vous dire ; car, si vous étiez assez

faible pour lui répéter mes paroles, cela ne le
sauverait pas. Oh! je les lui aurais dites à lui-
même, s'il avait eu le courage de venir. Mais, le
lâche! il a eu peur que je ne le soufflète avec
mon sang. Ah! je mourrais du coup avec joie, si
je pouvais lui en mettre sur la face!

Marion tenait les yeux baissés et serrait les
mains avec impatience!

— Ne l'injuriez pas, Monsieur, murmura-
t-elle, c'est inutile.

— C'est vrai, c'est inutile; vous le méprisez
bien sans cela. Il a voulu jouer avec la police;
c'est aujourd'hui la police qui joue avec lui. Les
souris ont beau être fines; entre la souricière et
le chat, elles finissent par être bloquées.

Malgré sa faiblesse et le danger de rire, Darvincourt ne put retenir un accès de gaieté rail-
leuse qui finit par un accès de toux. Il se calma.

— On cherche à faire son dossier aussi volu-
mineux que possible, dit-il. Quand ce matin l'article sur madame de Chazeley a paru, on a deviné qu'il était de lui. Le nigaud! il s'est cru fort
habile en prenant un secrétaire... c'était prendre
un témoin. A huit heures, on savait par le journal à quoi s'en tenir, et, quand je rentrais ici,
après la scène avec le jeune de Chazeley, j'ai trouvé un homme de la police qui m'attendait, qui n'a

pas eu grand'peine à me confesser ; j'étais si
furieux ! et à se mettre au courant. Si Léon avait
accepté d'être mon témoin, je devais, sur le terrain, provoquer un esclandre, lui ôter son
masque ; on m'avait conseillé cela. On pensait que
M. de Chazeley, prévenu du duel, voudrait l'empêcher ; mais c'est un soldat, et, quand il a su que
son fils se battait pour sa mère, il a répondu :
« Qu'il fasse son devoir ! » La police ne tenait pas
à ce que je tue le fils d'un contre-amiral. A la
porte de la maison où nous nous sommes battus,
j'ai retrouvé le même agent qui m'a pris à l'é-
cart et m'a dit deux mots... Ah ! j'ai eu tort de
l'écouter. Il faut se défier de la police, même
quand elle vous veut du bien !... « Ménagez
M. Philippe de Chazeley, m'a-t-il dit. Si vous ne
lui faites qu'une égratignure, ou si vous ne le
blessez pas, il y a pour vous... » On a fixé une
jolie somme. Vous comprenez que ces recom-
mandations-là, au moment de s'aligner, cela
vous trouble. Je l'ai trop ménagé. Je me suis exposé à recevoir l'égratignure, au lieu de la donner... et c'est ainsi que son épée m'est entrée en
pleine poitrine... Voilà ce que me vaut ma collaboration avec l'Homme au gardénia ! Il m'a dit
de tuer ; je lui aurais obéi, parce que le soufflet
me cuisait... tout autant que les vingt-cinq mille

francs promis sur la dot me tentaient... mais d'un autre côté, on m'a dit : « Ne tuez pas ! » en m'offrant de l'argent comptant. Voilà ce qui m'a rendu maladroit ; j'ai reçu la somme... Je suis autorisé à vous avancer sur ma part le prix des lettres. Est-ce convenu ?

Marion tendait tous ses nerfs, pour écouter avec une attention maladive.

— Si je savais où sont ces lettres, dit-elle, je les rendrais, mais je ne les vendrais pas.

— Vous auriez tort... c'est une affaire.

— Si je les vendais, reprit-elle, ce serait pour le racheter, le sauver.

— Le sauver de quoi ? Il est bien perdu, allez. Les gens qui lui en veulent ne le lâcheront pas ; et, moi, si je demande à vivre quelques semaines, quelques jours, c'est pour le voir tombé plus bas que je ne l'étais quand il m'a apporté sa première aumône.

— Pourquoi lui en voulez-vous ? demanda Marion, qui se souvenait de certaines paroles de Léon et qui pouvait les croire vraies, puisque Darvincourt parlait d'aumônes. Vous avouez qu'il vous a fait du bien, et le mal dont il est cause, il vous l'a causé involontairement.

— Du bien ? Quel bien m'a-t-il fait ? Il m'a payé ma besogne ; voilà tout.

— Ah! vous ne vous souvenez pas, reprit Marion avec plus de courage. Il vous a obligé avant votre retour à Paris, et pour de grosses sommes.

— Moi ?

— Ces billets de vous, qu'il a remboursés!...

Darvincourt commençait un geste de protestation ; il l'interrompit et resta immobile, écoutant.

Marion interpréta ce silence dans le sens d'un aveu. Elle voulut s'en servir pour obtenir elle ne savait quoi, un peu d'aide.

— Ah! vous vous souvenez, maintenant? Le mois dernier! Vous savez, ces trois mille francs! J'ai vu votre signature!

La pauvre fille, étourdie, heureuse d'évoquer une bonne action de Léon, se laissa entraîner, sans se rappeler elle-même ses soupçons d'autrefois. Darvincourt, plus pâle, suant d'anxiété, la bouche ouverte, humait ses paroles.

— Ah! puisque vous avez vu ma signature! dit-il d'un ton encourageant.

— Sans doute, et j'ai vu aussi le mot que vous avez laissé chez le concierge, pour le remercier, le jour de l'échéance. Il vous sauvait l'honneur! écriviez-vous.

Darvincourt avait un rire muet et pâle. Il recueillit des forces : il avait peur de succomber

sous l'émotion qui le poignait. Il se hissa sur
son oreiller, et, d'une voix martelée, rude :

— Marion, vous m'apprenez une chose que
j'ignorais, que j'aurais dû deviner et qui ne
m'étonne pas; c'est que votre amant est un
faussaire, par-dessus le marché.

Marion trembla; elle pressentit qu'elle était
tombée dans un piège; elle se souvenait mieux
maintenant.

— Oui, continua le blessé, je ne lui ai jamais
donné ma signature; il me l'a prise : je l'ai
remercié, c'est vrai, de ce qu'il ne me laissait
pas aux crochets de Rosa. Ah! je comprends,
maintenant, pourquoi il était offusqué de me
voir ici, pourquoi il m'engageait à changer de
nom!... Eh bien, qu'il prenne garde à lui. S'il y
a encore des billets signés Darvincourt en circulation, ce n'est pas moi qui payerai le protêt ;
c'est lui qui ira aux galères... Ah! quand on va
savoir cela !

Blême, écumant, au risque de se tuer, il essaya
de se dresser sur ses coudes, il appela :

— Rosa! Rosa!

Sa maîtresse, qui écoutait sans doute à la
porte, entra.

— Rosa... tu sais, l'homme qui doit revenir...
si je ne pouvais pas lui parler... tu lui remettrais

le mot que tu vas écrire, tout de suite, sous ma dictée : « Léon Soudin a fait des faux avec ma signature, cherchez-les. » J'aurai bien encore la force de signer de ma vraie écriture; on comparera.

Marion se mit entre Rosa et le blessé. Elle se sentait devenir folle. Joignant les mains, elle dit :

— Vous ne ferez pas cela, monsieur Darvincourt, vous ne ferez pas cela.

— Pourquoi donc? Vous me donnez ma meilleure vengeance, je la laisserais!...

— Non, je vous en conjure. Il y a bien assez de choses contre lui; mais cela! C'est moi que vous frappez; qu'est-ce que je vous ai fait?

— Je vous dis que c'est un coquin; il faut qu'il aille aux galères.

— Ah! Monsieur, monsieur, vous qui allez devant Dieu, je vous en prie! je vous en prie!

Elle tomba à genoux, essayant de prendre les mains de Darvincourt pour les baiser.

— Non, non, grinçait-il en s'empêchant de tousser, de peur d'avoir du sang à la bouche.

— Puisque vous me voulez du bien, vous ne me donnerez pas ce remords.

— Rosa, prends du papier!

— Mais si je m'étais trompée! Je n'ai vu que

votre mot de remerciement. Je n'ai pas vu les
billets... j'ai cru... je me suis imaginée.

Darvincourt ne put retenir un regard de compassion et d'admiration.

— Ah! bonne créature! soupira-t-il. Comme
vous mentez mal! hein, — Rosa, est-il aimé,
ce misérable! — Ce n'est pas toi qui mentirais
ainsi... Je suis sûr que c'est la première fois
qu'elle ment!

Marion n'avait plus d'idées à rassembler; les
idées lui échappaient.

— Si vous ne dites rien, dit-elle, je vous promets...

— Quoi? les lettres?

— Ah! si je savais où elles sont!

— Cherchez-les.

— Il les a emportées.

— Tant pis... bonsoir... Je vous ai dit ce que
je voulais vous dire... faites-en votre profit. —
Rosa, éclaire-la, et reviens... je n'en puis plus.

Marion ne voulait pas partir encore; elle
regarda Rosa qui allumait une bougie; cela
l'épouvanta. Un spasme poussé jusqu'à une
exacerbation, semblable à de la fureur, la saisit.
Elle se pencha sur le blessé, et, lui saisissant les
épaules, de ses deux mains crispées, dans un
égarement farouche :

—.Jurez-moi que vous ne direz rien ! jurez !
jurez !

Darvincourt poussa un hurlement. L'appareil
de sa blessure se dérangeait ; le sang l'étouffait.
Rosa se précipita sur Marion, et, la repoussant
avec violence.

— Est-ce que vous êtes venue pour l'achever ?
cria-t-elle.

Marion faillit tomber à la renverse ; elle se
heurta à une table ; elle eut honte de sa folie,
ou plutôt, ivre de sa folie même, hébétée, elle
sortit de la chambre, descendit en se meurtris-
sant aux parois de l'escalier obscur, sortit de la
maison, marcha dans Paris, et rentra chez elle,
comme nous l'avons vu, dans un état de somnambulisme qui ressemblait à celui de lady Mac-
beth. Seulement, elle, c'était avec tout son sang
qu'elle eût voulu effacer la tache, invisible encore,
qui allait bientôt apparaître sur l'honneur de son
amant.

XIV

Léon n'avait pas besoin d'apprendre d'où Marion était revenue si tard. Il l'avait bien compris; mais il tenait à avoir d'elle la confirmation de cette juste conjecture, et, le lendemain, il l'interrogea de nouveau.

Quand il la vit, elle était calmée, toujours pâle. A la première question, elle n'hésita pas à répondre.

— Rosa est venue annoncer ici que Darvincourt avait été blessé ; j'ai été le voir.

— Pourquoi ?

— Puisque c'est ton ami !

Léon allait renier l'homme qu'il avait envoyé à la mort. Il se retint :

— Comment va-t-il ?

— Mal.

— Alors ta visite ne lui a pas fait de bien?

Il disait cela au hasard. Il ne se doutait pas de l'étrange ironie de sa remarque.

Marion eut un léger tremblement, et, baissant la voix :

— Je l'ai laissé dans un état affreux.

— Alors, c'est cela qui t'avait tant secouée hier?

— Oui, c'est cela.

Léon éprouvait le besoin de parler de Darvincourt. Il n'osait demander à sa maîtresse ce que son complice avait pu lui dire; il chercha une question à faire, n'en trouva pas, et finit par demander :

— Crois-tu qu'il ait passé la nuit?

Marion allait répondre charitablement : « Je l'espère! »

Elle n'osa pas formuler une espérance qui eût menacé davantage Léon.

— Tu peux t'en informer toi-même, répondit-elle.

— Je le saurai par les journaux!

Marion le trouvait féroce. Elle avait de la peine à ne pas laisser voir son indignation.

Comme elle était coiffée, habillée, prête à sortir, au moment où Léon l'abordait dans la salle

à manger, il lui demanda avec une intonation
cruelle :

— Est-ce que tu y retournes?

— Non.

— Tu fais bien, et tu as eu tort d'y aller hier.

— C'est possible, soupira-t-elle.

Léon était lui-même habillé pour des courses,
et tenait son chapeau à la main.

— Il est possible que je parte en voyage,
dit-il.

Marion, très sérieuse et sans apparence de
raillerie, lui demanda :

— Ah! ton fameux voyage d'Italie!

Un sillon de feu passa dans les yeux de Léon.
Il se mordit la moustache.

— Mon voyage d'Italie? il s'agit bien de cela!
Non, je vais en Hollande, et, si tu veux, je t'emmène.

Marion comprit qu'il voulait fuir devant le
danger qu'il pressentait. Se défiait-il de ce qu'elle
avait pu recueillir chez Darvincourt, qu'il songeât
à l'emmener?

— Est-ce aujourd'hui que tu pars? lui dit-elle.

— Non, non, demain, après-demain. Je suis
bien libre de partir quand je veux, n'est-ce pas?
J'ai des arrangements à prendre, des affaires à
régler.

Il donnait à sa maîtresse des explications, des raisons qu'il ne lui avait jamais données jusque-là. Il n'avait plus sa liberté hautaine d'esprit.

— Alors, répliqua-t-elle, j'ai le temps, nous en causerons.

Elle fit quelques pas pour sortir.

— Où vas-tu donc?

Elle tira un livre de son manchon et le lui montra :

— Je vais à la messe.

Il se mit à rire :

— Tu deviens dévote?

— Cela te contrarie?

— Ma foi, non; tu feras bien de prier le bon Dieu pour moi.

Elle laissa tomber sur lui un long regard, et, doucement, mais froidement :

— C'est précisément ce que je vais faire. Je ne demande rien au bon Dieu pour moi.

Elle sortit; Léon sortit derrière elle. Dans l'escalier, il la contempla descendant avec une allure simple mais harmonieuse. Il ne lui avait jamais trouvé tant de grâce. Était-ce parce qu'il n'avait plus qu'elle?

— Décidément, se dit-il, elle a la dignité d'une grande dame. Ah! si elle avait voulu!

Après cette réflexion, il alluma un cigare et courut à ses affaires.

Ses affaires étaient d'abord rue Fontaine-Saint-Georges, chez son banquier Souillard; il fallait combiner la publication des lettres.

Marion ne mentait pas. Léon aurait pu la suivre jusqu'à l'église prochaine. Elle ne devenait pas dévote. Elle était toujours restée d'une piété provinciale. Si, d'ordinaire, elle s'abstenait d'aller à l'église, c'était par pudeur. Elle se sentait un peu excommuniée, à cause de son amour, et elle tenait tant à son péché, qu'elle ne voulait pas se réconcilier, en sacrifiant Léon. Mais, cette fois, l'heure était trop grave, pour qu'elle n'affrontât pas les reproches de la Vierge et les exhortations du Christ. Les habitudes pieuses de sa première jeunesse, en compagnie de sa tante Chamoiseau, lui avaient laissé un fond d'extase dont elle avait besoin, quand elle voulait s'élever au-dessus des hontes parisiennes, et qu'elle invoquait pour trouver l'inspiration d'un miracle. Il lui eût été impossible d'agir avec sa raison seule, qui chancelait sous le fardeau, et de lutter en philosophe, contre la philosophie sceptique de Léon.

Pendant la nuit, après cette syncope qui avait été comme un abîme entre son atroce douleur et ses rêves, elle s'était répandue dans des

prières sans fin, épanchant son amour, qui se
détournait de son culte habituel, ne voulant plus
rencontrer l'image, la tentation de Léon qu'à
travers Dieu.

C'était dans ce bain mystique qu'elle s'était
apaisée et fortifiée. Elle entendit la messe, pour
achever d'être tout à fait brave, et elle fit la
démarche qu'elle avait résolu de faire...

Madame de Chazeley était encore dans sa
chambre, où son fils, en venant causer avec
elle tous les matins, la retenait plus longtemps
qu'elle n'y restait autrefois, quand sa femme de
chambre vint la prévenir qu'une dame, qui
s'excusait de se présenter, sans être connue
d'elle, demandait à lui parler.

Elle congédia Philippe, qu'elle achevait de
gronder pour son héroïsme filial de la veille, et
se rendit au salon.

Elle accueillait ainsi tout le monde, craignant
de repousser une infortune méritante, sur une
annonce maladroite, et ne se rebutant pas de sa
curiosité charitable, quoiqu'on en eût souvent
abusé.

Elle fut frappée, en entrant, de la beauté, de la
tristesse, et aussi de la tenue, de la simplicité élégante de cette inconnue. Elle lui présenta un
siège, s'assit, et lui demanda le motif de sa visite.

L'étrangère serra son manchon sur sa poitrine, peut-être pour y sentir son livre de prière, et, d'une voix douce, hésitante :

— Madame, je me nomme Marie Soudin.

Madame de Chazeley fit un mouvement de surprise. Ce nom-là lui était venu bien souvent à l'esprit, depuis la veille, et, avec une certaine méfiance, non pas envers la personne, mais envers la raison de sa démarche, elle demanda :

— Vous êtes parente de M. Léon Soudin?

— Je suis sa cousine germaine, reprit Marion.

Et, comme elle voyait un sourire involontaire de bon accueil se dessiner sur les lèvres de madame de Chazeley, elle craignit d'usurper cette ienveillance et elle ajouta avec humilité :

—- Depuis dix ans... je suis sa maîtresse.

Ces mots, qui lui paraissaient simples à prononcer et qui ne l'avaient pas scandalisée, quand elle y avait songé dans l'église, lui parurent tout à coup monstrueux, dans ce salon si digne, en présence de cette honnête femme.

Madame de Chazeley s'était brusquement levée et avait rougi. Ses yeux, plus tristes qu'indignés, demandaient compte à cette belle jeune fille de sa singulière audace.

Marion s'était levée aussi ; mais son regard

profond, suppliant, douloureux, corrigeait l'effet
de sa franchise.

— Excusez-moi, Madame, dit-elle avec fierté,
je n'ai pas voulu vous tromper, même pendant
une minute. Je sais, d'ailleurs, que je m'adresse
à une âme trop haute pour qu'elle se sente
atteinte et profanée par la confession que je
viens lui faire.

Le début restait étrange. La maîtresse dé-
laissée de ce Lovelace venait-elle se plaindre
de son abandon ?

— Vous ne me devez aucune confession,
Mademoiselle, répliqua vivement madame de
Chazeley.

— Pardonnez-moi, Madame, je vous en dois
une, pour que vous puissiez me croire dans tout
ce que je vous dirai d'utile pour vous.

— C'est un service que vous venez me rendre ?

L'accent restait ironique ; mais l'ironie d'une
bonne âme est comme un encouragement à une
confiance plus familière.

— Oui, Madame, je veux éclairer votre bonté
qu'on trompait, et je viens l'implorer pour le
trompeur.

— Ah ! vous m'apportez des excuses, des explications de la part de monsieur... votre cousin ?

— Non, Madame, il ignore ma démarche.

La façon de parler de Marie Soudin, son maintien modeste et assuré, et puis cette affinité qu'il y avait toujours entre madame de Chazeley et tout ce qui avait l'aspect noble et beau, fléchirent les scrupules de la femme du monde.

La curiosité de la mère de famille si éprouvée et si menacée la veille encore s'autorisa d'un peu d'égoïsme pour se prêter à cette conversation singulière. Elle reprit sa place, et, invitant de nouveau Marie à s'asseoir :

— Je vous écoute, lui dit-elle.

— Je suis bien la cousine de M. Léon Soudin ; sur ce point, comme sur l'autre, je ne vous ai pas menti. J'ai été élevée avec lui, et je ne pourrais pas vous dire à quel jour de mon enfance j'ai commencé à l'aimer. Je me suis demandé parfois s'il eût été possible que je ne l'aimasse pas. J'avais, toute petite, l'ambition d'être sa femme. Ma tante rêvait un plus beau mariage pour ce fils qu'elle me faisait adorer avec elle. Lui ne voulut de moi que le jour où, effrayée, comme je le suis aujourd'hui, le croyant dans un grand danger, à cause d'une mauvaise action qu'il avait commise, je me suis jetée dans ses bras... Je me suis perdue, espérant le sauver. Hélas ! je ne l'ai pas sauvé. Désillusionnée, meurtrie, plus entêtée encore dans mon amour,

quand il a été une douleur et non une joie, je
suis restée honnêtement fidèle à ma faute. Si
vivre sans se plaindre, pour souffrir des désordres
constants d'un homme qu'on aime par toutes les
fibres de sa chair, par toutes les facultés de son
cerveau ; si endurer la honte d'un luxe dont on
connaît le mensonge ; si rester patiente, résignée, en guettant l'heure de se dévouer plus
utilement et de faire rayonner dans la conscience
de son amant l'honneur qu'on a gardé dans la
sienne ; si cette vie est la vie d'une épouse selon
Dieu, je vous jure, Madame, que j'ai été depuis
dix ans sa femme, sa vraie femme.

Marie dit cela avec une énergie calme et une
conviction presque sainte.

Madame de Chazeley, sans être prude, ne
voulait pourtant pas concéder des droits pareils
à l'amour libre. Elle avait souffert, pure et dévouée, dans un ménage régulier ; elle tenait à
la gloire de cette souffrance.

— Je comprends, dit-elle en montrant un
étonnement qui ne pouvait blesser Marie, je
comprends toutes les immolations de l'amour ;
mais permettez-moi de vous avouer que je ne
comprends pas la patience de subir la honte,
quand il n'y a pas d'enfant qui vous retienne,
de lien sacré qui vous attache. J'entrevois dans

17.

l'existence de M. Soudin des misères morales
qui ont dû tuer votre estime ; que faisait l'amour ?

— Ah ! Madame, reprit Marie avec foi, le
mépris torture l'amour, mais ne le détruit pas.
On aime parce qu'on aime. Bienheureux ceux
qui peuvent mêler l'estime à cette possession !

— Pourtant l'âme honnête a besoin de liberté,
et cet esclavage d'une vie équivoque...

— Je me faisais libre en priant, reprit Marie.
Oui, je vous l'avoue, au risque de vous paraître
bien déchue, aujourd'hui je le vois tel qu'il est ;
je le méprise ; mais je l'aime !

Après cet aveu, voyant encore de la surprise
dans le visage de madame de Chazeley, Marie
devint confuse :

— Je vois que vous ne m'entendez pas bien,
Madame... Je m'exprime mal... Je suis embar-
rassée... Cela vous paraît monstrueux que je sois
restée attachée à Léon, quand même ; mais sa
mère aurait fait comme cela, et je me persua-
dais que je l'aimais aussi, au nom de sa mère...
Sans doute, je n'étais pas tenue par la loi ni
par la religion... Mais ma volonté me semblait
aussi sacrée... Pouvant le quitter, je restais pour
attendre l'heure de le vaincre... Oh ! combien de
gens mariés manquent à la loi divine et à la loi
humaine en se séparant pour une cause frivole !

Marie n'avait voulu faire aucune allusion au douloureux événement de la vie de madame de Chazeley ; mais elle le connaissait. Elle s'aperçut qu'elle l'avait évoqué.

Madame de Chazeley était devenue très rouge, une larme roula dans ses yeux.

— Je vous ai offensée, Madame, murmura Marie avec un geste d'excuse.

— Non. Vous m'avez rappelé que la dignité de la vie ne suffit pas toujours à la protéger. Nous n'avons pas à être si fières de nos privilèges de femmes légitimes. Continuez ; je vous écoute de toute mon âme.

Cette égratignure au cœur de l'épouse irréprochable, loin de l'offenser, l'avait attendrie plus vite ; elle rapprocha son fauteuil de celui de Marie et, se penchant vers elle, ne dissimula plus sa curiosité avide.

— C'est peut-être la faute de mon origine, reprit Marie. Je suis la fille d'une fille séduite et abandonnée. J'ai du sang d'amoureuse opiniâtre dans les veines. Les bons exemples de ma tante, les leçons d'honneur de son mari ne m'ont pas calmée.

Madame de Chazeley fut frappée d'une coïncidence. Elle se souvenait que Léon Soudin, expliquant son amour violent pour Hélène, l'attribuait à la même influence. Elle interrompit Marie.

— Pardon, Mademoiselle, vous me dites que
vous avez été élevée par votre oncle et votre
tante. M. Léon Soudin, je ne me trompe pas,
m'a avoué, ici même, qu'il n'avait pas connu son
père, qu'il était... comme vous le dites de vous,
l'enfant d'une fille séduite.

Marion devint livide et frappa dans ses mains
avec stupeur.

— Il a dit cela? il a dit cela? s'écria-t-elle avec
douleur. Il a renié son père? Voilà un de ses
mensonges abominables. Je vais vous apprendre
tout de suite ce que je voulais vous révéler avec
ménagement. Léon m'a pris mon nom. Il ne s'appelle pas Soudin; il s'appelle Chamoiseau; il
est le fils légitime du caissier de M. Monnerot,
banquier à Nogent. C'est lui qui a été cause de la
ruine du banquier; il voulait maintenant épouser
sa fille, à l'aide de faux papiers, des papiers de
mon frère, qu'il m'a volés. Vous savez, n'est-ce
pas, que M. Gambey s'appelle aussi Monnerot?

Marie avait débité cela vivement, avec colère.

Ce fut au tour de madame Chazeley à pousser
un cri.

Un gouffre impossible à prévoir s'ouvrait tou
à coup devant elle. Cela dépassait tout ce qu'elle
avait pu supposer de perfidie, de rouerie. C'était
l'acte d'un bandit qui spéculait bassement, et qui

avait voulu faire tuer son fils pour escroquer plus facilement une dot.

Elle ne faisait pas même à ce misérable l'aumône de l'amour, du désir qu'il avait ressenti.

— Mon Dieu ! mon Dieu ! dit-elle en sanglotant de surprise et d'épouvante, je connaissais toute cette histoire du caissier. M. Monnerot l'a racontée ici même... à ce Léon... Il osait !... Ah ! le malheureux ! le malheureux !

Marion baissait la tête et pleurait. Son manchon, posé sur ses genoux, glissa à terre ; le livre de messe s'en échappa. Madame de Chazeley ramassa le livre et le rendit à Marie, avec un regard de franc-maçonnerie chrétienne.

— Et vous avez aimé cet homme-là ? lui dit-elle avec un reproche si tendre, qu'il était seulement une plainte.

— C'est parce qu'il a commis ces fautes-là... et d'autres, que je serais fière de le racheter.

— On ne sauve pas un homme pareil.

— Eh bien, il sera jugé, mais par le juge que je veux.

Madame de Chazeley la regarda avec étonnement, sans deviner ce qu'elle voulait dire : elle reprit :

— Pourquoi ne m'avoir pas prévenue de ce piège horrible ?

— Je l'ignorais, Madame; je ne le sais que de cette nuit.

— Il vous a avoué !...

— Oh! non, il n'avouera jamais... à moi. Je savais bien qu'il rêvait un mariage. Cela m'inquiétait et par instants, pourtant, cela me rassurait. Moi qui accorde tant à l'amour, je me disais que, s'il devenait amoureux d'une honnête jeune fille, son cœur pourrait être plus facilement attendri... Tenez ! ce n'est pas pour vous flatter que je vous dis cela, mais l'amitié réelle, le respect qu'il avait pour vous, étaient pour moi comme des gages persistants, malgré tout, d'un repentir possible. On ne vous vénère pas, Madame sans un reste de vertu.

Madame de Chazeley protesta de la main; mais, avec un sourire triste.

— Taisez-vous ! taisez-vous ! moi aussi, j'avais une bien grande amitié pour lui... Mais vous voyez que son respect ne l'a pas retenu, quand il a eu besoin de me menacer, et je ne sais si le souvenir d'un bon témoignage qu'il avait rendu de moi me fera tout à fait votre alliée.

— Ah! vous voyez, Madame, repartit subtilement Marie en essuyant ses larmes; puisque vous hésitez, c'est qu'on ne peut pas se détacher aussi facilement de lui que vous le croyez ! Cela

vous fera-t-il comprendre que, malgré ces dix
années cruelles, malgré ce que j'ai appris hier,
je ne me suis pas séparée de lui? Si vous saviez!
Je n'avais même pas d'illusions, le lendemain du
jour où nous sommes partis ensemble! J'ai compris qu'il ne m'aimait pas : mais j'ai senti que
je l'aimais désespérément. Imaginez-vous que
j'avais passé mon enfance, ma première jeunesse,
à l'entendre louer, vanter... Quand il apparaissait à Nogent, il emplissait la maison de lumière,
et il nous fondait le cœur. Je le trouvais si beau!
il l'était! il l'est; avouez-le, Madame!

Madame de Chazeley, à cet élan naïf et féminin, répondit par un battement des cils, qui
confirmait le sentiment de Marie. La pauvre fille
continua :

— J'étais bien résolue à être sa femme ; c'était
mon ambition, mon rêve. Quand le malheur que
vous savez est arrivé à Nogent, ma tante, qui en
est morte, m'a dit : « Va, sauve-le! » Mon oncle
l'eût fait arrêter, condamner. Pauvre oncle! je
l'ai trahi, et pourtant j'étais plutôt de son parti
que de celui de ma tante... Mais cette mère mou-
rante, et puis cette voix irrésistible de mon cœur!
Je suis arrivée à Paris comme une folle; il a eu
peur, il m'a emportée avec lui. Nous sommes
partis pour le Portugal ; il me jurait alors que je

serais sa femme. On ne s'est pas douté que j'étais avec lui, n'est-ce pas? Je ne me montrais nulle part. Cette idée d'être à lui, dans ce pays lointain, où les habitudes de Paris ne me le disputeraient plus, m'a enivrée. Quand j'ai senti mon erreur, je n'ai pas voulu le quitter. C'était bien pis; j'avais une âme malade à veiller: Oh! je crois que, si je l'avais abandonné, il eût commis plus vite de plus mauvaises actions. Maintenant, la mesure est comble. Il faut sauver son honneur, si nous le pouvons, et guérir son âme. Voulez-vous m'aider?

Devant ce grand amour dont elle ne comprenait pas encore toute l'abnégation d'esclave, mais dont la flamme, par échappées, l'éblouissait et l'échauffait, madame de Chazeley ne résista plus à une compassion qui établissait une solidarité entre elle et cette jeune femme.

Elle qui avait cru si longtemps à l'honneur, au dévouement, à la délicatesse de Léon Soudin; elle qui l'avait donné comme frère à son fils; elle qui ne renonçait, pour ainsi dire, qu'avec peine à être sa dupe, elle admettait cette fascination de la beauté et de l'intelligence, si elle se refusait à admettre que l'amour pût vivre sans estime.

— Oui, oui, c'est un charmeur! dit-elle en

soupirant. Il a fait bien du mal. Peut-il en faire encore?

— Il a gardé vos lettres, Madame; il faut les lui reprendre.

— Oh! ce n'est pas ce qui importe d'abord. Qui donc vous a mis au courant de ce que vous ignoriez?

— L'homme que votre fils a blessé.

— Il n'est pas mort?

— Il ne l'était pas hier; peut-être l'est-il maintenant!

Marie eut un redoublement de pâleur, au souvenir de la scène de la veille; elle continua :

— C'était le complice, l'agent de Léon. Il a cru, en me disant la vérité, qu'il m'armerait contre le grand coupable; j'espère qu'il me donnera le moyen de le racheter.

Marie, sans reprendre le récit de la vie de son cousin, depuis dix ans, et après quelques mots rapides sur l'incident Monnerot, que connaissait à demi madame de Chazeley, raconta ce que Darvincourt lui avait appris, et ce que nous savons. Seulement, par une faiblesse dernière et touchante, elle ne parla pas des faux billets. A quoi bon imposer un effort de plus de charité à celle qu'elle voulait intéresser à son œuvre de rédemption?

Madame de Chazeley voulut épuiser, tarir son émotion, pour écouter avec une attention profonde.

Quand Marie eut fini, bien qu'elle n'eût pas plaidé de nouveau la cause de son amour, ni les circonstances atténuantes de sa fidélité à cet homme dépravé, elle avait gagné sa cause personnelle, auprès de l'aimable et vaillante femme qui l'écoutait.

Madame de Chazeley se pencha sur elle, lui mit un baiser de sœur sur le front :

— Vous êtes une *honnête* fille, lui dit-elle en soulignant l'épithète.

Marie voulut tomber à ses genoux ; mais la femme sans peur et sans reproche, ardente dans son dévouement, comme l'autre l'était dans son amour, la releva dans ses bras, et, cette fois, l'embrassa, à pleine bouche et à plein cœur, sur ses joues pâlies ; puis elles eurent quelques minutes de silence et de larmes.

Madame de Chazeley reprit la première son sang-froid.

— Je suis à votre disposition, dit-elle. Que voulez-vous ? Mon mari est assez puissant, malgré les articles dont nous ne parlerons plus, pour obtenir que votre cousin soit conduit à la frontière, sans scandale, sans procès. S'il a besoin d'argent, on lui en donnera, M. Gambey tout le premier. Je ne sais s'il peut redevenir un honnête homme. Mais, si une chance est possible, l'aisance la lui procurera. Est-ce cela ce que vous voulez?

— Non, Madame, dit gravement Marie, nous lui donnerions le moyen, qu'il convoite, d'aller tenter ailleurs d'autres aventures. Il faut que la foudre le frappe. Et, s'il peut se relever, qu'il se relève régénéré.

— Quelle foudre? Comment?

Madame de Chazeley regardait Marie avec le soupçon d'un peu d'égarement dans les idées de la jeune femme. Marie continua :

— Il faut retrouver son père, et les mettre face à face.

— Vous croyez qu'il lui reste dans le cœur une fibre filiale?

— Je l'espère, et c'est ma dernière espérance.

— Mais si elle vous trompe!

Marie joignit les mains avec force.

— Si elle me trompe? je me détournerai de lui ; mais je l'aurai amené à son juge. Quand vous connaîtrez son père...

— Où est-il?

— C'est surtout pour le trouver que je suis venue vous implorer. Il est à Paris; je l'ai aperçu. Est-ce que la police ne sait pas chercher les gens?

Madame de Chazeley eut un petit mouvement d'embarras.

— Je ne sais si la police, sur une demande de mon mari...

— Oh! Madame, trouvons mon oncle.

Tout à coup madame de Chazeley parut avoir une solution.

— Si j'osais!... murmura-t-elle.

— Que n'oseriez-vous pas, Madame, quand il s'agit d'une bonne action?

— Voulez-vous venir avec moi chez la princesse Daria?

Marie eut un mouvement d'effroi.

— De quoi avez-vous peur?

— C'est que la princesse le hait bien, *maintenant*.

Elle soulignait le mot *maintenant*, avec une intention de rancune jalouse.

Madame de Chazeley eut un petit nuage pudique dans les yeux.

— C'est possible, répliqua-t-elle : raison de plus pour qu'elle tienne à reprendre ses lettres.

— Elle a déjà tenté par la force. Elle n'a pas votre bonté.

— La princesse est une grande dame, toute-puissante, au-dessus de la bonté et de la haine, qui sont pour elle des sentiments bourgeois. Elle joue au gouvernement ; elle sera flattée qu'on s'adresse à elle. Elle me remerciera de ma visite.

— Mais de la mienne ?

— Vous, mon enfant, vous aurez satisfait sa curiosité. Que vous importe, d'ailleurs, une avanie que je supporterai avec vous !

— Je ferai ce que vous voudrez, Madame. Vous la connaissez bien, la princesse ?

— Moi ? Pas du tout. C'est la première fois que je vais chez elle. Elle me connaît de nom, c'est tout. Tenez, il n'est pas encore l'heure de son déjeuner. Partons.

— Ah ! comment vous remercier ?

— Ne me remerciez pas, ma pauvre enfant, dit madame de Chazeley avec mélancolie : d'abord parce que nous pourrons échouer auprès de la princesse ; ensuite, parce que, si nous réussissons auprès d'elle, il nous restera encore bien des déceptions à affronter.

— Quoi qu'il arrive, Madame, je vous remercie de m'avoir reçue.

— Et, moi, je vous remercie de me révéler un grand cœur.

XV

Pendant que madame de Chazeley faisait ses préparatifs pour sortir, Marie, que nous n'appellerons plus Marion, un peu réconfortée, se sentant bénie, regardait autour d'elle avec une sorte de ravissement, comme si elle eût découvert un monde nouveau, rêvé par elle, dans ce salon, plus simple que beaucoup de ceux qu'elle avait habités elle-même, mais qu'elle trouvait plus beau.

Ces portraits de famille, ces meubles de l'intimité décente, cette installation, partout visible, d'une conscience à l'aise, tout cela lui traversait le cœur, mais y laissait une douceur d'extase, en le déchirant. Ce secret de la vie régulière, normale, lui était révélé comme à une égale.

Madame de Chazeley lui avait dit : « Vous êtes une honnête fille ! » et elle se sentait profondément honnête dans cette atmosphère d'honneur. Elle y respirait les senteurs qui lui étaient nécessaires.

Sa grande faute, le crime de sa vie, elle se le disait : ce n'était pas d'avoir toujours aimé Léon ; c'était d'avoir un jour été sa complice, quand elle aurait dû remplir seulement la commission de son oncle, prévenir M. Monnerot, faire arrêter le voleur.

Voilà ce qui lui pesait sur l'âme, depuis dix ans. Cette nuit-là, elle avait trahi l'honneur d'un autre ; pour le reste, elle n'avait trahi que son honneur ; ce n'était rien, en comparaison. Voilà ce qu'elle voulait se faire pardonner par son oncle, et, quand elle désirait le retrouver, pour sauver ce qui pouvait être sauvé dans Léon, elle mêlait à cette pensée généreuse une intention de repentir personnel et égoïste.

Oh ! son oncle lui pardonnerait ! Elle en était sûre, dans ce salon qui parlait d'indulgence et de vertu. Il aurait pitié ; il serait juste. Dût-il l'accabler, elle voulait le voir. Elle mériterait d'être maudite, si elle ne méritait pas d'être pardonnée.

Madame de Chazeley ne la laissa pas longtemps seule, et, en rentrant au salon, elle fut charmée encore de la voir.

Le premier aspect de Marie l'avait touchée. Maintenant que celle-ci s'était épanouie sous la bonté qui l'avait recueillie, sa grâce devenait plus facile, son charme plus pénétrant.

C'était un grand honneur, de faire cette dé-marche chez la princesse Daria, en compagnie de madame de Chazeley; c'était la seule façon de la faire, pour qu'elle réussît.

Dès qu'elles furent en voiture, Marie abaissa son voile, avec soin.

— Pourquoi vous cacher? lui demanda sa com-pagne.

— S'il nous voyait passer! répondit-elle hum-blement.

La réponse était un non-sens touchant, qui dissimulait la vraie raison de sa pudeur. Marie ne pouvait pas avoir peur d'être vue par Léon, qui se fût peut-être ému salutairement de ce rapprochement entre deux femmes qu'il devait respecter. Mais elle craignait d'être vue par un passant et de faire tort à madame de Chazeley. C'était parce que celle-ci devinait ce scrupule qu'elle insistait pour que Marie relevât son voile.

L'héroïque femme ne redoutait jamais les con-séquences de ses bonnes actions; c'était pour

cela qu'elle en était si souvent frappée et meurtrie.

La princesse Daria était dans son boudoir. Elle
poussa une exclamation sonore, qu'on eût pu
entendre de l'antichambre, par les portes
ouvertes et les portières soulevées, quand on lui
remit la carte de madame de Chazeley.

La femme du marin était, non pas une rivale,
mais un contraste de renommée. La princesse
avait résisté bien des fois, avec peine, à la tentation d'attirer cet astre un peu dormant dans son
orbite de comète.

Elle devina tout de suite, sinon le but de la
visite, au moins l'occasion qui la faisait naître.
L'ange avait aussi un bout de ses ailes retenu
dans le piège de ce vaurien. La princesse avait,
depuis quelque temps, pensé trop souvent à
madame de Chazeley, à propos des manœuvres
de Léon Soudin, pour ne pas trouver, dans
cette visite, une coïncidence qui la frappait.

Tout en donnant l'ordre d'introduire, elle
allait au-devant de la visiteuse.

Une robe de chambre en cachemire, ouverte,
et à peine retenue par une cordelière, flottait
autour de sa taille dans sa démarche rapide, et
faisait du vent. Ses cheveux étaient entassés et
fixés dans un désordre que le hasard rendait

artistique, mais qui n'en trahissait pas moins
l'incohérence de la coquetterie. Elle avait trop
de bracelets, pour cette heure relativement mati-
nale ; mais le cliquetis de ces chaînes d'or, de
ces anneaux émaillés, était comme une musique
nécessaire à l'activité de ses mains, et puis la
princesse commençait à trouver ses poignets un
peu trop minces quand ils n'étaient pas garnis.

— Oh! chère Madame, comme je suis heureuse de votre visite! Elle est un reproche pour
moi, qui aurais dû la devancer.

Elle fit sonner les grelots de ses bras, en
secouant les mains de madame de Chazeley ; puis
elle s'interrompit, très surprise, en voyant la
personne voilée qui se tenait, un peu en arrière
de madame de Chazeley, en tutelle.

Cette inconnue avait plutôt l'allure d'une dame
que d'une demoiselle ; mais elle était jeune, et
l'étrangère, indépendante, par nature, par habitude, par étourderie des questions d'étiquette
dans le costume, ne sachant d'ailleurs rien de
précis sur l'âge d'Hélène, qu'elle avait aperçue
seulement de loin, à l'Opéra, s'imagina que cette
amie du banquier mexicain lui amenait sa fille,
pour une sollicitation quelconque.

Elle eut un regard moins encourageant, et,
avec une douceur plus froide, elle demanda :

— Mademoiselle Gambey, sans doute?

— Non Madame, répondit madame de Chazeley.

La princesse ne demanda pas et n'attendit pas d'autre explication dans l'antichambre. Elle montra, avec une révérence courte, le chemin de son boudoir.

Quand elles y furent toutes les trois, quand la portière se fut refermée, la princesse désigna un fauteuil bas à la femme du contre-amiral, laissa Marie s'asseoir sur le premier siège à sa portée, précisément sur la petite chaise que Léon préférait, au bon temps de l'intimité. Elle s'assit elle-même sur la chaise la plus haute, s'accoudant à la table, et elle ouvrit par un sourire la conférence qu'elle présidait.

— Madame, lui dit madame de Chazeley, avec un calme plus apparent que réel, mais avec un grand art de dominer son émotion, nous nous trouvons, l'une et l'autre, mêlées à une affaire très pénible. Je suis venue, avec mademoiselle, vous demander de nous aider à la finir, au mieux de la morale et de l'intérêt de tout le monde.

Le début était embarrassé, et n'avait pas le style habituel de madame de Chazeley. C'était une phrase préparée en voiture.

— Ah! vous voulez parler de l'affaire de ce monsieur?... répondit la princesse avec un ac-

cent effroyablement étranger, qu'elle n'avait pas
quand elle voulait être bonne.

Elle avait feint de chercher le nom déjà à demi
effacé de sa mémoire, tout en regardant cette
personne inconnue qu'on ne lui présentait pas.

Elle reprit plus sèchement :

— Mais cette affaire, chère Madame, va se
finir aujourd'hui, demain, bientôt. Nous n'avons
plus à nous en occuper. Le petit monsieur au
gardénia sera arrêté ; son procès s'instruira vite
et il sera condamné.

— Pour ce ruban rouge qu'il porte indûment?

La princesse remua la main droite et fit clique-
ter ses bracelets pour interrompre madame de
Chazeley.

— Mais il y a mieux que cela, chère Madame ; ce
petit monsieur ne se contentait pas de l'argent qu'il
empruntait sans le rendre : il a commis des faux ; on
sait cela depuis ce matin ; on va se procurer les
billets ; l'affaire est bien simple ; il s'agit des galères.

Elle eut un petit rire aigu, sans gaieté, qui
couvrit la plainte poussée par Marie.

Madame de Chazeley avait fait un mouvement de surprise. Elle se tourna vers Marie, et,
doucement, sans amertume :

— Est-ce que vous saviez cela, mon enfant?
Vous ne m'en aviez rien dit?

Marie courba la tête; la princesse, intriguée, la regardait fixement, avec méfiance.

Madame de Chazeley, jugeant que le moment critique était venu, avec le ton de femme du monde qu'elle eût pris pour présenter sa bru, ou sa meilleure amie, dit à la princesse :

— Mademoiselle Marie Soudin... sa cousine...

On le voit, l'aimable femme commençait par la précaution que Marie avait prise elle-même chez elle. Elle ne croyait pas pouvoir mieux faire. Seulement, elle n'eut pas besoin d'ajouter aucune autre explication. La princesse, avec le sans-façon de sa psychologie, avait deviné.

Elle se cambra fièrement.

— Sa maîtresse ! dit-elle d'une voix sifflante.

— Oui, Madame, dit Marie avec plus d'assurance qu'elle n'en avait eu le matin.

Elle se sentait à moins de distance de cette princesse aux mœurs équivoques que de l'honnête madame de Chazeley.

Elle leva son voile.

Sa beauté apparut et rayonna à travers sa douleur. Cette témérité pouvait lui réussir.

La princesse, prime-sautière en cruauté et en esprit, frappée de cette belle figure, ne put s'empêcher de dire :

— Il a bon goût !

18.

Ce compliment colora d'une rougeur rapide les joues de Marie.

Madame de Chazeley la vengea.

— Oui, madame, répliqua-t-elle avec une autorité insinuante, il a bon goût, car elle a l'âme aussi belle que le visage.

Cet éloge ainsi donné par une femme qui pouvait décerner des brevets d'estime, eût blessé la princesse Daria, s'il ne l'eût trop fortement étonnée. Elle n'aimait pas qu'on mêlât les choses idéales aux choses plastiques, et, quand elle trouvait une créature belle, elle n'avait pas besoin qu'on justifiât son admiration, ou qu'on la rectifiât, par des considérations morales.

Elle fit un petit signe de tête, pour dire que c'était bien, et, clignant les yeux pour remplacer l'impertinence d'un lorgnon ;

— Il y a longtemps, Mademoiselle, que vous vivez avec M. Soudin ?

— Il y a dix ans !

— Alors vous avez fait avec lui le voyage de Portugal ?

Elle se retourna vers madame de Chazeley, comme pour lui demander si la protection accordée à mademoiselle Soudin datait de ce séjour à Lisbonne ; comme si elle eût voulu établir une sorte de rivalité entre Marie et madame de Chazeley.

Celle-ci insinua :

— Dix années de torture, d'abnégation, d'amour !

— J'admire cela ! répliqua la princesse avec un frémissement moqueur des narines ; mais cela ne fera aucune impression sur les juges, aucune impression favorable. Une si jolie femme à entretenir !...

Marie serra ses mains dans son manchon, qu'elle plia en deux.

La princesse continua brutalement :

— Tout cela n'empêche pas que votre amant n'ait escompté des billets faux.

— Mais, si l'on obtenait de lui, repartit madame de Chazeley, qu'il rendît une autre sorte de billets, authentiquement signés ceux-là, et dont la publication serait un malheur, ou un grand ennui, ne pourrait-on lui savoir gré de cette restitution, et la faire apprécier par la justice?

La princesse remua la tête avec un sourire. C'était donc uniquement cela qu'on voulait! Cette vertueuse madame de Chazeley, malgré sa confiance dans sa vertu, n'était pas sans inquiétude sur l'interprétation qu'on pourrait donner à ses autographes. La princesse, elle-même, avait le souci de ses manuscrits; mais elle feignit d'y tenir moins.

— Il n'est pas certain qu'il ait gardé ces lettres,
dit-elle négligemment.

— Il les a, interrompit Marie.

— Il vous l'a dit? Il le dit volontiers; mais
comme il n'en a pas fait encore de l'argent, je
crois qu'il menace avec effronterie.

— Il les a, répéta Marie, j'en suis sûre.

— Pouvez-vous les lui prendre?

— Non.

— Savez-vous où elles sont?

— Non.

— Qui nous assure alors que vous n'êtes pas
sa dupe?

— Je les ai tenues; je les ai lues.

— Ah!... Toutes?

— Oui, Madame, toutes.

Madame de Chazeley ne put retenir un faible
sourire. Elle savait que ses lettres n'avaient pu
que la faire estimer de Marie, et, par un singulier
renversement de l'autorité morale, il lui semblait qu'en ce moment elle tenait à l'estime de
la pauvre fille.

La princesse perdait patience; son orgueil
recevait une piqûre.

— Ainsi, votre amant s'amusait à vous communiquer sa correspondance?

— Non, Madame; c'est à son insu que je l'ai lue.

— Ah! je comprends : la jalousie!

— Je n'étais pas jalouse. J'avais peur.

— Peur! de quoi donc?

— Des conseils de vanité que ces lettres pouvaient lui donner, des ambitions de luxe auxquelles elles le poussaient... et même, je crois que, s'il y avait eu de l'amour véritable, je n'aurais pas été jalouse.

Marie dit cela hautement, avec une assurance candide. La princesse ouvrit de grands yeux.

— Vous êtes une singulière maîtresse!

— Je n'étais pas assez sa maîtresse; j'étais trop sa femme, puisque je n'ai pas fait de lui ce que j'aurais voulu en faire.

La princesse sourit.

— L'idée est subtile; le regret est singulier.

— Cela vous explique toute ma conduite.

— J'en suis édifiée, Mademoiselle; vous êtes jeune, belle; vous trouverez mieux une autre fois.

Cette brutalité provoqua un mouvement de protestation de la part de madame de Chazeley. Marie se permit de l'interrompre par un geste. Il lui plaisait d'être insultée; cette grande dame finirait par avoir honte.

La princesse continua :

— Si M. Soudin veut faire une dernière spéculation avec sa collection d'autographes, et si
c'est de cela que vous me prévenez, vous pouvez
l'avertir qu'elle ne réussira pas. Son avocat sera
le premier à lui conseiller une restitution qui
pourra lui valoir des circonstances atténuantes.
Il a commis un crime dont nous n'avons pas à
nous occuper et qui prime tout, en ce moment.
Sa dénonciation a été signée par l'homme qui
s'est battu à sa place. On sait tout maintenant.
Ce matin même, au moment où je vous parle,
deux jours avant une échéance, on a dû recher-
cher à la Banque ces faux billets qui vont être
présentés. Le témoin ne pourra peut-être pas
déposer en justice; mais il lui restera assez de
souffle pour déposer devant le juge d'instruction.
Voilà la question. Vous voyez qu'elle n'a rien de
sentimental, et que, si elle est menaçante pour
M. Soudin, elle est rassurante pour celles qui
l'ont traité en homme du monde! En admettant
que ce faussaire tente de publier des lettres,
pensez-vous qu'on ne croira pas qu'il les a
inventées, comme il a inventé ses traites? Ne
craignez donc rien, Madame. Moi, je le défie, ou
plutôt je n'ai pas plus de pitié que de crainte. Je
l'ai reçu comme on est obligé de recevoir tout le

monde à Paris. Il causait bien ; j'ai voulu lui être
utile, je ne lui dois rien, pas même de me déranger
pour laisser tomber de plus haut mon mépris...
Ceux que je casse aux gages s'en vont, et, quand
ils m'ont trahie, ne m'envoient personne pour
obtenir des certificats ou des recommandations...
Je suis désolée, madame de Chazeley, de ne
pouvoir m'associer à votre œuvre de bienfaisance.
Je me félicite toutefois de l'honneur qu'elle m'a
valu, et j'espère vous revoir.

La princesse avait débité tout ce discours
d'une façon saccadée, hachant les paroles de son
terrible accent étranger, qui paraissait en même
temps lui enlever de l'esprit.

Tout en parlant, elle sentait qu'elle devenait
trop brutale, qu'elle perdait de sa finesse parisienne. Mais, incapable de se ressaisir, elle per-
sistait, disposée plutôt à exagérer sa dureté qu'à
rentrer dans cette grâce française dont elle oubliait
le secret, sous l'influence de son tempérament
exotique.

Madame de Chazeley, plus fine par vocation
nationale, ne prit pas pour un congédiement qui
eût été, malgré toutes les précautions de langage,
un manque de politesse, les derniers mots de la
Daria. Elle restait assise, comme chez elle, et de
sa main délicate jouait avec les effilés du fauteuil,

semblant attendre la réponse qu'on doit toujours espérer d'une femme d'esprit emportée.

Marie n'était pas assez initiée à cette fleur de diplomatie mondaine, dont madame de Chazeley connaissait l'arome, pour être patiente, pour ne pas être dupe de cette fausse colère. Elle en eut l'effroi sincère, mais elle en conçut une indignation naïve.

La force toujours contenue que son amour obstiné pour l'homme des élégances avait fatiguée sans la lasser soulevait en elle une révolte. Ce qu'il y avait de provincial, de naïf, de brusque dans cette fille parée seulement de parisianisme, protestait contre ces façons hautaines. Elle osa répondre, et, avec dignité :

— Vous vous repentirez, Madame, d'avoir refusé la demande d'une femme comme madame de Chazeley et la prière d'une pauvre fille qui ne vous a fait aucun mal.

La princesse fut enchantée de ce heurt d'une volonté qui lui résistait.

— Vous croyez? dit-elle superbement. Je ne me suis jamais repentie que de mes bontés.

— Alors, vous vous en repentez trop !

Madame de Chazeley, surprise de cette réplique, jetée nerveusement, se retourna sur Marie pour la calmer.

— Laissez donc! dit la princesse en riant. Je crois entendre M. Soudin, dans ses bons jours.

Marie s'oublia, pour ne se souvenir que des lettres qu'elle avait lues. Elle répliqua d'une voix poignante :

— Oui, quand il vous persuadait, quand vous ne lui refusiez rien!

Madame de Chazeley, à cet éclair de passion, à ce jet de verve naturelle, tressaillit, alarmée.

— Imprudente! murmura-t-elle d'un ton de reproche.

— Insolente! glapit la princesse, qui eut un jeu formidable de ses bracelets autour de ses poings.

Marie s'était levée, magnifique de hardiesse. Elle fit bien de se lever, comme elle faisait bien d'être belle.

La princesse éclata tout à coup d'un rire spasmodique, vrai et ingénieux, qui fut la transition nécessaire pour revenir à son rôle habituel, celui qui faisait sa gloire.

— Savez-vous que vous êtes décidément fort belle, mademoiselle Soudin, et je ne comprends pas que ce niais ne vous ait pas uniquement adorée!

Madame de Chazeley, effrayée maintenant par la princesse, lui dit en essayant d'interposer sa calme intervention :

— Hélas! Madame, ce que je ne comprends pas, moi, c'est qu'avec ses sentiments fiers, Marie ait aimé si longtemps ce malheureux.

La princesse frappa dans ses mains, ce qui donna un cliquetis joyeux à ses bracelets, et, se croisant les bras, emportée par un sens artistique, qui se mêlait toujours à ses idées, en les dérangeant perpétuellement.

— Eh bien, je comprends cela! s'écria-t-elle (cette fois sans aucun accent étranger). Ce beau mauvais sujet est complet, par l'amour de cette brave enfant! Vous avez bien fait d'être franche... A la bonne heure! voilà une femme, une vraie femme, et non plus une sainte! — Excusez-moi, madame de Chazeley... et ne vous scandalisez pas!... J'aurai donc vu, une fois, à Paris, un caractère de femme bien trempé, et j'aurai donc vu flamber un vrai, un grand amour! Dépêchez-vous de me dire ce que vous voulez de moi, pendant que je garde mon enthousiasme. Il sera curieux de voir les trois femmes qui ont le plus à se plaindre de ce mauvais sujet s'unir pour le sauver, ou du moins pour l'empêcher d'aller souper avec le commandeur.

Et la princesse ajouta, en forme de ritournelle, une phrase du *trio des masques.*

Puis, étourdie par elle-même de cette ébullition artistique :

— Ainsi, vous voulez qu'on ne l'arrête pas, qu'on le fasse partir, qu'on le reconduise à la frontière, qu'on lui laisse nos lettres pour les mettre en musique?

— Non, je ne veux rien de cela, dit Marie.

La princesse, s'adressant alors à madame de Chazeley :

— Je ne pense pas que vous vouliez lui faire épouser mademoiselle Gambey; car cette idée venait de vous, Madame?

Madame de Chazeley avait plus de difficulté à soutenir l'assaut de la belle humeur de la princesse Daria que celui de ses boutades amères. Marie lui vint en aide, et, avec une aisance toute simple, mais avec une fermeté qui achevait de la mettre au niveau de ses deux alliées, expliqua ce qu'elle attendait de l'intervention de son oncle.

Cette évocation de M. Chamoiseau, dont elle dut donner le nom grotesque et raconter l'histoire, faillit détruire l'effet pittoresque de son maintien.

La princesse retombait d'une envolée héroïque et dramatique à une sorte de platitude.

On lui demandait de fournir le canevas d'une scène attendrissante, mais considérablement bourgeoise. Elle perdait le piment d'une âpre vengeance, sans la compensation d'une action téméraire.

— Vous voulez, dit-elle avec désappointement à Marie, nous rendre encore une fois la dupe de ce monsieur !

— Oh ! non, je vous atteste qu'il ne mentira pas devant son père !

— Il mentirait devant le Père éternel ! J'aimerais mieux le sauver, sans condition. Je connais des pays où il ferait de terribles ravages. Mais, enfin, je ferai ce que vous voulez.

La princesse se mit à son petit bureau et prit des notes pour aider la police dans ses recherches. On eût dit que ce n'était pas la première fois qu'elle préparait une enquête.

En tout cas, elle s'amusait à la faire. Elle voulut le portrait exact du bonhomme Chamoiseau ; fit prendre le jour, l'endroit où Marie l'avait aperçu.

On télégraphierait à Nogent. De son côté, madame de Chazeley promit de s'informer auprès de M. Gambey-Monnerot, qui avait peut-être conservé des relations avec son ancien caissier. Mais il fut entendu que M. Gambey serait tenu en dehors de cette intrigue. C'était un complot, absolument féminin et de police.

Marie acceptait avec tristesse ce secours qu'elle avait reçu avec une reconnaissance attendrie de madame de Chazeley. Elle eut dû cependant se sentir plus fière d'avoir conquis cette capricieuse princesse que cette douce bourgeoise. Mais ce ton de persiflage lui gâtait son œuvre. Elle qui faisait de cette recherche de son oncle une entreprise douloureuse, et qui croyait évoquer la majesté la plus efficace qui pût intimider Léon, elle entendait comme une impiété cette raillerie de son rêve.

Pendant que la princesse Daria écrivait, la pauvre fille regardait cette pièce d'une coquetterie acide : ce portrait engageant de la princesse, ces armes formidables du prince, tout ce milieu théâtral, et comprenait que Léon avait dû être séduit par tout cela, et elle pensait à la petite salle à manger de Nogent, aux chaises rangées sur la bordure cirée du parquet, au grand fauteuil de la tante.

Cette vision qui l'attirait, Léon l'avait repoussée dédaigneusement au même endroit. Ce devait être ici surtout qu'il s'était perverti.

— Dès que je connaîtrai l'adresse de monsieur votre oncle, si l'on parvient à la découvrir, dit la princesse, quand elle eut fini tous ses griffonnages, je m'empresserai, Mademoiselle, de vous l'envoyer.

Marion eut un peu d'embarras.

— Voudriez-vous, Madame, adresser plutôt ces renseignements à madame de Chazeley ?

— Ah! je comprends, vous avez peur qu'il ne soit prévenu...

— Oui, Madame, répondit Marie qui ne disait pas toute la vérité.

Elle l'avoua à madame de Chazeley en sortant de l'hôtel.

— Je veux qu'en passant par vos mains les nouvelles que je recevrai me portent bonheur.

— Ma chère enfant, avec votre esprit, votre courage et votre volonté, vous suffisez à désarmer le malheur. Je tremblais que vous ne blessiez la princesse, et vous l'avez charmée.

— Oui, répliqua Marie avec amertume, je l'ai charmée, par ce qu'il y a de vicieux dans mon amour.

— Non, non. Cette femme est une fanfaronne de vice, comme elle est une fanfaronne de toilette. Au fond, elle a cédé, comme moi, au rayonnement de votre cœur.

— Ah! Madame, je voudrais que vous pussiez m'inspirer un peu d'orgueil; cela me donnerait plus de confiance... J'ai encore mon oncle à persuader !

— Votre oncle ne vous résistera pas.

— Pourvu qu'on le trouve ! Que deviendrais-je ?

— Dieu vous restera toujours.

— Et vous, avec le bon Dieu, n'est-ce pas, Madame ?

— Quoi qu'il arrive, comptez sur moi.

Elles se séparèrent à la porte de la princesse Daria, après être convenues ensemble des moyens de se communiquer les nouvelles reçues.

En revenant chez elle, madame de Chazeley se disait :

— Comme je me suis trompée ! Il avait à côté de lui, en face de lui, dans ses bras, cette fille adorable et bonne, et il ne l'a pas aimée ! Que pouvait sur cet égoïsme ma simple amitié ?

Marie, de son côté, pensait :

— Ah ! si du moins il avait aimé une femme comme madame de Chazeley ! Elle n'eût pas été sa maîtresse, mais elle lui eût donné certainement l'énergie de l'honneur et le génie de l'amour !

XV

Marie rentra chez elle, avec cette lassitude qui ressemble au découragement, après une victoire pénible. Cet éternel *A quoi bon?* qui défie les courages, quand ils n'ont rien à défier, la tourmentait.

A quoi bon les démarches qui avaient aggravé, en la faisant connaître à plus de monde, la situation de Léon, si elle n'obtenait pas ce coup de foudre régénérateur, dont elle avait parlé à madame de Chazeley?

Des remords se mêlaient à son incertitude.

Elle s'en voulait de l'irrémédiable imprudence qui avait dénoncé à Darvincourt les faux commis par Léon.

Bien que, dans le fond de son âme, elle trouvât

son amant plus coupable d'avoir trompé M. Monnerot que d'avoir abusé de la signature de Darvincourt, et qu'elle fût plus sensible aux outrages faits à la religion de ses souvenirs et de ses sentiments qu'à la loi sociale, elle comprenait que ce faux avait une gravité formidable et immédiate.

Un mot échappé à l'étourderie moqueuse de la princesse l'avait frappée.

Cette mondaine sceptique, peu scrupuleuse, l'avait, en passant, accusée d'avoir été pour quelque chose, si peu que ce fût, dans les besoins de dépenses de Léon, par conséquent dans les raisons d'entraînement de ce dépensier à outrance.

Elle avait beau se rappeler ses efforts, pour empêcher son amant de lui acheter des parures, de belles robes ; elle n'en constatait pas moins qu'elle avait vécu dans un luxe relatif que son travail à elle ne lui avait pas procuré. Elle portait de la soie, du velours, des bijoux ; elle portait tout cela, contrainte, forcée. Elle luttait toujours, pour ne pas paraître, pour ne pas s'habiller ; mais enfin elle cédait, et l'oncle Chamoiseau, quand elle s'agenouillerait devant lui, parée comme une fille entretenue, ne devinerait pas, du premier regard, ce qu'elle avait souffert pour

19.

endosser cette livrée, et la jugerait d'après son costume.

L'amour rend coquette. Elle ne pouvait pas se reprocher son amour; mais, le sentant d'une essence supérieure, le sachant désintéressé, elle se reprochait de l'avoir abaissé aux conditions des liaisons vulgaires.

Les éloges mêmes, ceux d'un charme si délicat de madame de Chazeley, ceux, d'une autre nature, de la princesse, la troublaient encore, en lui suggérant le scrupule d'avoir trop d'orgueil.

Elle s'était fait pardonner sa situation équivoque, par l'honnête madame de Chazeley, sans qu'elle pût se flatter d'avoir combattu suffisamment, pour faire de Léon un honnête homme, et elle avait été louée par la princesse, précisément pour ce qu'elle sentait de moins louable en elle, sa beauté, et cet amour entêté que les honnêtes gens ne comprenaient pas, au premier abord, pour Léon.

Elle fit l'inventaire de tout ce que son amant lui avait donné. Il ne lui restait rien du petit bagage emporté de Nogent. Les robes de la provinciale étaient devenues depuis longtemps les doublures de la Parisienne. Il ne fallait pas non plus exagérer cette humilité et se présenter à M. Chamoiseau, autrement qu'il ne s'attendait à la retrouver.

Elle fit donc un choix de ce qu'il y avait de plus simple, de plus modeste, dans sa garde-robe, et le reste fut préparé pour une vente qui lui semblait imminente.

Léon ne rentra pas déjeuner. Marie, après l'avoir attendu, fut aise d'achever seule cette première partie de la journée, trop remplie pour elle. Son courage avait été si tendu, si éprouvé, qu'elle avait besoin de se délasser de son héroïsme. Elle aurait été incapable, dans le choc d'un tête-à-tête, de se maintenir dans la réserve prudente qui lui était commandée.

Elle passa plusieurs heures dans une sorte de préparation à une confession générale. Il faudrait, en abordant son oncle, ne lui rien cacher, afin que cet homme exact, positif, pesât toutes les circonstances, tînt compte de la complicité de Marie dans les fautes de Léon, et pût intervenir en connaissance de cause.

Vers le dernier tiers de la journée, Léon rentra de ses courses. La matinée lui avait profité. Il avait cet air, non de triomphe, mais de départ en guerre qui effrayait toujours Marie.

Elle s'était préparée à le recevoir et, sans savoir s'il rentrerait de la journée, de la soirée ou de la nuit, elle l'attendait.

Elle avait fini, au bout de ses méditations,

par admettre le projet insensé d'accomplir, ou de tenter à elle toute seule, ce qu'elle avait demandé à la collaboration de madame de Chazeley et de la princesse Daria, ce qu'elle voulait obtenir de son oncle, la conversion, le rachat, le salut de Léon.

On lui avait tant parlé de son amour, on l'avait tant loué, qu'elle voulait, contre toute espérance, contre toute probabilité, espérer en sa puissance et en son infaillibilité.

Avoir persuadé madame de Chazeley, c'était un encouragement; avoir gagné à sa cause la princesse, c'était presque une garantie, ou pour le moins une chance de réussir auprès de Léon, puisqu'il était un élève de cette princesse.

Mais elle était incapable, maintenant, par malheur, de la fierté d'attitude qu'elle avait eue facilement chez la princesse, et de la douceur suppliante qu'elle avait montrée chez madame de Chazeley.

La loyauté de sa nature se refusait à un effort qui eût été, dans un sens ou dans un autre, un mensonge, une simagrée.

Elle était donc, malgré sa bonne volonté, malgré ce dernier rêve, qui était, en quelque sorte, le testament d'un amour immortel, incurablement triste, quand Léon, avec cette agitation nerveuse qu'elle connaissait bien, rentra vers quatre heures.

— Est-ce que tu m'as attendu pour déjeuner ? lui demanda-t-il sans la regarder et sans attendre la réponse. J'avais tant de courses et tant d'affaires, qu'il m'a été impossible de rentrer.

Marie fut quelques secondes avant de parler. A quoi bon ? Pourtant, elle finit par se décider.

— Tu parais content de tes affaires aujourd'hui ?

— Oui, très content. Décidément, nous partons.

Elle eut un mouvement des lèvres qui ressemblait à un sourire, mais qui ne souriait pas.

— Je ne crois plus à tes voyages.

— Oh ! cette fois, c'est décidé, irrévocable !

— Pour la Hollande ?

— Mais non, pour l'Italie.

— Ah ! quand pars-tu ?... aujourd'hui ?

— Non, je suis obligé d'attendre deux jours, l'échéance.

Elle frissonna intérieurement à cette idée d'échéance, et, faiblement, elle murmura :

— Encore !

— Oui, encore, oh ! ce n'est pas en réalité pour moi.

Elle se sentit atteinte d'une blessure atroce ;

il mentait sans nécessité. Il allait au-devant de
l'accusation qu'elle ne voulait pas formuler. L'imprudent! pourquoi la provoquait-il en parlant
de cette échéance de faux billets ?

— C'est toujours à cause de ceux que tu
obliges? reprit-elle en le regardant.

Elle n'avait aucune ironie apparente. Elle disait
cela avec une placidité admirable.

— Oui, dit-il, toujours... A propos, ce pauvre
Darvincourt! je viens d'apprendre à l'instant
que c'est fini!

Elle trembla.

— Il est mort?

— Oui.

Dans le fond du cœur, Marie ne put s'empêcher
de penser :

— S'il était mort avant ma visite, ou pendant
ma visite, Léon courrait un péril de moins. Une
autre réflexion coupait celle-là : — C'est peut-
être ma visite qui a hâté sa mort!

— Alors, reprit-elle, tu payeras encore pour
lui?

— Il le faut bien!

Comme il allait dans le mensonge! Elle voulut
lui donner un conseil indirect. Il lui répugnait
de parler avec trop de précision de cette chose
redoutable et ignoble des fausses signatures.

— Est-ce qu'on ne peut pas payer ces billets-là d'avance? demanda-t-elle en hésitant; l'avant-veille, par exemple?

Léon trouva la question singulière.

— Pourquoi demandes-tu cela?

Malgré son effronterie, il resta troublé, et Marie se troubla davantage.

— C'est que je crains, reprit-elle, que cette mort ne te cause des embarras...

— Lesquels?

— Mais... je ne sais pas.

Elle était admirablement inhabile à mentir.

Léon eut tout à coup le soupçon qu'elle en savait plus sur les échéances qu'elle ne voulait en laisser paraître.

— Est-ce que Darvincourt t'a parlé de ces billets?

La question était impudente. Darvincourt ne pouvait connaître l'existence de ces billets qu'à la condition de connaître les fausses signatures.

Marie ne voulut plus biaiser.

— Oui, dit-elle résolument, il m'en a parlé.

Léon devint livide, puis se remit.

— Comment a-t-il pu savoir?...

— C'est moi, moi qui, sans me douter de ce que je disais, de ce que je faisais, l'ai mis sur la voie de la découverte.

— Toi !

— Il t'adressait des reproches ; je lui ai rappelé les services que tu lui avais rendus. Il niait ; j'ai affirmé que j'avais vu sa signature, que tu me l'avais montrée. Ai-je menti ? Je ne savais pas que je répétais un mensonge.

Léon frappa du pied.

— Tu vois à quoi cela me sert de te parler de mes affaires !

Marie répliqua d'une voix morne :

— Pardon, voilà le danger de ne pas me parler franchement. Je fais le mal, avec la meilleure intention du monde ; mais le mal est fait, prends garde !

Léon réfléchit ; puis, faisant claquer ses doigts :

— Après tout ! tu lui as dit cela hier au soir ; il est mort ce matin. Morte la bête, mort le venin !

Marie était à la torture, ce cynisme ne diminuait par ses angoisses, mais diminuait sa pitié.

— Il ne faut pas longtemps pour lancer du venin, dit-elle.

— A qui aurait-il répété cela ? A Rosa ? Elle n'aura pas compris ; je serai en mesure de payer après-demain, et ce sont les derniers billets qui portent son nom.

Marie allait raconter ce qu'avait dit la princesse des recherches faites à la Banque ; puis elle eut peur, précisément, de le pousser à quelque démarche scabreuse, en l'alarmant si vite. Il lui était impossible d'avouer sa démarche du matin. Il ne courait aucun péril immédiat. Marie était absolument sûre de la parole donnée par la princesse Daria et cautionnée par madame de Chazeley.

Elle ne voulait que susciter en lui un bon mouvement. Elle se contenta d'ajouter :

— Pourquoi as-tu fait cela?

— Est-ce que je savais qu'il allait revenir? C'était un nom comme un autre. Il aurait été ici que je lui aurais payé sa signature. Je m'en suis servi, sans que cela lui fasse du tort. Je ne suis pas le premier qui ait fait cela, et un de mes amis qu'on avait inquiété pour une affaire pareille, non seulement a été relâché avec des excuses, mais, depuis, a gagné un prix Montyon, pour autre chose, et on a été enchanté de le lui donner.

Marie semblait glisser dans une argile qui l'enlisait, en refroidissant, artère par artère, tout ce qui battait en elle.

Il plaisantait avec son crime, comme il avait raillé l'homme tué par sa faute.

Il vit qu'il n'avait pas convaincu sa cousine.

— Sois tranquille! lui dit-il avec entrain, je n'aurai plus besoin de recourir à des expédients pareils : tel que tu me vois, ma chère, je suis une moitié de banquier ou à peu près,

— Comment cela?

— Un brave homme qui me veut du bien et qui m'associe à ses affaires.

— Peux-tu me dire son nom?

— Il ne t'apprendra rien.

— Dis toujours!

— C'est M. Gambey.

Marie se récria.

— Ce n'est pas son vrai nom.

— Tiens, tu sais cela aussi?

— Je sais tout, ou presque tout!

Léon s'impatientait. Pourtant il voulut faire crédit à sa colère.

— Est-ce que tu vois du mal à ce que je devienne l'associé d'un homme dont papa a été le caissier?

— Lui as-tu dit ton nom?

— Pas encore!

— Il fallait le lui dire, avant d'accepter ses offres; il faut le lui dire, avant de toucher à son argent.

— Plus tard!

— Mais c'est encore un faux que tu commets là!

— Il cache son nom; je cache le mien!

— Tu n'as pas à le juger, toi !

— Pourquoi donc ?

— Léon, voilà trop de vilaines choses. Il faut en finir. Veux-tu que je me charge, moi, de la confession qui t'embarrasse ? Si M. Monnerot te pardonne...

— Il n'a rien à me pardonner !

— Oh ! peux-tu parler ainsi !

— Est-ce dans sa caisse que j'ai pris... ce que j'ai cru être à mon père, et par conséquent à moi ? Pourquoi mon père avait-il de l'argent de son patron, chez lui, caché ?

— Tais-toi, malheureux ! dit Marie en frémissant, et en regardant autour d'elle, comme si M. Chamoiseau eût été déjà là, prêt à entrer et aux écoutes.

— Ah ! tu ne me feras pas taire ! repartit Léon, s'emportant pour se débarrasser de ces interpellations qui le forçaient à dire des sottises. Mon père serait ici que je lui dirais ce que je pense. Il m'a élevé chichement ; il m'a forcé à faire des dettes ; j'ai voulu les payer avec son argent ; c'était de bonne prise, et maintenant il est riche, à ce qu'on assure ; lui est-il venu à l'idée de me chercher, de me venir en aide ? S'il avait du cœur !

— Ah ! tu blasphèmes, répéta Marie très pâle,

mais avec une colère qui s'abaissait, pour ainsi
dire, sur Léon pour le maîtriser. Ne souhaite pas
de rencontrer ton père !

— Cela me serait bien égal ! je lui répéterais
ce que je t'ai dit.

— Ainsi tu veux devenir l'associé de M. Monnerot par un mensonge ?

— Crois-tu que cet homme n'a pas menti
souvent pour faire réussir une opération de
banque? C'est un sot, incapable d'une concep-
tion un peu hardie, qui s'est arrondi par tous
ces menus tripotages mensongers qu'on fait
à la Bourse, au Mexique comme en France.
Tu verras s'il ne sera pas enchanté de m'avoir
pour associé, pour conseil! Tu doutes toujours de mon énergie. Jusqu'ici, c'est vrai,
elle ne m'a pas servi. C'est un embarras de
n'être pas médiocre. J'ai eu recours à toute
sorte de moyens, pour attendre, pour guetter
une occasion favorable. Cette occasion s'offre
et je la manquerais pour un scrupule insi-
gnifiant? Ce matin, je suis parti découragé ; je
ne rêvais pas d'autre moyen que de faire argent
des autographes collectionnés par moi. La police
a voulu m'escroquer ; mais il y a, sans sortir de
Paris, des gens qui n'ont pas peur de la police
française... En tout cas, c'est une ressource

ajournée. Je me suis souvenu d'une promesse écrite, signée par M. Gambey.

— Par M. Monnerot.

— Par ce banquier enfin. J'ai été le trouver ; je lui ai dit que j'étais à la côte ; il sait que je me suis compromis pour lui ; il a été attendri. Dans trois jours, je pars pour l'Italie, avec une procuration ; je le devance. Ah ! tu ne sais pas quel beau pays c'est que l'Italie. Tu as l'air d'une Italienne. Tu verras !

— Je ne le verrai pas.

— Tu veux me quitter ?

— Je ne veux pas te quitter ; mais tu mets entre nous des causes fatales de séparation. J'ai subi dix ans tes mensonges ; j'espérais toujours que le moment viendrait où la vérité te semblerait bonne. Aujourd'hui que je sais ce que tu me cachais, je ne peux plus être ta dupe et je ne veux pas être ta complice.

Marie n'avait jamais parlé ainsi, c'est-à-dire avec autant de fermeté.

— Alors, je partirai seul.

— Si tu pars !

— Qui m'empêcherait de partir ?

Marie secoua la tête, et, gravement :

— L'homme qui est mort te haïssait bien. J'ai peur qu'il n'ait légué sa haine.

— A qui donc? Va voir les gens qu'il aura
derrière son cercueil!

Marie perdait patience et ne voulait pas perdre
courage. Sa bouche, jusque-là rigide, se plissa
dédaigneusement. Elle dit à Léon :

— Il y aura moins de monde sans doute, pour
l'accompagner, qu'il n'y en aurait, en cour d'as-
sises, le jour où on annoncerait la cause de
l'*Homme au gardénia!*

Léon, stupéfait, et qui n'avait jamais entendu
un pareil langage, se révolta, devint brutal.

— Sur quel ton le prends-tu, Marion? Tu as
la tête bien montée!

Marie se redressa.

— C'est le cœur qui monte en moi! J'ai peur
de ta folie, et je t'avertis. Je te donne une dernière preuve d'amour.

— Une dernière? bien obligé!

— Oui, une dernière. Après, je serai muette
comme ce malheureux qu'on enterrera demain.
Je t'ai dit hier que j'étais une morte. Je suis
revenue aujourd'hui pour te parler. S'il y a au
monde quelque chose que tu puisses aimer, respecter, désirer, craindre, au nom de cela, puisque
tu railles les honnêtes gens, ton père et ceux que
tu as tués, je t'en conjure, une fois, une seule,

écoute-moi. Veux-tu me donner les lettres que
tu gardes?

— Puisque je ne sais pas si je m'en servirai!

— Moi, je veux m'en servir!

— Pour faire du feu?

— Pour les rendre.

Léon se mit à rire.

— Laisse-moi le mérite de cette galanterie, si
elle me vient à l'esprit.

— Tu refuses?

— Oui.

— Tu es bien décidé à tromper M. Mouncrot?

— A m'associer à ce trompeur? Oui.

— Mais si j'allais l'avertir!

Léon crispa les mains, grinça des dents, et eut
une lueur terrible dans les yeux.

— Ne fais pas cela! Marion, ne fais pas cela!

Marie le regarda pendant une minute fixement;
puis abaissa son regard sur les mains qui s'étaient
crispées, et qui lentement se détendirent.

— Je ne le ferai pas, dit-elle, parce que ce
serait te fournir le prétexte d'un autre crime. Je
te connais, maintenant; tu me tuerais!

Léon ne protesta pas. Il était provoqué. Il crut
de sa fierté d'accepter la provocation. Se croisant
les bras, mordillant sa moustache, il se recula et
considéra Marie avec un étonnement furieux.

Oui, c'était bien la première fois que cette
créature, si dévouée même en le bravant, en
le mettant au défi, n'était pas trahie par sa
sensibilité et sa douceur.

Ce stoïcisme devenait menaçant.

Comme si elle eût deviné exactement ce qui
se passait dans l'esprit de Léon, Marie ajouta :

— Le jour où tu m'as frappée, j'aurais accepté
de mourir de ta main, et je pensais que, si je te
donnais un remords, je serais morte avec l'illusion
de ton amour. Aujourd'hui, je te débarrasserais,
et tu dirais de moi, comme de Darvincourt :
« Morte la bête !... »

— Quelle sottise ! interrompit Léon.

— Je n'avais pas beaucoup de venin, conviens-
en ! reprit Marie avec une douceur sans tendresse.
Et, comme tu n'as pas de raison pour me tuer, je
ne veux pas que tu me tues. Mais, si tu étais un
homme à préférer la mort à la honte, je mourrais
avec toi.

Léon mit les mains dans ses poches et haussa
les épaules.

— Ainsi tu n'as pas peur de tes échéances ?
continua Marie d'une voix brève.

— Non.

— Les ennemis que tu t'es faits ne t'inquiètent
pas ?

— Non, non.

— Tu ne veux pas essayer de la vérité, de la franchise?

— Non, non, non.

— Tu ne te repens de rien?

Léon blêmit, mais dissimula cette fureur en bâillant.

— Si! dit-il, je me repens d'avoir toléré si longtemps tes plaintes et ta morale.

— Tu ne les entendras plus.

— Tant mieux!

— Je sais et je t'ai dit souvent que tu ne m'aimes pas, que tu ne m'as jamais aimée. Je n'ai pas de conviction nouvelle à recevoir, sous ce rapport, et pourtant je voudrais en être persuadée encore davantage, à satiété.

— Pour me haïr à ton aise? siffla Léon d'un air de fatuité.

— Oh! non, mais pour être bien convaincue que j'ai épuisé tous les moyens, tous, de te racheter, de te sauver; qu'il n'y a pas en toi une étincelle que mon amour pût faire jaillir, et que, si je te laisse seul, c'est que je te suis désormais fatale.

— Eh bien, quitte-moi sans scrupule!

Marie l'étreignit d'un suprême regard, puis

abaissa lentement ses paupières sur ses yeux, comme si elle eût fermé les yeux de son amour mort, avant de l'ensevelir, et sortit du salon.

Quand elle eut fermé la porte derrière elle, Léon eut un soupir d'allègement qui était l'exagération vaniteuse de sa mauvaise humeur, plutôt que son expression vraie.

Marie rentra dans sa chambre ; mais ne pleura pas, et fut surprise de n'avoir aucune tentation de pleurer.

Elle voyait distinctement, comme des témoins muets et implacables autour d'elle, les trahisons de Léon, sous la figure de Darvincourt sanglant, de M. Monnerot, de l'oncle Chamoiseau.

Elle sentait sa solitude agitée par ces ombres, et la vérité de l'irréparable déchéance s'élargissait, comme une lumière montant de l'abîme, devant ses yeux.

— Est-ce que madame de Chazeley aurait raison ? se demanda-t-elle. Est-ce que le mépris finirait par tuer l'amour ?

Elle s'interrogea lentement et finit par conclure :

— Non, c'est encore de l'amour que cette impatience de l'arracher à sa honte. Ah ! mon oncle, si vous pouviez venir !

Elle calcula que, le lendemain, peut-être, elle aurait des nouvelles.

— Mais s'il ne venait pas! se dit-elle avec effroi. Je n'ai pas le droit de le punir, moi, sa complice! car je croirais toujours me venger.

XVII

Léon avait bien raison, quand il affirmait que peu de monde se rendrait au convoi de Darvincourt.

La presse le dédaigna ; le public l'ignora. Rosa fut désolée et absolument désappointée. Il était impossible de subir une cérémonie plus mesquine. Rosa jugea inutile de se livrer à l'émotion qu'elle avait projetée ; sa douleur n'eût pas fait recette, et on aurait pu l'attribuer à son dépit d'être si peu regardée.

Pourtant Marie, dans un coin de l'église, priait avec ferveur ; mais elle ne voulait pas être vue, et ses prières étaient peut-être moins une intercession en faveur de Darvincourt qu'en faveur de Léon.

L'officiant seul, qui avait, par précaution, dans son livre, les nom et prénoms du journaliste, put le recommander à haute voix, mais en latin, à la miséricorde céleste. Encore écorcha-t-il le nom de Darvincourt. Mais Dieu, par bonheur, ne tient pas à la correction grammaticale.

Darvincourt, étant mort à la suite d'un duel, avait eu besoin de se réconcilier avec l'Église, pour obtenir le droit d'être enterré chrétiennement. C'était Rosa qui avait songé à cela ; elle y tenait beaucoup. Il ne lui eût plus manqué que de voir son amant enterré civilement, comme un philosophe ou un chien ! C'eût été le comble de la mortification. Mais elle avait des principes ; le buis bénit dont elle ornait un cadre collectif, réunissant les portraits de différents amis et qu'elle renouvelait tous les ans, le jour des Rameaux, le prouvait bien.

En quittant Notre-Dame-de-Lorette, Marie se rendit chez madame de Chazeley. Il avait été convenu avec la femme du contre-amiral que, deux fois par jour, le matin et le soir, la nièce de Chamoiseau viendrait aux nouvelles.

La princesse Daria n'avait rien fait savoir. La police n'avait pas envoyé de notes. L'ancien caissier n'habitait pas un hôtel meublé ; on en avait la preuve par l'inspection des registres ; et cela rendait les recherches plus longues.

Mais, le surlendemain, Marie, après une courte entrevue avec madame de Chazeley, s'était jetée dans une voiture à la gare Saint-Lazare, et n'était pas rentrée de toute la journée au domicile de Léon.

C'était le jour de l'échéance. L'Homme au gardénia l'avait vu se lever de pied ferme. Jamais il n'avait été plus solidement en mesure. M. Gambey, qu'il fréquentait beaucoup depuis trois jours, qu'il ne quittait guère qu'au moment des expansions de famille, lui avait remis de l'argent d'avance, et Léon avait pu, le matin, bien avant le passage du garçon de recette, déposer chez son ami Souillard les fonds pour payer.

Comme il ne tenait pas à laisser, plus qu'il ne fallait, le papier signé Darvincourt entre les mains de son ami Souillard, qui aurait pu contracter de lui, mal à propos, le goût des autographes, Léon retourna dans la journée à la maison de la rue Fontaine-Saint-Georges s'assurer que l'échéance s'était régulièrement faite.

Souillard, à leur grand étonnement mutuel, lui annonça qu'elle ne s'était pas faite du tout ; qu'on ne s'était pas encore présenté. Léon était certain de l'échéance, certain de l'adresse qu'il avait mise ; le jour de recette étant un des petits jours, le garçon ne devait pas être retardé par la multiplicité des recouvrements. Ce retard l'intriguait.

C'était plus qu'un retard. A l'heure où tous les garçons, ceux de la Banque de France et ceux des banques particulières, ont fini leur tournée, personne ne s'était présenté.

— Bah ! je me serai trompé sur mon carnet, dit l'infaillible aventurier à son ami Souillard. Je crois, en effet, me rappeler que j'avais l'intention de changer mes jours d'échéance. Ce sera pour la semaine prochaine !

Il reprit son argent, et remonta en voiture. Pendant que le fiacre le ramenait chez lui, Léon ressentit dans tous ses membres ce fourmillement qui est le prodrome d'une grande terreur. C'était la crise, la menace.

Avec son esprit vif, alerte, toujours à la riposte, Léon se fit ce raisonnement :

— Les billets de cette somme ne s'égarent pas. On ne les remet pas au lendemain, quand ils n'ont pas la signature de Rothschild. Marion ne m'a pas tout dit ; mais elle a voulu me donner un avertissement que je n'ai pas compris, ou que j'ai sottement négligé. Darvincourt a eu le temps de me dénoncer. M. Saint-Jean et la princesse ont fait saisir les billets à la Banque. Ils ont désiré une arme contre moi, non pour me tuer, mais pour me tenir en joue. J'ai de l'argent, j'ai les lettres de ces dames : je puis combattre ; mais à la condition de mettre préalablement la frontière entre la police et moi. De là-bas, il me sera toujours possible d'échanger les lettres contre mes billets.

Sur cette réflexion, Léon promit un pourboire abusif au cocher, et rentra chez lui, avec impatience, avec colère.

Tout d'abord, il demanda Marion. Elle n'était pas rentrée depuis le matin. Il eût voulu l'interroger tout de suite. Cette longue absence ajoutait une inquiétude menaçante à celles qui le harcelaient déjà.

Marie ne lui parlait plus, s'arrangeait pour ne pas se rencontrer aux heures des repas avec lui; mais, enfin, il l'entendait aller et venir; il savait qu'elle était dans la maison. Que voulait dire cette longue absence? Était-elle avertie de cet incident des billets non présentés et vraisemblablement saisis? Ne voulait-elle pas se trouver là, quand on viendrait procéder à une perquisition chez lui? Croyait-elle qu'il fût arrêté?

C'était l'échec suprême, la fin de tout prestige, que cette désertion de Marion!

Il alla dans la chambre de sa maîtresse; il remarqua les paquets faits avec soin, et, parmi ceux qui étaient rangés sur les meubles et sur les chaises, le tout petit, qu'elle voulait sans doute emporter.

— Elle prévoit le sauve-qui-peut, se dit-il.

Il trouva le prétexte d'une longue commission pour écarter l'unique servante que, dans leur dernière gêne, Marion avait gardée.

Il ne voulait ni d'aide, ni de témoin, pour ses préparatifs.

Puisque le petit paquet de Marion était encore là, c'est qu'elle devait revenir. Il l'attendrait, autant qu'il pourrait l'attendre, sans risquer de manquer le train qu'il avait projeté de prendre. Il la forcerait bien à lui dire tout! Elle avait une verve d'objurgations et de présages dont il tirerait des renseignements indispensables.

Il revint dans sa chambre, en rapportant les écrins qu'il avait trouvés dans la chambre de Marion. Les bijoux qui n'avaient pas été mis par elle au mont-de-piété pour lui étaient tous là, au complet.

Elle n'avait pas un brimborion d'or sur elle, et, en constatant ce renoncement, Léon le trouva niais; mais il en profita. Des reconnaissances se trouvaient dans les écrins vides; il prit tout et

plaça tout au fond de sa malle. Il voulait emporter ce qui avait une valeur réalisable.

Comme les natures militantes par vocation,
Léon avait une activité fébrile, mais effroyablement lucide. Il n'oubliait rien et allait très vite,
très méthodiquement.

Il mit dans sa poche de portefeuille les lettres
choisies de madame de Chazeley et de la princesse Daria ; il ne voulait pas les quitter, et, s'il
les avait reprises à son ami Souillard, ce n'était
pas pour les exposer à une saisie à la douane.

Pendant qu'il faisait sa malle, pour être averti
du moment précis où Marion rentrerait, il avait
laissé toutes les portes ouvertes jusqu'à l'antichambre. Il était sûr que, de cette façon, au
moindre bruit de la clef dans la serrure, il pourrait s'élancer vers les renseignements à obtenir.

Une autre préoccupation se mêlait-elle, plus ou
moins franchement, à celle-là ? Voulait-il, si la
police se présentait, sonnait ou enfonçait la
porte, n'être point brusquement surpris ? Peut-
être bien.

Il alla ouvrir également du côté de la cuisine,
jusqu'à l'escalier de service, et les deux bougies
qu'il avait allumées, dans un flambeau à deux
branches (il était cinq heures du soir), vacillaient

avec une flamme plus large et plus de fumée, au souffle des courants d'air.

A plusieurs reprises, il eut des tressaillements qui interrompaient tout à coup la circulation dans ses veines. Le moindre bruit, un craquement de meuble, un heurt provoqué par lui-même, le faisait bondir.

— Suis-je enfant! se disait-il chaque fois.

Il passait la main dans ses cheveux et les sentait mouillés. Alors il se regardait ironiquement dans une glace, se trouvait pâle, raillait sa pâleur, et se remettait à ses préparatifs avec une angoisse de plus.

Comme il avait presque achevé sa malle, et comme il n'avait plus qu'à la fermer, il entendit, distinctement cette fois, et sans qu'il eût à redouter une illusion de ses sens, tourner la clef dans la serrure de la porte d'entrée.

C'était Marion. Il reconnaissait même sa façon d'ouvrir. Il prit le flambeau à deux branches, pour mieux voir du premier coup d'œil ce qu'elle pensait, et alla rapidement vers l'antichambre.

En effet, c'était Marion qui ouvrait la porte; mais elle s'effaça et laissa passer un petit homme, très aminci, très pâle, mais resté terriblement reconnaissable, M. Chamoiseau.

Léon ne put articuler le cri qui lui monta à la

gorge. La stupeur le fit reculer d'un pas; le flambeau vacilla dans sa main. Mais la colère et une
haine double qui s'éveillèrent à la fois le ranimè-
rent; il tint la lumière droite, redressa la tête, et,
avec un sourire insolent :

— Bonsoir, papa !

Chamoiseau était sourd et ne s'arrêta pas.

Léon se tourna vers sa cousine.

— C'était donc là la surprise que tu me ména-
geais?

Marie ne semblait pas entendre plus que son
oncle. Elle referma la porte et se tint derrière
Chamoiseau.

Celui-ci, muet, automatique, s'avança; Léon,
à mesure, reculait.

C'était quelque chose comme la scène où don
Juan va au-devant du terrible convive. Le bonhomme Chamoiseau, fait pour jouer les rôles de
M. Dimanche, était plus terrifiant qu'un commandeur. Il regardait son fils, sans menace, sans
volonté de le terroriser, avec une curiosité de
magistrat impartial.

On entra dans le salon. Léon posa le flambeau
sur la table de milieu, commença le geste d'avancer un siège pour son père, s'interrompit quand
il vit que Chamoiseau étendait la main pour pro-

tester, pour signifier que c'était inutile, et alors resta debout, attendant.

Chamoiseau était bien changé. Tout autre que son fils, l'ayant connu à Nogent, vif et robuste, en eût eu pitié. Ces dix années avaient affilé son visage, creusé ses orbites, fait saillir les os de sa mâchoire, mis autour de sa bouche des plis qui étaient comme autant de sillons d'ironie et de larmes, comme des cicatrices, et pourtant, c'était toujours lui, reconnaissable à son regard, à son attitude, à son geste.

Il n'était pas là depuis une minute qu'il avait déjà secoué les revers de son paletot.

Léon avait demandé à Marie, après la rencontre qu'elle avait faite de son oncle, si l'ancien caissier de Monnerot s'habillait toujours comme un demi-paysan. Il voyait maintenant qu'il se mettait en bourgeois, et qu'à tout prendre l'Homme au gardénia n'aurait point eu à en rougir à Paris, sur le boulevard.

Marie aussi était bien changée. Sa pâleur était devenue un masque que rien ne détachait, n'entamait, ne faisait vibrer. Sa bouche, devenue trop nerveuse depuis quelque temps, était rentrée dans une correction de statue. Ses yeux, libres, n'avaient rien de hagard, et avaient pris une lumière qui se projetait de loin.

Léon devina tout de suite que l'oncle et la nièce s'étaient mis d'accord sur toute chose. Le même calme marmoréen était descendu sur tous les deux et les avait glacés.

Par les portes ouvertes, on voyait le petit désordre de l'empaquetage, qui s'était étendu jusqu'au salon.

Chamoiseau remarqua cela d'abord. Ce fut son prétexte pour commencer.

— Nous te dérangeons, dit-il, tu allais fuir ?

Léon voulut tout de suite abaisser le ton de l'entretien.

— Vous ne me dérangez pas ; mais vous me surprenez.

— Tu n'as jamais eu la crainte de me voir arriver?

Léon essaya de grimacer une protestation aimable dans une réponse équivoque :

— Jamais ! dit-il.

— Tu aurais pu te dire pourtant qu'un jour je viendrais faire l'inventaire ici, dresser le bilan, prononcer la faillite.

Le caissier se retrouvait dans ces paroles du père.

Léon tenta encore d'en tirer parti, pour défiger l'atmosphère :

— A vous parler franchement, papa, si vous

étiez venu quelques années plus tôt pour m'aider,
le bilan serait meilleur. Je sais que vous avez eu
de la chance, vous !

— La chance ? demanda Chamoiseau en éle-
vant les sourcils pour interroger comme si ce
mot lui eût été étranger, inconnu !

— On dit que vous avez des rentes !...

— C'est M. Monnerot qui t'a dit cela ?

— Oui.

— Et tu crois que je viens les partager ?

— Je n'espère pas cela. Mais, franchement...

— Sois tranquille, je viens te sauver.

L'air formidable, quasi funèbre, avec lequel
ces derniers mots furent prononcés, leur enlevait
le sens rassurant qu'ils auraient dû avoir.

— Alors, reprit Léon, Marion vous a fait une
confession complète ?

— Pourquoi l'appelles-tu Marion ? répliqua
Chamoiseau. Elle s'appelle Marie, et, si ce nom
est un témoignage de grande douleur, elle mérite
d'en être fière ; car elle a bien souffert aussi, la
pauvre fille ! Oui, elle a souffert autant que moi !

La voix de Chamoiseau ne s'était pas attendrie,
n'avait pas fléchi. Seulement, il secoua une fois
de plus les revers de son paletot. Marie accepta
cet éloge comme il lui était donné, simplement.
Son oncle était le juge. Tout ce qu'il disait,

comme tout ce qu'il faisait, avait la dignité et
l'autorité de la justice.

Chamoiseau continua :

— Tu ne m'as jamais vu? Mais, moi, je t'ai
rencontré souvent. J'avais la curiosité de ta vie.
Ce que Marie faisait ici, moi, je le faisais dans ma
solitude. J'attendais, j'observais. Ah! tu faisais
belle figure dans le monde! Maintenant que je
suis un peu au fait des usages de Paris, et que
j'ai le moyen de me payer un parterre à l'Opéra,
j'allais t'y voir faire la roue. Je t'ai vu l'autre
fois dans la loge de M. Monnerot. J'aurais pu
monter, t'arracher ton masque. Je n'ai pas
voulu faire de scandale ; mais, si Marie n'était pas
venue aujourd'hui, j'aurais peut-être demain été
chez l'homme que tu as déjà volé une fois et que
tu veux voler encore.

Léon se mordit la bouche, et aigrement :

— Si j'avais su où vous trouver, il y a longtemps que j'aurais été vous demander des conseils...

— Et de l'argent?

— Et de l'argent aussi. Pourquoi vous êtes-
vous fait invisible ?

— Malheureux! Tu m'as rencontré souvent,
et tu ne m'as pas vu! Marie ne m'a aperçu qu'une
fois, et elle m'a reconnu. Quant à moi, j'usais,

à te regarder ce que la nature a mis en nous d'instinctif pour contrarier notre bon sens et notre fermeté... Il y a quelques années, je n'aurais pas été sûr de moi. Aujourd'hui, je le suis.

— Vous avez eu tort, mon père. Vous me voyiez lutter, et vous attendiez que je fusse à bas pour intervenir!

— Tu appelles ça lutter, l'*Homme au gardénia?* et c'est ici, n'est-ce pas, la forge, l'atelier où tu suais?

Chamoiseau regardait le salon, les tableaux, les bronzes qui envoyaient des étincelles aux vacillements de la lumière, et son regard se durcit:

— En tout cas, mon père, vous me deviez un avertissement!

— Et toi, que me devais-tu? Depuis dix ans, ne t'es-tu pas appliqué à me fuir? Quand Marie a voulu me trouver, elle a bien su s'y prendre. Toi, tu espérais que je ne reviendrais jamais... Allons, n'essaye pas de l'hypocrisie! Une fois dans ta vie, sois un homme, pour envisager ce que tu as fait, pour résoudre ce que tu dois faire. Oui, je n'ai pas essayé d'entraver ta liberté. Tu me l'aurais reprise, et j'ai eu assez d'une apoplexie dans ma vie. Je t'ai épargné quelque infamie

envers moi. C'était bien assez des autres. Veux-
tu que nous comptions? Le jour où tu es parti,
tuant ta mère et m'exposant au suicide, j'ai vu
clair, je t'ai connu, et rien, depuis, n'a modifié
mon sentiment. J'en ai voulu à Marie de ce
qu'elle t'avait rejoint; mais, toutes les fois que je
pleurais ta mère, je me sentais indulgent pour
celle qui avait emporté son cœur, et je n'avais
pas attendu que Marie vînt, ce matin, me tout
raconter, pour lui pardonner. Il y a longtemps
que, ne la voyant nulle part, à côté de toi, dans
ta gloriole et dans ta piaffe, je me suis dit :
« Elle souffre, elle pleure, elle expie! » Aujour-
d'hui, moi qui ne me croyais plus d'enfants, j'ai
une fille. Tu as pris son nom; elle a pris plus
que ta place, car elle est entrée, à travers mon
cœur, jusqu'au fond de ma conscience et de mon
estime. Demande-lui pardon de l'avoir torturée!

Marie n'avait pas rougi et ses yeux étaient
restés secs.

Léon, outré de ce qu'il entendait, enragé du
besoin d'insulter ces sermonneurs, ricana. Il luttait contre la démangeaison de dire :

— Eh bien, papa, maudissez-moi, et que ça
finisse!

Il se sentait le champion, en ce moment, de
tous les beaux enfants du monde parisien que

des pères à idées étroites méconnaissent et gênent dans la vie !

Toutefois, il se borna à dire :

— Vous arrivez trop tard, papa. Nous nous sommes expliqués déjà, Marie et moi.

— Demande-lui pardon, insista Chamoiseau.

— Ah! si cela peut vous faire plaisir, je le veux bien. N'est-ce pas, Marie, que tu me pardonnes ?

— Au nom de ta mère, oui, répondit Marie, dont la bouche n'eut pas un tressaillement.

Léon entendit une heure sonner. C'était, au bout de dix ans, quelque chose d'analogue à ce qu'il avait ressenti dans la petite maison de Nogent, quand il avait eu peur de n'être pas à Paris à temps pour payer. Maintenant, c'était sa fuite hors de Paris qui l'inquiétait. Il résolut de brusquer cette scène inutile, et, d'un ton rapide, fier, cassant :

— Je vous fais des excuses, mon père, comme j'en ai fait à Marie. Puisqu'elle vous a tout raconté, vous savez où j'en suis.

— Oui, entre les galères et la fuite.

— Eh bien, tirez-moi d'embarras et faites vos conditions ; j'y souscris.

— On dirait que tu me prends pour un usurier !

Je n'ai pas de conditions à te poser. Tu quitterais Paris?

— Je vais le quitter.

— Tu viendrais avec moi aux colonies? au bout du monde? travailler?

— Pourquoi pas?

Chamoiseau haussa les épaules; son regard se concentra; ses sourcils s'abritèrent plus profondément.

— Je n'ai pas besoin d'un mensonge de plus, je ne serai pas ta dupe. Je payerai tes dettes, toutes; toi, tu payeras celle que je ne puis acquitter!

— Laquelle?

— L'idée t'est venue de fuir. L'idée ne t'est pas venue de mourir?

— Ah! par exemple, non!

Chamoiseau dit avec lenteur, comme un juge qui rend un arrêt :

— Puisqu'elle ne t'est pas venue, cette idée-là, je te la donne.

Léon eut une raideur dans les muscles du visage, qu'il essaya d'assouplir par un ricanement :

— En voilà une pensée paternelle!

— Oui, c'est la pensée d'un père, d'un vrai, d'un homme qui, tenant plus à l'honneur qu'à la vie, ne veut pas d'enfant déshonoré, et qui te donne à choisir entre sa mort et la tienne !

— Comment voulez-vous que je choisisse ?

Chamoiseau ne répliqua pas. Il eut un léger tremblement qu'il comprima, et tint les yeux baissés pendant une minute.

Léon crut que le bonhomme avait dit cela par besoin de rhétorique. Alors il éclata en gouaillerie.

— C'est la farce d'Ugolin, que vous me proposez là : « Tuer son fils pour lui conserver un père! » Voyons, papa, vous êtes un homme de chiffres, un homme pratique. Est-ce que c'est une liquidation ?

Chamoiseau contenait une indignation qui le faisait vibrer. Il passa sa main maigre sur son visage pour en apaiser les fibres, et, avec une énergie de soldat :

— C'est parce que je suis un homme pratique que je te propose le moyen le plus simple, celui que des caissiers emploient quand ils ont un déficit, celui que des banquiers se ménagent quand ils ne peuvent tenir leurs engagements. Je ne veux pas que tu ailles au bagne, moi vivant. Il faut donc que tu meures, ou que je me tue.

Léon avait une sueur qu'il étanchait avec sa

main, la sueur pâle des voleurs et des poltrons.

Il regarda Marie.

— C'est pour qu'il me débite cela que tu as été le chercher? demanda-t-il avec une sorte de glapissement.

La pauvre fille n'avait pas été prévenue, par son oncle, de l'arrêt qu'il allait porter. Elle chancelait, se retint à une chaise, et sur le dossier appuya ses mains avec force; puis, après avoir regardé Chamoiseau, voyant bien que celui-là ne se laisserait pas fléchir, elle ferma les yeux pour ne pas voir passer la mort.

— Faussaire, meurtrier, parricide, lâche, veux-tu mourir? reprit le caissier avec solennité.

Léon fit un geste muet de gamin, pour exprimer son opinion sur cette scène ridicule.

Chamoiseau tira de sa poche un revolver qu'il posa sur la table.

Léon s'imagina que son père allait tirer; il se recula.

— Lâche! grommela Chamoiseau; puis se redressant et secouant les revers de son paletot:

— Est-ce que tu m'as jamais vu manquer à ma parole? Ce que j'ai dit, je le ferai... toi ou moi!

Léon écumait.

— C'est ça que vous appelez me sauver ?

— De la honte, oui... Trouve un autre moyen !

— Je n'en cherche pas.

Chamoiseau se redressa.

— Adieu, Marie ! je t'attendrai. Tu m'apporteras mon arrêt, s'il ne veut pas du sien !

Il se dirigea d'un pas ferme, lent, vers l'antichambre. Espérait-il que son fils allait le rappeler ?

Léon fit un pas, pour retenir son père ; puis il se ravisa, et revint à la table.

La porte de l'appartement s'ouvrit ; par mégarde ou pour mieux entendre, Chamoiseau la laissa entr'ouverte. Son pas résonna sur les premières marches.

Marie et Léon étaient restés en face l'un de l'autre, de chaque côté de la table. Marie regardait Léon de cet œil morne, voilé, extatique, qu'elle avait, le soir où Darvincourt lui avait tout révélé. Sa poitrine se gonflait ; un spasme d'horreur, de dégoût lui montait à la gorge.

— Que vas-tu faire ? demanda-t-elle sourdement, presque à voix basse.

— Es-tu bête ? Je vais partir. Il y a encore un convoi à minuit.

— Tu ne partiras pas !

— Vraiment ?

— Non, tu l'as entendu ; c'est impossible ; il se tuerait.

— Oh! pour ce qui lui reste de cervelle à brûler!...

Marie frémit de tous ses membres et étendit la main vers le revolver.

— Misérable !

— Ah! en voilà assez! repartit Léon ; avec tout ça, je me ferai pincer!...

Marie retira la main. Léon fit un mouvement pour saisir l'arme, mais sa cousine, plus prompte, s'en empara.

— Prends garde à ce joujou! lui dit Léon.

— Oui, un joujou pour les enfants !

— Tu ne vas pas recommencer la scène?

— La recommencer? Non. Je l'achève.

Étendant le bras, en même temps qu'elle parlait, impassible, formidable, elle lâcha la détente.

Léon avait reçu la balle en plein visage et tomba foudroyé.

Marie poussa un cri terrible. Elle sortait de son rêve héroïque. Elle courut vers la porte, qui n'était pas fermée, descendit l'escalier, en glissant le long de la rampe plutôt qu'en mettant le pied sur les marches, se heurta au concierge que la détonation avait fait sortir de sa loge, et tomba dans les bras de son oncle, qui était descendu à pas comptés.

Au bruit de l'arme, Chamoiseau s'était appuyé au mur. Il chancelait. Il eut la force pourtant de soutenir Marie, et, avec un sanglot jaillissant de sa poitrine :

— Il lui restait donc encore du cœur ! dit-il, cédant à une sorte de tendresse désespérée.

Marie cacha sa tête sur l'épaule de son oncle ; elle pleurait avec des cris.

— Oui, oui, pleure-le, lui dit Chamoiseau d'une voix entrecoupée. Tu peux le pleurer : nous le pleurerons ensemble... J'ai eu tort de l'appeler lâche ; il avait du courage !

On descendait des étages supérieurs ; on venait de la rue.

— Viens, ma fille, dit tout bas Chamoiseau.

Marie se dégagea.

— Non, mon oncle, ma place est là-haut !

— Oui, tu me rejoindras... je n'ai pas la force de remonter.

Avec un spasme qui le secouait tout entier, il ajouta :

— Tu vois que nous avions raison de l'aimer quand même : il y avait encore quelque chose en lui !

Marie hésitait à laisser son oncle partir seul.
Mais on s'agitait dans la maison ; le concierge
redescendait pour aller chercher un médecin, la
police : elle lui confia Chamoiseau et remonta en
se cramponnant à la rampe.

Léon était encore étendu à terre, sanglant.
Marie voulut s'agenouiller, lui relever la tête ;
mais elle perdit ses forces en le touchant et
tomba évanouie.

.   .   .   .

.   .   .   .

Personne dans Paris, dans la presse, ne douta
du suicide de l'Homme au gardénia. On trouva
sur lui les lettres de la princesse Daria, celles de
madame de Chazeley.

Chamoiseau n'est pas mort. On dirait qu'il
s'obstine à vivre, pour s'obstiner à porter fièrement son deuil paternel. Il habite un petit
domaine isolé, doux et triste, entre Nogent et le
Paraclet. Sa robuste vieillesse trouve dans la
mélancolie de ses souvenirs une fraîcheur qui
l'entretient.

Marie vit avec lui. Elle a cinquante ans, mais
ses souvenirs lui pèsent et la vieillissent plus que
son âge. Elle est toujours belle, avec ses cheveux
qui blanchissent, avec une pâleur qui ne s'anime
jamais et une tristesse qui s'est habituée à

sourire. Tous les hivers, elle a une période de fièvre que son oncle lui propose de guérir par un voyage dans les pays chauds, puisqu'il a le moyen de lui procurer ce luxe ; elle refuse et elle affirme que le déplacement ne la guérirait pas.

Chamoiseau, qui a assez voyagé autrefois, se laisse convaincre.

Jamais Marie n'a dit, même à confesse, le grand secret de sa vie. Elle ne le considère pas comme un péché ; mais elle ne s'en console pas et elle s'en mortifie.

Douce, patiente, elle a installé, dans le village voisin, un petit ouvroir qu'elle préside. Elle enseigne à broder, et elle-même, parmi les broderies d'or et d'argent qu'elle a faites pour l'église de Nogent, elle s'est appliquée, dans un bouquet mystique, à un gardénia splendide, épanoui sous bien des larmes cachées.

FIN

PARIS. — IMP. DE LA SOC. ANON. DE PUBL. PÉRIOD. — P. MOUILLOT.

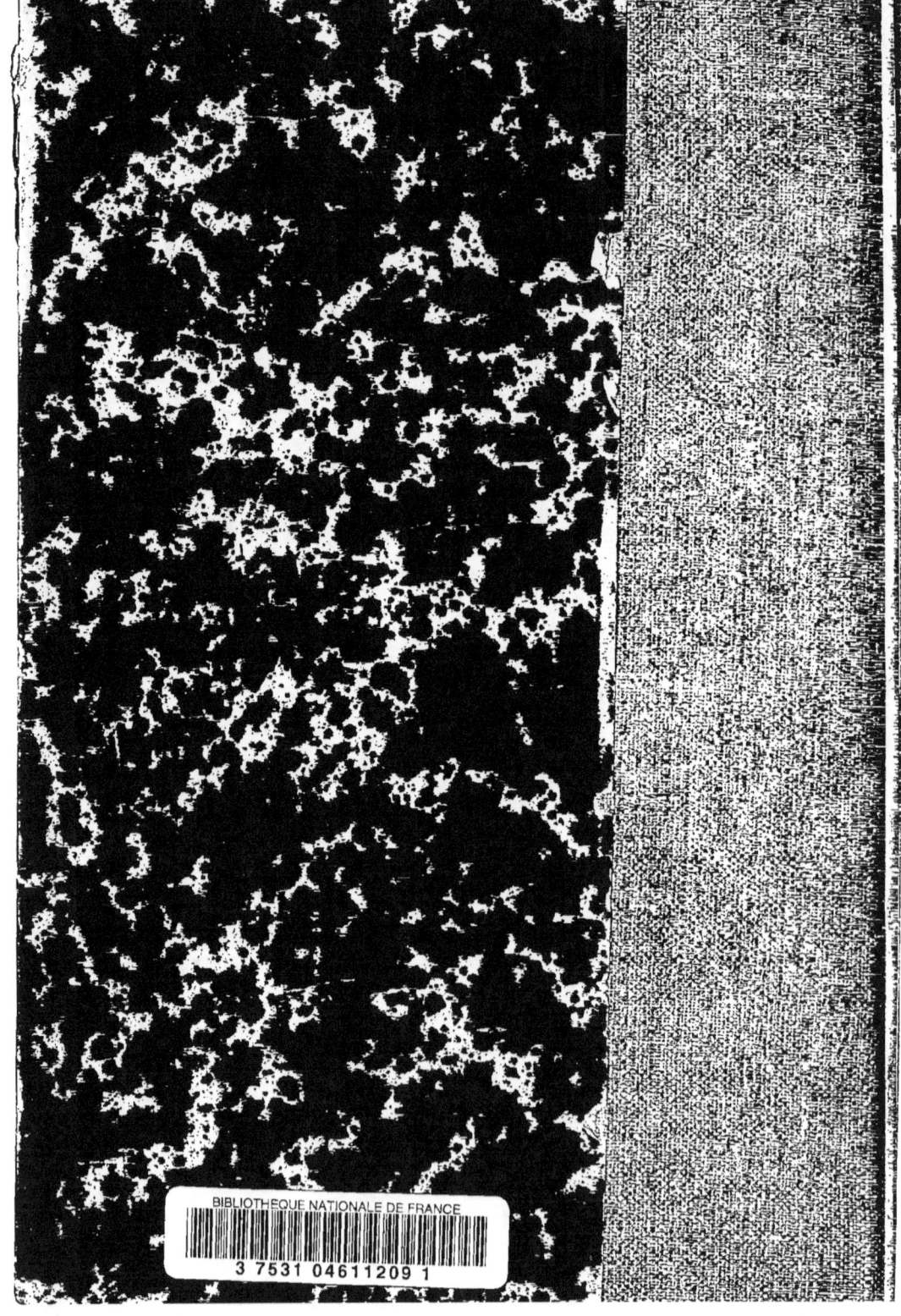